El rostro sombrío
del sueño americano

El rostro sombrío del sueño americano

Franklin Gutiérrez

Ediciones Alcance
New York
2019

El rostro sombrío del sueño americano
© Franklin Gutierrez, 1951. Primera edición
Ediciones Alcance, New York, 2019

Diagramación y diseño de portada: Ediciones Alcance

Arte de portada: Hilario Olivo: Oleo-lienzo 20 x 24, 1998

ISBN 9781076233172

Todos los derechos reservados. Prohibida la reproducción total o parcial de los textos de esta obra sin previa autorización del autor o de la casa editora.

Impreso en Estados Unidos de América, 2019
Printed in The United States of America, 2019

Entre el espacio físico ocupado por el cuerpo de un emigrante y el túnel sombrío donde sucumben sus emociones, hay una distancia infernal inconmensurable. (F.G.)

1

Perdí el negocio, es cierto, pero gané a Viterbo.

A un extraño designio de la naturaleza atribuyó siempre mi abuela el nacimiento de mi padre Viterbo. El regalo onírico le llegó la noche de su cumpleaños veintisiete. Soñó que estaba en una habitación grande, repleta de aves exóticas y decenas de hombres en pelotas tendidos sobre catres de campaña recibiendo masajes corporales de mujeres semidesnudas.

Viuda, desempleada y con escaso dinero en su haber, Esmeralda Guerra, mi abuela, interpretó el sueño como un regalo de San Francisco de Asís interesado en inmunizarla contra la pobreza. Tras un par de semanas de autorreflexión y de varias reuniones con el consejero espiritual de su familia, decidió hacer del garaje de su casa un espacio donde la felicidad masculina alcanzara niveles superiores a los de la rutina matrimonial.

En menos de una semana el exterior del garaje fue forrado con bambú barahonero y las paredes interiores con mimbre. Al fondo de la pequeña estructura anexó un angosto corredor que terminaba en una puerta camuflada. Sobre la cornisa del garaje, con letras grises difusas, estampó: *Centro de libidorapias masculinas*. Sus instrumentos de trabajo: un catre de campaña, un abanico de palma cana, una vitrola Philips, un gallo giro, un pavo real y un frasco de miel de abeja.

La vivienda estaba situada en una esquina y el parroquiano de turno ingresaba a esta por un portón dispuesto para ese propósito. Mi abuela iniciaba cada sesión ordenándole al cliente la ingestión de un sorbo de *Ablandina*, bebida de su autoría elaborada con Anís Confite refinado, tequila Don Julio reposado, zumo de toronja, una pizca de jengibre y dos almejas crudas. Terminada a ingestión, lo desnudaba, lo tendía bocabajo sobre el catre y le tapaba la rendija trasera con el abanico de palma cana. Luego, con una pluma extraída del gallo, le pespunteaba la espalda hasta estamparle un nombre femenino elegido al azar. Pasados tres minutos, durante los cuales hacía sonar música clásica en la vitrola, generalmente de piano o de violín, procedía a recorrer lentamente con la punta de su lengua el círculo ovalado trazado con la pluma.

Consumada esa parte del ritual, se despojaba de la blusa y de los sostenedores, los echaba a volar, volteaba el cuerpo del cliente bocarriba y le depositaba seis gotitas de miel de abeja tibia en el ombligo. Desparramada la miel, la batía con la yema del meñique derecho provocándole un cosquilleo inquietante, quejoso, escalofriante. Ya despierto el tallo fálico lo sujetaba fuertemente, quebraba la cintura situando su boca en el tope del ombligo, y chupaba toda la miel de un sorbo.

En cuanto el cliente intentaba erguir el cuerpo, ella retiraba la lengua del ombligo, le flechaba una miraba compasiva y, sin soltar el tallo fálico, le pedía repetir con ella: «Dioses del placer inacabado, vírgenes de las cuencas peludas, metresas de las viscosidades derramadas, no permitan que la intensidad del fuego diseminado en mi cuerpo disminuya. Háganlo perdurar hasta que las manos frutales que me tocan ahora regresen a mí a desgajarme, a humedecerme».

Concluida la letanía, liberaba la presa, le devolvía la ropa y depositaba en sus manos una factura a pagar. «Vístase y camine hasta el fondo de ese corredor», dictaba señalando el estrecho pasillo con un gesto bucal libidinoso.

Allí el cliente era atendido por un corpulento y gallardo oriental quien, luego de recibir el pago correspondiente, lo invitaba a abandonar el lugar por la puerta oculta donde Esmeralda, mi abuela, totalmente desnuda, lo despedía entregándole un papelito con el siguiente mensaje: «Si quedó satisfecho con mi *libidorapia* y desea concluir la sesión, esta es su casa, vuelva cuando le plazca».

El negocio marchó prósperamente y sin obstáculo alguno durante un lustro. El derrumbe comenzó un catorce de febrero. Apareció, quién sabe de dónde, un sujetito de cinco pies y una pulgada de estatura solicitando una *libidorapia*. Como a cualquier otro usuario de sus servicios, Esmeralda lo depositó en el catre e inició su trabajo un tanto distraída. El desaliño del hombrecillo la hizo pensar que este no regresaría posteriormente a completar el ritual *libidorápico*. De ahí su distracción, pero cuando, tanteando a ciegas, agarró el tallo y sintió que su mano no lo empuñaba completo giró la cabeza hacia él y se aturdió al ver su grosor, su extensión y su vitalidad. «Esto no es un tallo, sino un verdadero tronco», suspiró rellena de lujuria.

Sin otra reacción que el embobo, acercó el tronco a su pecho, lo acurrucó, lo apretó, lo hamaqueó con sutileza al tiempo que se deshacía de la poca vestimenta que la cubría. Conminada por el temblor de sus manos soltó la presa fálica dejándola a la intemperie y, ejecutando un salto descomunal de pantera perseguida, cayó encima de ella. Dos ligeros empujones suyos hacia abajo fueron suficientes para desaparecer el tronco de la vista de ambos en escasos segundos. En respuesta a tan descomunal ataque, el tallo se mantuvo firme, desafiante y combativo. Ella, con la piel gelatinada, apretó fieramente los glúteos y contoneó la cintura a ritmo de serpiente retorcida extrayendo del tronco una lava volcánica y tibia que la hizo sentir el Amazonas derramándosele adentro.

Seis semanas después le fue diagnosticado un saludable embarazo. La misma tarde que recibió la noticia ordenó desmantelar el garaje, liberó al gallo y al pavo real, tiró al zafacón el resto del equipo de trabajo y se entregó por completo a las actividades maternas. El tiempo libre lo dedicaba a repeler las críticas de quienes la acusaban de haber perdido su próspero negocio por una debilidad vaginal: «Perdí el negocio, es cierto, respondía a sus inquisidores, pero gané a Viterbo».

2

Esmeralda comenzó a balbucear la canción Envidia.

Luego del nacimiento de mi padre a mi abuela le quedó impreso, en el interior de sus demolidos sentimientos, el único hombre que le había engrifado todas las vísceras, el único que la había puesto a descifrar ecuaciones infinitas, a desvestir crucigramas pasionales. «Juro por mi santísima y venerada madre no encamarme jamás con ningún varón distinto al hombrecito del tronco largo, grueso y vigoroso. Algún día él regresará a ponerme a ver estrellitas celestiales», sentenció frente a un altar atiborrado de santos de su devoción. Ese pensamiento la empujaba a la desesperación, la hacía borrar el presente y el pasado, dejándole al porvenir un margen de dimensión planetaria. En las noches solitarias susurraba incontables plegarias a cuantas divinidades pasaran por su mente, y nada. El hombrecito del tronco fornido y espigado se esfumó como borrasca mañanera empujada por el viento.

Pero a Esmeralda, mi abuela, no la doblegaban las adversidades. Desde muy pequeña creó métodos propios para desarticular preguntas truculentas procedentes de sus desafectos, aprendió a nadar en aguas en las que otros jamás amagaban chapalear, a fortalecer siluetas desvanecidas por dioramas estropeados. Y si olfateaba la presencia de sombras entorpecedoras de su bienestar, las sepultaba con astucia de ventrílocuo desahuciado.

«Ese tronco tiene que sembrarse en mí nuevamente», repetía sin cesar.

Fue su prima Victoria quien, preocupada por el sonambulismo descubierto en ella, la espabiló.

—Esmeralda, te recomiendo ir a Las Matas de Farfán a consultar a Eustaquio Marte. Es experto en regresar hombres escapados y rompecorazones a los brazos de los abandonados. Le atribuyen poderes superiores a los de Liborio Mateo. Su servicio no cuesta un ojo de la cara ni una pierna, se conforma con unas pocas monedas.

—No importa cuántos caminos me toque andar y desandar, lo recuperaré —respondió mi abuela—. Y salió en busca de Eustaquio.

El altar de Eustaquio estaba montado sobre una mesita negruzca y aceitosa llena de velones multicolores, imágenes de san Elías, santa Marta, san Miguel y san Antonio de Padua, una chaveta herrumbrosa y una lezna oriental degastada.

«El rol de los velones era predecible. Y la chaveta y la lezna, ¿qué?», supongo que reflexionó mi abuela ante el altar. La respuesta la tuvo en su quinta visita: con la chaveta atemorizaba a quienes al irse lejos quebraban los sentimientos de otros; con la lezna, afilaba el camino de regreso.

¡Qué nadie muere de amor!, es pura y sosa historia. De eso supo bastante José Martí desde que su guatemaltequita voló al cielo dejándolo con el amor desflecado, hecho tiras. La psiquiatría moderna ha incorporado a su lista de enfermedades un desorden llamado *Corazón destrozado*. Es un escalofrío extraño, de efecto fulminante, que entra al pecho de la víctima desaguándolo de un tirón, luego le anda por las entrañas y le comprime todo el cuerpo, causándole un sopor incontenible. Mi abuela le tenía un nombre menos científico: *corazón partío*.

Un siquiatra pudo haber salvado a mi abuela si ella no hubiera creído ciegamente en que Eustaquio era su único remedio. La deslumbraba la habilidad de ese *liborista* para solucionar las flaquezas del alma y del cuerpo, por complicadas que estas fueran. Su compasión por el dolor ajeno, la nobleza de su espíritu y su desinterés material, la desvanecían. «Con Eustaquio desaparecía la obscuridad, los bizcos enderezaban la vista, los ciegos divisaban los arcoíris, los sordos recobraban su gusto por la música y los arrugados recuperaban la lozanía de su piel», aseguraba ella cada vez que regresaba de verlo.

En su tercera consulta a Eustaquio mi abuela dio señal de que sería su último viaje a Las Matas de Farfán, pues regresó a Santo Domingo energizada y con una plantita pencuda sembrada en un tarrito; pero no, todo fue puro amague. *Fourcroia Mercadilla* decía un letrerito manuscrito adherido al recipiente contentivo de la matita.

«Cuando esa planta tenga tres metros de altura, —la instruyó Eustaquio al entregársela— córtele las pencas adultas, despréndale las espinas laterales y muélalas. Con las fibras teja una soga, embárrela de cebo de Flandes y átela diagonalmente a las patas de su cama. Ese amarre traerá al hombrecito a su puerta. Él llegará pidiendo posada como viajero perdido en tierra despoblada, como un Quijote emblandecido por la tosquedad del camino manchego. Recíbalo calmada, sin mostrar sorpresa alguna. Dele la bienvenida como a los turistas en los aeropuertos dominicanos, con un trago doble».

—¿Un trago de qué? —interrumpió ella quebrando la concentración de Eustaquio.

—Del zumo extraído de las pencas —respondió él eufórico—. Échele dos tubitos de aceite La Flecha y un frasquito de Gomenol. Y, *fuáquiti*, será suyo eternamente, mi señora.

A partir de la receta de Eustaquio, el estado de mi abuela empeoró porque le dio por averiguar dónde conseguir más plantas, sembró ochenta *Fourcroia Mercadilla*. «Es bello mi jardín, ahí viviré con él eternamente», repetía a quienes la visitaban. El propio Eustaquio, al enterarse del plantío de las ochenta *Fourcroia Mercadilla,* comprendió la magnitud del problema de su clienta, y le comentó: «Esmeralda lo suyo no es espiritual, ya cumplí con mi parte. Vaya donde un médico o consulte a un psiquiatra. Y si vuelve a verme, no venga sola. El camino es largo y la distancia puede traicionarla».

Victoria desistió de hacerla cambiar de parecer con respecto al regreso del hombrecito la tarde que ella volvió de Las Matas de Farfán con un enorme tronco de roble sobre el piso de un camión viejo de volteo. Medía treinta y seis pulgadas de alto, por treinta de grosor y pesaba cerca de quince arrobas. Esa mañana mi abuela salió sola de su hogar a encontrarse otra vez con Eustaquio. No hay viaje placentero al sur de la República Dominicana si no premiamos nuestro paladar con un buen plato de chivo picante, con yuca y una tajada de aguacate, en el paradero del Cruce de Ocoa. El chivo sureño, famoso por energizar a los viajeros, vayan estos en transporte público o privado, es parte de la cartografía alimenticia dominicana.

Justo allí adquirió mi abuela el roble. Lo traía un señor alto y despeinado de la loma La Pirámide, situada entre Azua y Barahona. Pensaba hacerlo leña y asar un cerdo con un grupo de compañeros de bebentinas dominicales, pero la jugosa suma ofrecida por mi abuela por el tronco lo hizo desistir del asado. Una negociación relampagueante, más unos pesos extra por el transporte de este a Santo Domingo, la apropiaron del roble.

Ordenó colocarlo al pie de la ventana de su dormitorio, contiguo a la cama, como trofeo en exhibición. En él posaba su sentadera tres veces a la semana, a ver las nubes abrazarse como enamorados noveles sobando los acantilados de Cap Cana. Cada sentada la precedía el mismo ritual: tomaba un baño con agua atemperada y jabones humectantes durante media hora; envolvía su cuerpo en una bata transparente, sin nada de ropa interior; depositaba los glúteos sobre el madero, cediendo los lóbulos de sus senos al vano de la ventana, en pose fotográfica. Pasado un par de minutos comenzaba a contonear la cintura esperanzada en que la tibieza del tronco ingresara a sus conductos sanguíneos y la estremeciera de cuerpo entero. De ahí iba al baño a anegar una toallita blanca con los fluidos viscosos emanados de la región más cóncava y fluvial de su cuerpo. El ritual lo concluía una caminata hacia la puerta de la cocina a observar el jardín de *Fourcroia Mercadilla*.

En uno de esos estados de contemplación estaba mi abuela un atardecer anaranjado que Victoria llegó a visitarla.

—¿Qué hace mi prima favorita meditando al pie de esa puerta tan solitaria?

—Esperando que las *Fourcroias Mercadillas* alcancen cuatro metros de altura —respondió ella sin turbarse.

—No quería decírtelo, Esmeralda, no pretendo tronchar tu anhelo de ver a tu amado brotar de ese jardín, como paloma de mago.

—¿Decirme qué? —inquirió ella yendo al encuentro de Victoria.

—Que la *Fourcroia Mercadilla* no es una planta afrodisíaca ni milagrosa con poder recuperativo de amantes idos, como piensas.

—¡Prima!, ¿de dónde sacas semejante absurdo?

—Urge que vuelvas a pisar la tierra, prima, que despiertes, que dirijas tus antenas hacia otro hombre. *Fourcroia Mercadilla*, es el nombre científico de la cabuya, una planta silvestre usada en la República Dominicana para dividir fincas campestres, tejer hamacas, fabricar sogas para atar animales, leña, sacos y cuantas cosas sean necesarias. Eustaquio te tiene embobada con esa historia. La cabuya dominicana no crece más de cuarenta pulgadas de altura. La de Azua, cuya especie es la más elevada de la isla, no supera un metro y medio. Averígualo. Espabílate, mujer.

—*Envidia…, tengo envidia de tus cosas…, tengo envidia de tu sombra…, de tu casa y de tus rosas…*, —comenzó Esmeralda a balbucear la letra de la canción *Envidia*, del compositor cubano Antonio Machín, aprendida en la adolescencia.

—Que te quede de tarea, prima ilusa —repuso Victoria dejándola con el resto de la canción irrigándole los labios.

3

Ese viejo del coño me fuñó el negocio.

Dos décadas de existencia cargaba encima mi padre cuando depositó a su madre en el cementerio, en una fosa tan profunda que la sorbió por siempre. «En este hoyo injusto que hoy me arrebata tu cuerpo y tu espíritu queda parte de mí, madre», concluyó al lanzar el último puñado de tierra y cuatro claveles rojos sobre el ataúd. La lloró una semana sin cesar.

Al octavo día de llantos y lamentos el aliento de su progenitora penetró en su dormitorio una madrugada templada, y le habló: «Viterbo, en este momento borroso de tu existencia debes abrazar la resignación. Como buen cristiano estás llamado a aceptar la voluntad de Dios. No lo olvides, ahora pertenezco al círculo de los elegidos, ahora soy cadáver purificado, abono fructífero. Confórmate, aún estoy contigo».

Al rato de levantarse, mientras desayunaba, la voz de su fenecida madre volvió a sacudirlo: «Debes contactar a Eustaquio, él te dirá dónde y cómo conseguir las cosas que te facilitarán el sosiego espiritual y el sustento del estómago».

Al despunte de la mañana siguiente abordó un autobús de la ruta Parque Independencia-Las Matas de Farfán. Viajó sin escala en el Cruce de Ocoa, por cuanto ya al mediodía estaba recibiendo de Eustaquio la primera de las doce lecciones de cartomancia, quiromancia, lectura de taza, adivinación y preparación de brebajes herbáceos, que componían el programa de aprendizaje. Concluido el entrenamiento, el maestro refregó al alumno con alquitrán y una cucharada de ceniza del cigarro que fumaba. «Puedes ejercer el espiritismo y repartir bondades, muchacho», anunció.

Aurora, tía materna suya, consintió que él estableciera su centro de salubridad espiritual en un anexo de su residencia, situada en la calle Barahona, en Santo Domingo. La pequeñez del local la compensaba su confort y la paz que los visitantes decían sentir en él. La única diferencia entre su altar y el de Eustaquio la establecía el letrero colocado por mi progenitor en la falda de la mesa de consulta: «No alivio las penas, las mato».

Su clientela la componía gente de clase media alta y miembros de la más rancia burguesía capitalina, y era abundante. Los ingresos lo eran también. El martes y el viernes solían ser muy congestionados, llegaba gente de todos los rincones de Santo Domingo y del interior del país. El sábado estaba asignado a políticos y empresarios, que ingresaban escurridizamente al centro por el patio de la casa. A los burgueses dadivosos y a unos que otros homosexuales secretos adinerados, le ofrecía servicio a domicilio.

El negocio tuvo vida efímera, milagrosamente duró un año y medio. El colapso lo precipitó una imprudencia suya y las jodederas de un coronel de la Policía apodado Cachaza. El primer asomo del derrumbe lo provocó el viejo Chacho. «Ese viejo del coño me fuñó el negocio», lo escuché quejarse durante mis años mozos.

Aurora, profesora retirada de la asignatura moral y cívica, su colaboradora y confidente, me proporcionó una versión equilibrada del fracaso del centro: «Don Chacho frecuentaba el consultorio de Viterbo. Se le veía por allí varias veces al mes en busca de números para la lotería, de baños aromáticos y de afrodisíacos que le ayudaran a levantar lo que los años le habían derrumbado. Una tarde ventosa llegó al consultorio arrastrándose por el suelo, acompañado por una sobrina. Se quejaba de fuertes dolores en las piernas y de contracciones musculares. Sin rodeo ni cuestionamiento alguno, Viterbo lo tendió sobre un tablón de pino sostenido por dos sillas plásticas y le asestó un garrotazo en la rodilla derecha. El viejo contorsionó el cuerpo como pollo zambullido en agua caliente. Al segundo golpe el sombrero del anciano salió disparado, dio dos vueltas en el aire y cayó en medio de las velas encendidas en el altar. Sin prestarle importancia a su reacción, y reprochándole flojera y cobardía, Viterbo le metió un tercer guamazo en la rodilla izquierda. Don Chacho puso las orejas de caimán acribillado y lanzó la caja de dientes superior al techo. La parte inferior de la dentadura postiza, embarrada de un líquido cenizo gelatinoso, corrió por las piernas de Viterbo alcanzado el suelo. Con los pantalones rojizos por la sangre emanada de la zona aporreada, y auxiliado por la sobrina que lo acompañaba, el viejo terminó postrado en una cama».

Le supliqué a Aurora que detuviera la narración. La historia era desgarradora y espeluznante. Ella me ignoró y siguió como carreta en despeñadero:

«El viejo permaneció tres meses inmovilizado. De nada le sirvió a la familia frotarlo con ungüentos, pomadas, cáscaras de yuca, sábila soleada y baba de becerro. La pudrición no cedía, el pus era cada vez más pestilente y nauseabundo. Finalmente, la sobrina lo llevó a un hospital traumatológico. El diagnóstico fue espantoso: gangrena húmeda. A don Chacho le amputaron la pierna derecha a causa de la paliza. La rótula, la tibia, la cabeza del fémur, el peroné y todos los tejidos periféricos a esos huesos y articulaciones terminaron afectados», escribió el médico en su reporte.

Celeste, nieta de Aurora y testigo de muchos de los servicios prestados por él, completó el relato:

«Meses atrás la policía lo había apresado dos veces. La primera por intoxicar a una comadre suya con un bebedizo fabricado con anamú, vinagre, lambí y resina de cuaba. Esa toma, "pueden ahorcarme si no hace maravillas" —juraba él—, ahogaba los espíritus salvajes que incitaban a las mujeres al sexo alegre y descontrolado. La segunda vez lo metió a la chirola un coronel de la Policía Nacional por haber forzado a su esposa a frotarse el cuerpo con Gallinazilina, una pomada igualmente de su invención, rejuvenecedora del cutis y de la piel, hecha con gallinaza, aceite de linaza, polvo talco y miel de abeja. El coronel no pudo soportar el bochinche barrial que atribuía a su mujer pilas de hedores: unas veces apestaba a pollos moquillosos; otras, a fango de pocilga. El aguante del coronel terminó de retorcerse cuando los comentarios llegaron a su médico de cabecera y este le recomendó encerrarla en una habitación grande y desamueblada, desnudarla, rociarle creolina y bañarla con una manguera con chorro de alta presión. Viterbo logró salir de la cárcel nuevamente, a cambio de todos sus ahorros y de la clausura definitiva del centro de consultas».

4
Mi niñez fue un entresijo difícil de destejer.

Mi padre no eligió voluntariamente abandonar la tierra del sancocho y del *friquitaqui* en la Navidad de 1965, la irracionalidad de ese coronel lo expulsó de ella como excremento empujado por aguas cloacales.

Puerto Rico, manantial de exquisitos mofongos y armoniosos coquíes, de interminables «Ay bendito» y «Oye nene» lo vio descender de una yola maltrecha en una playa solitaria de Rincón una noche ventosa, e internarse en los uveros con la ropa cubierta por un salitre arenoso y punzante. «Salvé el pellejo milagrosamente. De los ocho que salimos de las costas de Miches, en una *yolita* de dos metros de largo y dos tanques de combustible a bordo, llegamos cinco. Un banilejo que escondía una mocha cañera en su bulto de tela discutió con un flaco de aspecto tísico, le cercenó un brazo y lo empujó fuera de la yola. No supe exactamente quienes lo hicieron, pero furiosos por la acción del desalmado banilejo, dos de los compañeros de viaje decidieron regalárselo al agua; tampoco vi a los tiburones que cenaron con el banilejo y el flaco. Igual sucumbió en el mar un mocano desteñido que desnudó a la única mujer del grupo, con intención de violarla».

Las dificultades vencidas por los sobrevivientes las contaba mi padre cada vez que encontraba un candidato con oídos dispuestos a escucharlas.

Fue su segundo intento de salir del país. La primera vez que decidió abordar una yola hacia Puerto Rico, el organizador del viaje lo subió en una pequeña embarcación en Sabana de la Mar, pasada la media noche, con el mar bien picado. Al cabo de tres horas de navegación, con la yola tragada por las espumas a causa de la bravura del mar, el timonel aparcó en una playa tranquila. «Salgan rápido, métanse en el monte y sigan el trillo del centro. Llegarán a una garita techada de asbesto donde habrá una guagua verde y amarilla, con cortinas marrones, que los conducirá al centro de la ciudad. Suban a la guagua sin hacer preguntas al conductor. Y no descorran las cortinas, ustedes saben perfectamente cómo son estos asuntos», fueron sus instrucciones.

Agotado un recorrido que parecía no tener fin, la guagua llegó a una plazoleta atiborrada de vendedores de productos de consumo rápido: tortas de maíz, cocadas, frío-frío, maíz salcochado, pasteles en hojas, chicharrones, etc. «Estamos en la ciudad. Salgan aquí, vuelen, vuelen», dijo el conductor e inmediatamente abandonó la plazoleta. Segundos después los viajantes vieron el letrero en la parte trasera del vehículo: «Bayahíbe-Santo Domingo». Uno de los vendedores los enteró de que estaban en el parque Enriquillo, situado en el barrio Villa Francisca, en la capital dominicana.

Al desembarcar en Rincón, Puerto Rico, las pertenencias de mi padre tocaban el filo de la exigüidad: un bultito de mano descolorado por el uso inmisericorde y 80 dólares estrujados, en uno de los bolsillos traseros. Arcadio, beneficiario de sus servicios espiritistas en su consulta de la calle Barahona, le ofreció albergue en su pequeño apartamento ubicado en el municipio Cataño, al otro lado de la isla. Completado un mes de su llegada, ya la Migra lo había correteado siete u ocho veces. La última de ellas sufrió quebraduras en el brazo derecho al saltar dos paredes de un campo de futbol próximo al apartamento donde se hospedaba. «Diablo, me escapé milagrosamente de esos leones feroces», contaba airoso.

En Esperanza, la mejor vecina de Arcadio depositó toda su esperanza de sobrevivencia en Borinquen. El nombre y el buen humor de ella lo satisfacían, «nada más eso», acentuaba él. Esperanza lo doblaba en edad y lucía desmesuradamente ajada, flaca y anémica. Sus ojos hundidos y siempre acuosos lo desconcertaban. «Que estuviera muy ajada era comprensible», le comentó Arcadio una tarde de tragos y pachanga en un centro nocturno de Guaynabo, adonde acudían los fines de semana desafiando el orgullo de los guaynabeños que suelen mirar a los catañenses por encima del hombro.

«Tranquilo, Viterbo, ahí está lo tuyo, esa mujer maneja a la perfección el arte de recibir sexo abundante y bueno de cualquier veinteañero necesitado de una Green Card», remachaba Arcadio inyectándole una buena dosis de optimismo. Esa advertencia lanzó a mi progenitor a conquistarla, ella se dejó conquistar.

Pero la sopa no siempre sabe igual a como la sazonamos. Sus escasos ingresos, procedentes de jornadas de trabajo de más de 60 horas semanales en un restaurante de mala muerte, a 1.25 dólares la hora, los devoraba Esperanza con rapidez de nave espacial. Dólar dejado en poder suyo, dólar que moría *ipso facto*: fiestas, encuentros sociales, tiendas, Don Q, porros, era su menú cotidiano. En ese tejemaneje pasó año y medio y la tarjeta de residencia ni siquiera amagaba asomarse. Cualquier alusión suya al ajuste de su estatus migratorio desembocaba en una reyerta que los enemistaba por semanas. Sorprende cómo él, con escaso dinero, sin documentos legales y con Esperanza preñada a rastras, ingresó a los Estados Unidos sin grandes dificultades.

New York, piñonate agridulce de corte imperfecto, lo acogió con un *sí* babeante y un *no* convincente. «Masticarás frutas ácidas, pulularás entre destellos sombríos y voces ahogadas y pernoctarás en guaridas de hedores inmarcesibles», parece haberlo sentenciado Manhattan al olfatear su presencia deambulando en su entorno. Él lo entendió después, justamente cuando esa ciudad se le tornó cervical, obtusa y resbaladiza; cuando los autobuses, los trenes, las calles e incluso sus paisanos, lo veían como un bicho sospecho e intruso.

En ese Manhattan deshuesado y deshumanizado, unas veces relumbrante y otras nebuloso; en esa isla de extensión enana y viviendas apiñadas, donde Walt Whitman se hizo herbáceo sílaba a sílaba y mi padre un triste paria consumidor compulsivo de papas fritas grasientas, de hamburguesas tóxicas y de pizzas recubiertas de *cheddar american cheese* carabelita, llegué yo al mundo el 17 de junio de 1967.

El hospital Harlem, refugio de pordioseros más necesitados de comida que de atenciones médicas, me recibió entrada la noche. «Llegó —balbuceó mi madre—, con el entusiasmo abultado y los ojitos hepáticos». Mi padre esperaba una hembra, la llamaría Penélope porque de su lectura obligada de *La odisea* en la secundaria era el único personaje que recordaba. A mi madre le daba igual lo que escribieran en mi partida de nacimiento. De manera que mi nombre, Armando, nació de la improvisación y el desespero, no de la reflexión. Y, como si eso no bastara, nací zurdo.

Mi progenitor nunca quiso reconocer su falta de tacto. ¿Qué fuerza extraña tienta a un ser humano racional que lleve Guerra por apellido, a nombrar Armando a una criatura engendrada por él? Sobre todo, si el crío nace en un territorio donde los vocablos guerra y paranoia, son sinónimos. Él no previó que media humanidad me fastidiaría la vida, me sacaría de mis cabales, me inflaría las venas. Pero ¿qué hacer?, hay desgracias imprevisibles e inevitables. Soy Armando Guerra.

Mi niñez fue un entresijo difícil de destejer. Todos los intentos de mi madre por desbrozar mi mundo interior fracasaron. Escasamente recuerdo un par de reproches suyos durante mi primer cuatrienio de vida: mi soltura para desasosegarla y las reiteradas metidas de mi cuerpecito debilucho en la estantería de la cocina. Al toque de mis manitas vivarachas, todo el contenido de las alacenas terminaba desparramado en el piso. Era penoso verla ajorada, tendiendo toallas, servilletas, pedazos de cortinas y revolviendo el *suape* sobre el piso para evitar que los chorros de aceite y vinagre estropearan las ya desaliñadas alfombras de la sala y del dormitorio. Desafortunadamente mi madre falleció poco antes de mi quinto cumpleaños.

Los siniestros, aseveran algunos teóricos de las ciencias médicas, tienden a convertirse en alcohólicos, esquizofrénicos o disléxicos. Para los norteamericanos la zurdera es una enfermedad. Los zurdos son débiles y rotos, afirman, razones por las que tanto el gobierno como varias fundaciones y organizaciones privadas, les proporcionan becas escolares y asistencia social. Tan agraciados son los zurdos que tienen una fecha especial en el calendario anual: el 13 de agosto.

Mi caso es distinto. La zurdera ha sido siempre una de mis peores fatalidades. Los zurdos tienen la desgracia del cangrejo: todo les sale lateral. No en vano la izquierda es señalada como la mano de las asquerosidades, la que más rápido y fácil alcanza la zanja trasera, la que se embarra con mayor facilidad. Más doloroso y frustrante aún: un buen porcentaje de coprófagos le atribuyen a esa mano la habilidad de recoger y batir toneladas de mierda durante su vida útil.

Mi madre, Esperanza, es otro decir. Fue una mujer de sentimientos desparramados y amores abundantes. Pasó gran parte de su vida almacenando ilusiones y evadiendo sueños brumosos y pesadillas macabras que amenazaban su bienestar. Mi padre fue la última ficha de su ajedrez carnal, el último en transitar sus pliegues desolados. Me parió siendo una cuarentona, nadando en resudaciones, a pocos meses de que su dulzor de naranja valenciana agonizara y su rostro de coconete granulado comenzara a amargarla. En su juventud inválidos, enanos, bandoleros, pregoneros variopintos, galanes y hombres adinerados la flirteaban y anhelaban pasar aún fuera media hora con ella en una cama estrecha. Pero el Don Q y la sarta de inmundicias alucinógenas que ingería la descascararon poco a poco haciendo de su lozanía, de su hígado y de toda ella, un estropajo.

El drama de mi madre fue, como las historias de Osvaldo Dragún, para ser contado. Antes de irse a residir al más allá, le narró su pasado a mi padre y este, luego, a mí: «A la fiesta de celebración de mis seis años –contaba ella– llegó un trío de tipos raros. Entre música jíbara, piñatas, refrescos y vejigas volando cada uno de ellos me sopló un "hola, hija" casi mordiéndome las orejas. Al verlos juntos, a la *mai* mía por un *chipito* la traicionan los nervios. En menos de quince minutos dejó caer cinco vasos al piso. Eran tres tipos extrañísimos, lo juro. El más flaco y palúdico, era mecánico de carros. Viajó desde

Guaynabo acompañado por un primo hermano suyo con aspecto de jirafa diabética. El segundo, con la panza más redonda que la cabeza, parece que ocultaba una cebolla avinagrada en los sobacos. Y el tercero, largo como caimito maderero, tenía complejo de Fred Astaire. Su estilo de bailar lo delataba: saltaba como un sapito duende similar a los que pueblan las lomas de Luquillo. Brutalidad fatal la de mi *mai*: invitar a mi cumpleaños a tres peleles con quienes se había acostado el mismo mes hacía siete años, sin estar segura de cuál la había preñado. Tal vez lo heredé de la abuela del flaco, de una tía del panzudo o de la sobrina menor del cebollero, difícil saberlo, pero que tuve mis atracciones físicas en el pasado, las tuve. En esa época mi *mai* tenía una relación marital estable con Edmundo Pardo, un próspero boticario sanjuanero que se hizo cargo de mí. Me envío a estudiar a los mejores colegios privados del Viejo San Juan. ¿Qué habría sido de nosotras sin Edmundo? Buen sujeto, era pacífico y sin ninguna adicción, ni siquiera café tomaba. Por eso acepté su sugerencia de estudiar medicina. Lo complací inscribiéndome en la Universidad de Puerto Rico, recinto Río Piedras. Gateando completé el segundo semestre, soy buena tomadora de medicamentos, pero poco versada en porqué deben consumirse. Seis meses después de la fiesta de mis seis años, mi *mai* y Edmundo tuvieron una bronca de apaga la luz y vete pal monte. "Todavía no dejas la putería, cornuda de mierda" —le voceó una tarde arrastrando una pequeña maleta rumbo a la calle. Las pestañas de Edmundo solían mojarse a causa de las burlas de sus amigos: "ni eres torito, ni eres buey, eres quien menos coges a tu mujer". El atardecer de la pataleta él recogió sus cosas, encendió su Ford Tudor y arrancó raspando las calles con las llantas. Lloré al verlo partir, ya lo tenía pegado en mí como una lapa. A mi *mai* nada le importó, lo tomó con tranquilidad de cerro incendiado. "Chúpate esa mientras te mondo la otra" —fue la despedida que le dio. A mí me rellenó con un: "Cállate, alcahueta, verás que regresa pronto". Dicho y hecho, Edmundo volvió más rápido de lo esperado. "¡Eah rayos!", me espanté al verlo regresar como si nada hubiera pasado. A ese ritmo, entre idas y venidas, entre separaciones y reconciliaciones, pasaron muchísimos años juntos. Ahora que me acerco a los cincuenta, recuerdo esos conflictos de mi mai y Edmundo, y pienso: qué burrada la de mi vieja, chuchar con otros hombres en la misma cama donde Edmundo descansaba y cogía sus gustitos. ¡Caramba!, el pobre Edmundo, el torpe Edmundo, el bobón Edmundo, aun sabiéndolo siempre regresaba a la cama de sus amores y desamores, de su alegría y de sus llantos. Circulaban en nuestro vecindario comentarios de que el pocito que mi *mai* protegía con las piernas era mágico y electrizante, con poderes enloquecedores. Desconozco si su pocito tuvo esas virtudes, lo que sí puedo testimoniar con propiedad es que a mi *mai* le gustaba el sexo en exceso, pero era totalmente alérgica al amor. A quien le cayó una epidemia maligna encima fue a mí. Al cumplir los veinte, desoyendo las súplicas de Edmundo, me entregué a las andanzas callejeras. El resultado fue devastador: las estupideces de mi juventud fermentaron los sorbos amargos que todavía hoy sigo bebiendo».

    Los pormenores de la vida de Esperanza los conoció mi padre en la etapa de su convalecencia y desahucio, en agosto de 1972. Era deprimente ver su estado cadavérico, el trocito de cara que le quedaba, sus dedos de tirigüillos barrenderos, su cadera de paracaídas invertido. El hospital la devolvió hecha un bagazo humano, exprimido como una jagua tocada por un lánguido rocío mañanero. A la semana de mi padre recibirla, la pelona cargó con ella. Se la llevó tranquila, despacio, como ave de vuelo reprimido, sin dejar rastros. Acababa de cumplir medio siglo de edad. Afirman quienes estuvieron en su velatorio, yo no lo recuerdo, que el salón funerario donde expusieron su cadáver olía a guarapo de caña embarrilado. Dicen que el Don Q está hecho de caña.

5

Mi padre bañaba y desmierdaba cadáveres gratuitamente.

Antes de emplearse en la funeraria *Jesús Sacramentado*, mi padre jamás imaginó sus manos de algodón tierno maquillando cadáveres ni enderezando piernas de difuntos inválidos. Bregar con muertos le resultaba un oficio descabellado, pero fue la única plaza que consiguió. A la quincena del fallecimiento de mi madre, perdió su empleo. La factoría de muñecas de yeso donde trabajaba en Brooklyn fue declarada en bancarrota. Un primo postizo suyo establecido en New York desde los albores de 1962 lo recomendó al dueño de la funeraria *Jesús Sacramentado,* Cristóbal Salgado, quien lo empleó sin ningún reparo y sin exigir experiencia en el oficio funerario probablemente por lo difícil que resulta conseguir personal interesado en trabajar en funerarias deshollinando muertos y amortiguando el griterío de dolientes gimiendo como gansos espantados.

Su ligereza para aprender cuantas cosas llamara su atención o lo obligara la necesidad, lo convirtió rápidamente en un experto en asuntos funerarios. Bañaba, afeitaba, vestía y maquillaba cadáveres con una destreza inmejorable. Los difuntos demacrados, con caras amarillentas y párpados de yemas de huevos marinados lo desconcertaban. Él los hacía lucir relajados y naturales, relucientes y juveniles, como vivos dormidos. En cada velatorio creaba el ambiente ideal: encendía velas y velones, colocaba arreglos florales detrás de los ataúdes, situaba los sahumerios y los candelabros donde produjeran menos calor. Al dueño de la funeraria le asombraba como su sensibilidad olfativa clasificaba las descomposiciones cadavéricas y los fluidos fétidos de los muertos por apuñalamiento. La decisión de retrasar o adelantar un entierro estaba sujeta al diagnóstico de su olfato.

En el cementerio colocaba a los deudos a una distancia prudente del hoyo sepulcral. «Cuidado con derrumbar la tierra, pueden resbalar y caer dentro del hoyo», decía calmadamente a los deudos. Además, pronunciaba el responso de despedida y dirigía el descenso del ataúd al nicho. Si la gritada de los familiares directos del fenecido no mostraba gran pesar, dejaba escapar un par de lágrimas o les repartía abrazos conmiserativos.

Lo más fangoso de su trabajo era bregar con las emociones de algunos dolientes. Hubo una época, vaga ya en mi memoria, que me bombardeó los oídos con la misma cantaleta. «Los nervios y el sopor trastornan las familias de muchos difuntos impidiéndoles percatarse de la realidad. Olvidan que los encargados de bajar el ataúd al hoyo, desapareciendo el cadáver de su vista, son los enterradores, no yo. Como rezo y conduzco los enterramientos ellos descargan en mí la responsabilidad de haber llevado a su difunto a un lugar sin retorno».

La historia más repetida y mejor contada de su repertorio tenía como protagonista a la hermana de un hombre de treinta y ocho años asesinado en una farmacia de Manhattan por dos delincuentes disfrazados de Mickey Mouse. El funeral y el entierro en el cementerio Woodlawn, en el Bronx, fueron tranquilos, sin gritos estridentes ni alboroto. Sin embargo, tres semanas después, la hermana menor del difunto regresó a la funeraria pistola en mano y lo obligó a acompañarla al cementerio. «Sáquelo de ahí inmediatamente —le ordenó señalando la tumba—. Es injusto que mi hermano continúe siendo tan estúpido. Él debe saber las asquerosidades de su viuda. Ya anda revolcándose con el vecino enclenque del apartamento contiguo al que él compartía con ella. Se lo he repetido mil veces ante su tumba, y no lo entiende. No reacciona, es como si estuviera muerto. Tú lo metiste en ese hoyo, a ti te toca sacarlo. Esa mujer es una piraña barata. Necesito a mi hermano fuera de ahí, ¿me oyes? Él debe saber lo que está pasando».

Dos miembros del equipo de seguridad del cementerio obligaron a la iracunda mujer a retirar la pistola de su sien derecha y a retirarse junto con sus acompañantes.

La única retribución extra que recuerda haber recibido en sus años de servicio provino de una familia mexicana apellidada Saborido. El cadáver del abuelo de los Saborido estaba en el salón B de la *Jesús Sacramentado,* a punto de ser introducido en el carro fúnebre que lo llevaría al cementerio. Una veintena de dolientes y amigos rodeaban el féretro. Mi padre se acercó al mismo a reubicar un arreglo floral ya marchito por el calor de las velas. De repente el cadáver comenzó a perder el tono verduzco de su piel, así como la rigidez de sus extremidades inferiores y superiores. Numerosas laceraciones rojizas afloraron a su cara, de la comisura izquierda de los labios brotó un chorro de baba pastosa que curtió el traje blanco usado como mortaja. El cuerpo comenzó a desperezarse, mostrando signos de vida. Adueñado de la paciencia habitual con la que asumía su oficio, mi padre abrió los brazos como religioso clamando al Señor de las alturas. Dos médicos allegados a la familia Saborido presentes en el velatorio dictaminaron que el difunto había sido víctima de un ataque cataléptico. «La misma historia de siempre: ataque cataléptico», refunfuñó una sobrina del revivido que ya había calculado cuánto le dejaba de herencia el tío.

Ni la esposa ni los hijos del muerto validaron el diagnostico de los galenos y atribuyeron la resurrección de su pariente al poder magnético de los brazos abiertos de mi padre. «¡Milagro, milagro!», asintieron los deudos invitando a los ocupantes de la sala a acercarse al ataúd. «El muerto ha regresado», sentenció ceremoniosamente el rezador de turno. A mi padre lo retribuyeron con el dinero que gastarían en el resto del velatorio, en la compra del terreno en el cementerio y en la lápida, más mil dólares adicionales aportados por los presentes en la funeraria. Ocho mil quinientos dólares en total recibió mi progenitor por su «milagro».

El trabajo en la funeraria era abundante, no igual los ingresos. «Los muertos no dan propinas, los familiares tampoco», reclamaba mi progenitor. Y tuvo que agregar un nuevo componente a su jornada laboral diaria. La oferta le fue hecha por un instalador-reparador de teléfonos de la Bell Atlantic. Un sujeto

Azabachado ingresó a la funeraria a negociar los funerales de su abuelo. Podía cubrir los costos del velatorio y del enterramiento; mas no los 500 dólares extra exigidos por la funeraria por bañar el cadáver y desprenderle los trozos de excrementos que tenía dispersos en la espalda, el cuello y las nalgas. El fuego de la compasión encendió el *bondadómetro* de mi padre, quien bañó y *desmierdó* el cadáver gratuitamente porque un muerto, juraba él, «no debía llegar sucio a la diestra del Señor de los Cielos ni tampoco a la cuenca sepulcral».

Mi padre había olvidado ya el asunto la tarde que el Azabachado regresó a la *Jesús Sacramentado* procurándolo. «Todavía no tengo dinero, *brother*, ¿puedo compensarte con algo?», y lo condujo a un rinconcito donde le pormenorizó todo. La propuesta lo desencajó momentáneamente, por venir de un forastero a quien él desconocía. Pero a mi Viterbo le aventajaba una cualidad envidiable: nunca miraba el mundo a través de una rendija. «Vamos, amigo», concluyó el Azabachado. A seguidas salieron de la funeraria, cruzaron la calle y se aproximaron a una cabina telefónica acorada a la pared lateral de una tienda de menudencias de Broadway y Fairview, en Washington Heights. Con un taladro envuelto en periódicos viejos, el Azabachado ingresó a ella situándose debajo del teléfono, y comenzó a perforar. «Ya está», dijo con tono celebrante, entregándole cuatro alambritos en forma de L e igual número de imanes rectangulares.

Mi padre llegaba diariamente a la cabina con la agonía del sol a esperar a sus Primos, como llamaba él a los usuarios de su servicio. Cada Primo aparecía, confundido entre bodegas, botánicas, tiendas de discos, puestos de periódicos y otros pequeños negocios, con siete dólares. Pagar en avance era un requisito innegociable. Tras un oteo visual a su entorno, porque la policía no cesaba de vigilar ese sector, entraba a la cabina, introducía un alambrito en el huequito, lo sostenía con un pequeño imán adherido a la caja del teléfono, depositaba cinco dólares en monedas de veinticinco centavos en la caja telefónica, marcaba el número y le entregaba el auricular al Primo.

«Tienes siete minutos de conversación comenzando desde ahora. No más», advertía agudizando la voz. Consumido el tiempo acordado se acercaba al Primo solicitándole la devolución del teléfono quien, conocedor de las reglas de juego, lo retornaba sin reproches. Entonces procedía a retirar el alambre del huequito. Un sonido propio de tragamonedas de casinos anunciaba la devolución de los cinco dólares. Tras la caída de la última moneda en el dispensador, colgaba el auricular y volvía a la esquina a esperar el arribo del siguiente Primo.

«El negocio era productivo y divertido», refería mi padre entusiasmado. Especialmente por las chanzas de don Régulo, un anciano dueño de una pequeña frutería en Post Avenue y la calle 207. Él llamaba a *El salto de la chiva*, comunidad vegana de donde había salido doce años atrás, con la misma letanía: «¿Le echate mají a lo gallo? Si le da moquillo a lo pollo no oivide rociailo con limón y tabaco macao. ¿Cuánto marrano parió la pueica pinta? Oh, y la vaca prieta ¿ta dando mucha leche?, ¿qué pasó con la chiva marrón, la curate? Y la lu ¿se ta iendo mucho?», ordenaba e inquiría Régulo, sin ni siquiera saludar a su interlocutor. Su conversación, o más bien su monólogo: los gallos, la puerca, la vaca, la luz, los mosquitos, no superaba los tres o cuatro minutos. En ese breve lapso resumía lo que a otro Primo le tomaba más de los siete minutos asignados.

A la décima semana de establecido el negocio de la llamada ya sabía cuáles Primos tenían hijas adolescentes preñadas, cuántos pesos debían sus parientes en las pulperías, cómo marchaban las remodelaciones de sus casuchas, quiénes pasaban hambre en el vecindario, qué tipo de velas encendían a los difuntos, qué vecinas tenían amantes, cuántos de sus Primos eran chifleros, etc. «Este trabajo es folklórico y entretenido», decía al final de cada jornada.

6

Confundí a Granmadre con una montaña móvil desplazándose sobre la arena de una playa humedecida.

Los muertos hieden a sobras cárnicas, afirman los sepultureros. Y los teléfonos públicos a boca sin enjuague matutino, cantaleteaba mi padre cuando el atosigamiento del trabajo lo perturbaba. Pese a ello, no renunciaba a ninguna de sus dos actividades. Al contrario, la movida de las llamadas creció al lograr que el Azabachado le perforara otro teléfono público en la avenida Audubon y la calle 194, en las inmediaciones de la escuela secundaria George Washington. Diariamente llegaba escurridizo al nuevo punto, en medio de decenas de estudiantes más interesados en florear por las calles aledañas a la escuela que en estudiar. Allí permanecía tres horas, conectando familiares de lugares tan remotos y opuestos como Las Malvinas o Sabana Iglesia. De ahí partía a la funeraria con medio centenar de dólares en los bolsillos y de la funeraria, concluida su tarea, a la cabina de Broadway y Fairview. Trabajaba como una mula huérfana.

A punto de rayar las seis de la mañana, se plantaba en la cabina de Audubon desde donde veía llegar decenas de Primos e igualmente a la más corpulenta profesora de la escuela George Washington. Enseñaba literatura y lengua española en los grados once y doce. Su nombre: Wendy Hilaya Parasha. El primer encuentro de ellos fue memorable. Wendy lo vio caminando en la calle 192 y la avenida Saint Nicholas, y creyó haber hallado un peluche azucarado adornando la acera. Un peluche espigado, de cuerpo bien hecho, moreno y doce años menos que ella. «Un ejemplar diseñado a la medida de mi apetito sexual», comentó Wendy a sus colegas, pasada una semana del hallazgo.

Desde ese día Wendy rehusó entrar al plantel escolar sin flecharle una mirada escrutadora, o sin hablar con él aun fueran dos minutos. Orquestaba excusas extremas para acercársele y respirarle en los hombros como adolescente punzada por Cupido. A veces no calculaba el tiempo de conversación y entraba tarde al salón de clase. Las reprimendas del director y los chistes desentonados de sus alumnos que la veían hablando o besándose con él, le importaban un tomate descolorido.

Wendy era un híbrido curioso e interesante, una especie de antropoide hembra difícil de descifrar tanto étnica como socialmente. Su piel cáscara de huevo no compaginaba con el tono anaranjado de su pelo, ni su contextura física con la agilidad de su caminar. Nació y creció en Ohio, uno de los Estados más desabridos e industrializados de la unión americana. Pregonaba con inflada jactancia haber nacido en el mismo territorio donde llegaron al mundo Thomas Edison, los hermanos Wright y Neil Armstrong. «Mi afición a las ciencias, a los aviones y al espacio, no es casual» decía si olía que cualquier intruso, conocido o no, intentaba minimizar la trascendencia económica, política y social de Ohio.

Su madre, de piel cobriza y mirada recortada, procedía de una tribu indígena peruana en extinción. Su padre, en cambio, era el segundo hijo de una familia judía tradicional y económicamente acomodada, propietaria de una decena de tiendas de calzado en Columbus. Wendy estudió Lengua Española y Literatura en la Universidad Nacional de San Marcos, en Lima, Perú. Vivió dos años en España, y dos en la República Dominicana. Hablaba quechua, español, inglés, francés y mordiscaba el yiddish. Su estatura alcanzaba los seis pies y pesaba sobre trescientas libras.

La primera visita que nos hizo fue cinematográfica: atravesó la puerta frontal de nuestro apartamento con el cuerpo ladeado y comprimiendo su grasa abdominal. Vestía un blusón olivo camuflado, botas altas de cacería y una falda ceniza más ancha que la cobija de un gazebo jamaiquino. La confundí con una montaña móvil desplazándose sobre la arena de una playa humedecida.

Llegó a vivir con nosotros un cuarto de hora después de yo haber sido informado de que llegaría. Arribó con la serenidad del viajero que regresa a su hogar tras concluir un largo viaje. Por mi edad yo no estaba autorizado a tomar decisiones, sino a acatar órdenes, y no pude ni siquiera opinar. Mis opiniones no valían nada; mi silencio, importaba mucho.

Su mudanza la componía un pesadísimo sofá reclinable amoldado a su cuerpo, tres maletas con sus asuntos personales, ocho cajas de libros, la mayoría en español, y cuatro elefantes de yeso de textura física hermanada con la suya. Ingresar el sofá a la sala fue una tragedia: tuvimos que convertirlo en ocho piezas. Los libros, excepto los de García Márquez y un quinteto de historia dominicana que colocó en una repisa vieja abandonada en una esquina de la sala, encontraron lugar rápidamente en varios libreros adquiridos por mi padre en una tienda de segunda localizada en Post Avenue. Las maletas permanecieron varias semanas intactas, esperando que algún alma achocolatada las consolara.

7
Le saqué un gringo de la panza a su chamaco.

Mi noveno año de vida llegó acompañado por un crecimiento alarmante de mi panza. La tenía redonda y abombada, como calabaza japonesa a punto de estallar. Al verme en ese estado, Wendy por poco enloquece y culpó a su recién adquirido marido de no haberme prestado la atención que demanda la alimentación de un chamaco de mi edad. Rigurosos exámenes conducidos por un trío de especialistas en desórdenes gástricos del hospital Presbiteriano, en Manhattan, determinaron mi ingreso urgente en un quirófano. Apremiaba extraerme una «vaina rara» descubierta por el radiólogo a cargo del fotografiado de mi estómago. Agotada una hora y media de escarbe meticuloso en mi zona abdominal, el cirujano mostró a sus colegas presentes en el quirófano un pegote de carne rugosa con aspecto de hamburguesa fermentada. La prueba de laboratorio comprobó que el pegote negruzco estaba formado por residuos de las incontables hamburguesas sebosas y chamuscadas ingeridas durante mi corta existencia. Todavía no he exonerado a McDonalds ni a Burger King de mi pudrimiento interior.

Al cerciorarse de la composición química del «tumor», el cirujano alzó los brazos apuntado al techo, quebró medianamente la voz y rememoró los mítines de los grupos izquierdistas dominicanos de los años 70 reclamando medio millón de pesos para la Universidad Autónoma de Santo Domingo. Asimismo, evocó sus estudios especializados de medicina realizados en la universidad rusa Patricio Lumumba, gracias a que en las décadas de los 70 y los 80 esas mismas agrupaciones conseguían becas con las cuales sus miembros o simpatizantes podían cursar carreras no tradicionales en países de la órbita socialista. Incorporarse a un mitin de repudio al gobierno de Joaquín Balaguer, lanzar unas cuantas piedras a la policía y pronunciar eslóganes como *Fidel Castro Ruz, que grande eres tú* o *Pin pan, pun, viva Mao Tse Tung*, aseguraba una beca a cualquier aspirante. La desilusión y el desengaño venían cinco años después cuando, al regresar a la República Dominicana ya graduados, los ex becarios se percataban de que habían cursado carreras totalmente inútiles en el mercado laboral dominicano: biólogo marino, entomólogo, urbanista, cartógrafo, geólogo, y otras vainas por esa misma onda.

Estimulado por esas añoranzas, el cirujano toqueteó ligeramente los antebrazos de Wendy. «Le saqué un gringo de la panza a su chamaco», exclamó con aire de satisfacción.

En mi tercer chequeo postoperatorio, me retrataron por dentro nuevamente. Y ¡vaya sorpresa!, en el área donde estuvo alojado el pegote negruzco de hamburguesa había un líquido endógeno multicolor. «No es sangre, porque es azul; tampoco orine, porque es rojo; mucho menos agua, porque es blanco», aseguró el radiólogo eufórico. Perpleja por el hallazgo, Wendy tronó un sorpresivo «¡Coooño!» con acento anglo-judío, «es la bandera dominicana», agregó. Acto seguido cubrió su rostro con el antebrazo derecho, avergonzada por la estridencia de un *coooño* que seguramente anduvo todas las habitaciones del hospital.

Muchísimos países tienen banderas de esos colores, farfulló una de las enfermeras al cirujano, tratando de minimizar el comentario de Wendy.

«No lo dudo —repuso Wendy al escuchar a la enfermera— pero, dígame, ¿cuál de ellas tiene el fondo roseado con mangú encebollado?, mire bien la radiografía, señorita».

Ignorando la intervención de la enfermera, el cirujano le descubrió la cara a Wendy e inquirió:

—¿Es dominicano el niño, señora?

—No lo es de nacimiento, doctor, lo dominicano lo lleva enredado en las tripas —respondió mi padre sobreponiéndose a Wendy.

—Señores —concluyó el cirujano tocando por segunda vez los hombros de Wendy— nada de avergonzarse por un coño, amiga. ¿Acaso merece llamarse dominicano un individuo, sea ministro religioso, político, cura, obispo, cardenal o aspirante a santo, que nunca haya disparado un coooooño bien *sazonao*?, coooooñoooo...

Encariñarse con una madrastra es un verdadero dolor de barriga, una ecuación de solución compleja, un dolor de cabeza de sanación imposible. Las madrastras, como el agua hirviendo, resuellan vapores imperceptibles y sofocantes; tienden a ser fastidiosas potenciales y dedican más tiempo al marido que a los hijos de éste. Mi convivencia con Wendy en el mismo espacio físico comenzó siendo yo un chicuelo de nueve años. Ella no tenía hijos y soñaba con ser madre, sin importarle que la criatura fuera un conejo o un desmadrado como yo. Eso nos compenetró al grado de formar un dúo más acoplado que muchos duetos de baladistas latinoamericanos de los años 40 del siglo XX. El único cambio notorio en mi rutina diaria tuvo que ver con los hábitos alimenticios. Nuestras barrigas estaban diseñadas al estilo dominicano, con unos que otros huecos gastronómicos puertorriqueños y cubanos. «Sus panzas son caribeñas», nos recriminó la noche de nuestra segunda cena en familia.

Obstinada por complacer las apetencias alimentarias de los tres ella preparaba indistintamente anticuchos, sancocho, arroz blanco, papas fritas, burrekas, rocotos rellenos, torrejas de huevos, perros calientes y ceviche. Al ceviche nunca pude entrarle, me sabía a algarrobo y me pelaba la lengua. El mangú, con los tres golpes y aguacate, estaba presente en nuestra mesa en el momento menos esperado. Las hamburguesas las eliminamos por completo de nuestro menú. En muy poco tiempo aprendimos a comer pendejadas tan raras como judías a la vinagreta y pepinos cornichón con ajo. Nuestros gustos adquirieron niveles de consistencia tan insospechados que resistían sazones como los hindúes, los árabes y los griegos.

Día a día esa gringa-peruana-judía, maga en la cocina, con calma de hicotea costarricense, amante de la buena lectura y fiel a sus obligaciones educativas, fue adueñándose de mí.

Una tarde de agosto, de esas que el sol tuesta el cuerpo como palomitas de maíz olvidadas en un horno de microondas, me llevó al Zoológico del Bronx. «¡Cuántas chulerías hay aquí!», repetía al observar el malabarismo de los monos o al escuchar el graznido de los gansos multicolores jugueteando con las lilas de los lagos artificiales. Al final de nuestro recorrido encontramos un niño reclamando desesperadamente a su madre. Ella lo refugió en sus brazos, como canguro transportando a sus críos, y lo dejamos bajo la tutela del personal de seguridad. Cumplida dicha misión, asió mi mano derecha y nos enfilamos hacia la puerta de salida, por Fordham Road. En el trayecto la vi lagrimar profusamente mientras sobaba su vientre con la mano izquierda, como buscando al niño recién entregado o al que nunca había parido. Desde ese instante comencé a llamarla Granmadre.

8

*Esturdo era demasiado bella para ser humana
y demasiado bruta para ser maestra.*

Esperaba mis diez años con ansiedad. Uno ya es grande a esa edad y puede ir a la escuela sin compañía, pensaba. Mi padre opinaba lo contrario. «Los conductores desquiciados, los delincuentes, los narcotraficantes han tomado las calles neoyorquinas. Los mocosos van acompañados a la escuela», me recordaba semanalmente. Y los maestros que me tocaron ese año, ¡cáscaras…, cáscaras! En vez de enseñar a sus discípulos a sumar, dividir, multiplicar, escribir bien, leer ligero, desperdiciaban el tiempo exigiéndoles a las familias de éstos que asumieran el rol de tutores.

En la intermedia tuve una maestra cuya nacionalidad ni mis compañeros ni yo nunca pudimos adivinar, porque en su rostro confluían matices orientales, sajones y latinos. En algo sí concordábamos sus alumnos: era demasiado bella para ser humana y demasiado bruta para ser maestra. La adornaban la incompetencia y la testarudez. Que yo recuerde, nunca logró articular una oración completa en la lengua que enseñaba: la española. Tampoco sabía acentuar bien ni colocar los signos de puntuación en los lugares apropiados. Cuestionarla sobre la función de un corchete, un guion, un paréntesis, una raya o una acotación, era malgastar el tiempo. Esturdo se apellidaba. Su belleza sustituía las lecciones que no podía enseñar.

En las escuelas neoyorquinas sobran las/os Esturdo. Son personajes singulares en el sistema educativo norteamericano, tienen aire de genio y manejan a la perfección recursos que les posibilitan disimular su carencia de conocimientos en las áreas que dicen enseñar. Desde su perspectiva los guardianes de sus estudiantes son un ejército de burros.

La directora de mi escuela recibía montones de quejas de los demás maestros, menos de Esturdo, a ninguno de los varones les importaban sus conocimientos gramaticales o literarios. Ella era súper chévere y sabía perfectamente cómo compensar las destrezas académicas que su ignorancia no le permitía mostrar: nos invitaba a su apartamento a tomar un jugo amarillento y espumoso que nos elevaba a dimensiones extravagantes. Puedo testificar que no era cerveza. Y lo mejor de todo, las calificaciones que recibíamos no eran nada despreciables.

De todos los ilusos que soñábamos con chulear a Esturdo, fui el más soquete y desafortunado. Un amanecer de mayo un trío de estudiantes, uno grande y dos grandotes, del salón de clase contiguo al mío, me apertrecharon detrás de la puerta de salida al patio de la escuela y me abollaron la cara y parte del cuerpo. Mi clamor de auxilio y la torpeza de mis atacantes de correr por los pasillos a ritmo de caballos trotones a ocultarse quién sabe dónde, los delataron. El subdirector académico los vio corriendo y los retuvo, luego me socorrió. En la enfermería me tapizaron los pómulos con hielo y disimularon mis moretones con una pomada blancuzca. A seguidas me depositaron en la oficina de la directora, donde ya estaban los tres agresores. Uno de los grandototes declaró haber sido él quien me golpeó.

—Nos peleamos porque tenía su mirada clavada en mi hembra —dijo el grandotote a la directora.

—Es cierto —secundaron el grande y el otro grandotote asumiendo el rol de testigos voluntarios—, es un atrevido.

—¿Quién es tu hembra? —inquirió la directora sorprendida.

—La maestra Esturdo, adelantaron el grande y el otro grandotote arrebatándole al supuesto victimario el derecho a responder.

—Maldición, Esturdo... Esturdo... —gruñó la directora rascándose la cabeza. Luego musitó:

—Tan buena maestra la Esturdo, pero tiene desquiciados a estos adolescentes.

Satisfechas nuestras exposiciones orales de los hechos, la directora nos entregó al grandotote y a mí un papel donde debíamos narrar lo sucedido. Procedimos a dar nuestras versiones de los hechos, él entusiasmado porque adivinada su absolución de culpa y yo contrariado todavía por los efectos de los golpes.

El día posterior al incidente, mi padre fue a conversar con la directora. Ella rechazó que yo entrara a su oficina y me mandó a la biblioteca, sosteniendo que hablaría en privado con él. La conversación duró menos que una pisada de gallo enjaulado.

«Señor Guerra, —argumentó la directora— no es mucho lo que podamos hacer usted y yo. El enfrentamiento físico de dos varones por una mujer no es una acción fea ni criminal, sino sobrecogedora. Es preferible que nos ocupemos nosotros de los golpes de su hijo, que estropear las vetas amatorias de dos adolescentes que comienzan a ser convocados por el apetito de la carne. Es lo sugerido por nuestros psicólogos».

No entendí los porqués, pero mi padre admitió como válido el análisis de la directora, lo cual me sorprendió a más no poder porque él nunca la había visto como harina de su costal, más bien le parecía rancia y obsoleta. *Cara de guayo oxidado* la llamó una noche que cenábamos en un restaurante en City Island.

El asunto de la golpiza murió ahí, como película de vaqueros pobremente planificada. Todavía mantengo ese episodio inscrito en mi diario de adolescente.

9

A mi madre nada la conmovía ni la ruborizaba.

Desconozco si mi madre bailotea en huertos adánicos, o hierve en el infierno dantesco. Veo más factible lo segundo. En su última década de existencia sus sentimientos enmohecieron demasiado, olvidó que desamar al prójimo es un pecado mortal de esos que, ni siquiera compensándolo con jugosas ofrendas, ningún representante de Dios en la tierra podría disolver. Nada la conmovía ni la ruborizaba. Siempre terminaba mandando al más candente de los fuegos infernales a quien hablara de purgar sus culpas o de salvar su alma.

Probablemente tenía sus razones. Llegar al cielo ha sido siempre una tarea complicadísima. La distancia que separa la tierra de éste es aterradora y las exigencias de quienes viabilizan el perdón de los pecados, extremas. Es más fácil negociar con los griegos una esquinita en los Campos Elíseos, que con los religiosos terrenales el ingreso al paraíso. El paraíso es zona vedada. A los infieles, los flojos de la cola, los bizcos, los mancos, los ateos, los flatulentos, los rebeldes, los tacaños y los pariguayos les está impedido entrar. Los candidatos deben tener almas cristalinas, transparentes, desabolladas. ¿Puede alguien decirme dónde pernoctan esa clase de almas? Somos víctimas permanentes de las incontables tentaciones que nos asedian. Los dioses griegos no fuñen tanto con los cazadores del perdón, su lista de infracciones es reducida y llevadera.

Estar limpio de pecado es imposible en un mundo tan voluble y provocador como el nuestro, donde admirar el trasero de la mujer del vecino o guiñarle un ojo a la amante de un ministro religioso es un acto lujurioso. ¿Qué mortal soporta el castigo que conlleva la lujuria? Dichoso Salomón que consiguió escapar ileso de ese trance. Tenía garras de lince conquistando mujeres, no es fortuito que lo nombraran Sabio. Se imantó el cuerpo de bellaquería y arrastró a centenares de hembras a la cama, a los montes, a los palacios, a las orillas de los ríos, y nadie lo castigó. Al contrario, lo premiaron asignándole un rinconcito azucarado en el cielo y muchísimas páginas de la *Biblia* para difundir sus hazañas falderas.

Esa confusión sobre el destino final del alma de mi madre me lleva esporádicamente al cementerio, donde moran sus restos. En el camposanto creo hablar con ella, rozar su cuerpo esquelético con el mío, inhalar la peste a alcohol todavía impregnada en su tumba, escuchar los matices de su voz embriagada y estropajosa. Los primeros quince minutos ante su tumba son torturantes, dolorosos, de reflexión profunda. Me arrellano sobre la tapa de su nicho, contemplando la lápida, a cuestionarme sobre temas que ella evadía conversar conmigo en mi niñez. El resultado sigue siendo el mismo: un silencio descomunal.

Hay personas cuyo ingenio debería ser revisado cuidadosamente porque, ¿quién que no sea anormal estamparía en la lápida de una mujer como mi madre un epitafio tan incongruente: «Aquí yace en serena calma el ser más pulcro del mundo»? ¡Cuánta mentira! Falacia epigráfica de igual envergadura tendría validez en ejemplares como Jacques Olivant quien, empeñado en descubrir el secreto escondido en el lenguaje lapidario de la tumba de su amada, dejó que lo timaran burdamente.

Consciente de que mi madre fue víctima de las adversidades generadoras de su infortunio, acudo al cementerio a celebrar su nobleza intangible y a llenar su tumba de flores y aguardiente, especialmente de Don Q. Al cabo de media hora me tiro sobre ella anhelando que la nocturnidad me desaparezca de la vista de cualquier posible transeúnte.

Mi padre nunca la ha visitado, cree que su espíritu podría salir del ataúd a importunarlo nuevamente; y sus huesos, a demolerle las costillas. Siente más temor a los huesos de los muertos que a la bomba destructora de Hiroshima. «¿Cómo puedes trabajar en una funeraria?». «Teatro, hijo, teatro», contestaba cuando le preguntaba.

10

¡Válgame, Dios!, ese carajito es un cagón.

Mi décimo tercer cumpleaños coincidió con mi tercer año de convivencia con Granmadre. En ese trienio ella fue la enciclopedia que me acercó emocionalmente al suelo natal de mi padre, quien nunca le prestó atención al asunto de mi descendencia. Su meta era trabajar como un mulo huérfano, suplir mis necesidades materiales, enviarle unos dolaritos a Aurora, ya achacosa y destartalada por la edad, y proporcionarse salidas eventuales con Granmadre y conmigo.

Granmadre tenía otra perspectiva de la realidad. Aprovechaba nuestras conversaciones diarias para inyectarme lo que ella concebía como dominicanidad, en dosis diminutas. Me hablaba de los resorts, de la exquisitez de las playas dominicanas, de la bandera culinaria criolla «arroz blanco, habichuelas rojas y carne de res guisada», de los afamados pasteles en hojas de Chichita, en San Cristóbal, de las hojaldras mocanas, de las arepas de Jarabacoa expendidas en la carretera que conduce a ese poblado, de los yaniqueques de Boca Chica y de los chimichurris del Malecón a la una de la madrugada. Los incontables barrancones, pulgueros y barrios miserables diseminados por toda la geografía quisqueyana los conocí cuando comencé a viajar a la isla de mis raíces paternas por cuenta propia.

Lo mismo elogiaba los arranques patrióticos del burro poético de Incháustegui Cabral, que el compulsivo resabiar de Aída Cartagena, acostumbrada a hiperbolizar su soledad y a presumir su autosuficiencia, aduciendo que tenía derecho a "estar sola en su soledad". Me resultaba difícil entender esa parte de nuestra conversación. Nunca había visto un burro ni siquiera en foto. Y los enredos y exageraciones verbales de Aída, cuyo nombre literario "hipérboles" aprendí en la universidad años después, nada me incumbían. Más alimentaba mi curiosidad saber por qué un país tan pequeño como la República Dominicana tiene tres padres de la Patria.

«Llévese esos garabatos con usted y reescríbalos», me reprimían mis maestras. Granmadre resolvía todo en un santiamén. Dos veces por semana extraía hojas de una libreta de apuntes y escribía con pulcritud envidiable lo que yo reescribiría cuántas veces ella ordenara. La primera semana me hizo escribir doscientas veces:

> Perdonen si les digo unas locuras
> En esta dulce tarde de febrero
> Y si se va mi corazón cantando
> Hacia Santo Domingo, compañeros.

Contento por haber concluido esa tediosa e impuesta jornada y por haberme aprendido esos versos de Pablo Neruda dedicados a Santo Domingo, le mostré los resultados a mi tutora de caligrafía. Granmadre miró los pliegos durante varios minutos y con su astucia acostumbrada, acarició mi cabeza y me dijo: repítelos doscientas veces más, hijo. «Shit», resabié a su espalda.

En Norteamérica sobran las disposiciones estatales sustentadoras de que la mayoría de los métodos disciplinarios aplicados por los padres a sus hijos adolescentes, son acciones indeseables e inapropiadas. Quien le habla duro a un hijo, lo hiere verbalmente; quien le pega una cachetada, lo maltrata físicamente; quien le reclama por embarazar o quedar embarazada, le viola su privacidad; quien le reclama deficiencia académica, lo humilla.

Advierto que el diagnóstico es gubernamental, no mío, y lo elaboran psicólogos y consejeros escolares expertos en conductas disfuncionales.

Al infierno, a la mierda las normas gubernamentales, decía Granmadre cada vez que me plantaba un sopapo en el pescuezo cuando mis rabietas, malacrianzas o descuido con una tarea escolar les aguaban la paciencia.

Terminé la primera asignación sin revelarle a Granmadre mis ganas de conocer el significado del texto. La segunda ocasión no pude aguantarme. «Por ahora no importa el contenido, limítate a hacer las letras bonitas, esto no es una clase de interpretación textual, sino un ejercicio de caligrafía. Y recuerda, debes escribir cien veces cada una de las líneas que acabo de darte».

Acompáñame a la única aldea caribeña
donde la arepa dulce, quemadita por encima,
es servida al destajo: República Dominicana.

No me importó la peladura de mis dedos, mucho menos que una montaña de letras quedara patinando en mi cabeza durante varias semanas, finalmente mis garabatos se convirtieron en una obra de arte.

El ingenio de Granmadre no tenía madre. Una tarde arrugada de otoño, de esas que los pájaros se posan en los arboles deshojados a cagar gente, me certificó como calígrafo y, diez minutos después de hacerlo, telefoneó al dueño de la funeraria excusando a su marido por faltar al trabajo ese sábado, colgó una cartera de su cuello, tomó calle y regresó a casa al fallecer el sol con un sobre manila y una tarta helada enchapada de melocotón. «Vamos a celebrar tus trece años, nuestro tercer aniversario de unión marital y tu recién adquirida habilidad de calígrafo», dijo sin más explicaciones.

Granmadre preparó una muy apetecible cena, compuesta por exquisiteces de la diversidad culinaria que concurría en nuestro hogar. Acabada la cena abrió el sobre manila y pronunciando un ceremonioso y efusivo «taratataaaa» depositó en la mesa tres boletos aéreos.

«Hijo y marido míos, he aquí su regalo de cumpleaños y aniversario. Vamos a la República Dominicana en una semana», anunció.

Mi *yesssss* retumbado debió haber invadido medio vecindario, por la intensidad de corneta inglesa de latón con que lo grité. Mi padre, entre tanto, dio cabeza a la plataforma de la mesa dejando escapar un desganado «yo no voy». Granmadre enrojeció, entendió su reacción como una descortesía irracional e inmerecida.

—Perfecto, quédate —dijo retirándose a la cocina a paso de caballo trotón.

En la medianía de un mayo primaveral mientras empujábamos un carrito de compras en un supermercado, traje esa noche a la memoria de Granmadre. «El 1980 fue el año más genial, brillante y plural de tu ejercicio magisterial», le dije apoyando mi cabeza en la suya. En un tiempo pírrico me enseñaste poesía, caligrafía y geografía dominicana. ¡Qué pena que te hayas retirado! Con maestras como tú cualquiera termina siendo un genio».

El anunció del viaje a la República Dominicana me produjo sensaciones turbulentas en todo el cuerpo. Mi olfato, mi vista, mi paladar volaron hacia Quisqueya en fracciones de segundo. Durante la semana de espera, sentí las horas estirarse como cacofonía negada a quebrantar su disonancia. Me echaba temprano en la cama a reproducir en mi cabeza imágenes de lugares dominicanos vistos por mí en fotos o en la televisión: Los tres ojos, Boca Chica, la zona colonial. ¡Diantre!, cuántas chulerías.

La tarde anterior a la partida, al regresar de la escuela, encontré un avioncito de papel sobre la mesa del comedor. Eventualmente Granmadre practicaba el *origami*. «Por fin», decía un letrero manuscrito sobre el ala derecha del avioncito. En el aeropuerto, aparte de un ligero retraso en el chequeo de la aerolínea causado por una señora empecinada en llevar en la cabina de pasajeros dos bultos de mano, una cartera y un enorme radio, todo salió bien. No puedo negarlo, porque quién miente muere con la lengua cuarteada, sostienen los testigos de Jehová, que al despegar el avión mis tripas sufrieron un constreñimiento rarísimo. Era mi primer viaje a la República Dominicana.

Al completarse la segunda hora de vuelo ya había ido siete veces al baño, dos a vomitar y el resto a premiar el inodoro con una diarrea más aguada que una jalea de fresas chinas. «Válgame Dios, ese carajito es un cagón», escuché murmurar a una joven emperifollada sentada en la parte frontal del avión. El agua Seltzer facilitada por las azafatas y el alcoholado frotado en mi cara y pecho por la ocupante del tercer asiento de nuestra fila, no surtieron ningún efecto.

Los últimos cuarenta y cinco minutos del trayecto fueron divertidos, lo reconozco: un borracho no paró de desentonar bachatas de Luis Segura y un anciano con más años encima que pelo en la cabeza, ayudado por un bastón, fue al carrito distribuidor de la merienda a pedirle sancocho con cazabe a las azafatas. El comportamiento del borracho, la caminata del anciano y mi cagadera perturbaron tanto a los pasajeros que el avión aterrizó, arribó a la terminal de desembarco y llegó al estacionamiento sin que se escuchara ni un aplauso.

—Bienvenida a su tierra, hermana —dijo el inspector de inmigración inadvirtiendo, quizás adrede, que nuestros pasaportes no eran dominicanos.

—Gracias, señor —coreamos Granmadre y yo.

—Es emocionante llegar a su Patria, ¿verdad, hermana? —insistió el inspector—. Dios debe bendecir a nuestros paisanos que vuelven al país dispuestos a brindarnos su presencia y con ánimo de compartir con nosotros sus bonanzas. Es bonito Venezuela, ¿no?

—Venimos de New York, señor, no de Venezuela —me adelanté a responder.

—Mejor todavía, campeón, los norteamericanos, los españoles, los venezolanos, los… son igualmente nuestros hermanos. ¿Mucho frío por allá, hermana? Usted sabe nuestra realidad. Cualquier cosa, lo que su henchida generosidad ordene, colóquela dentro del pasaporte —demandó sin todavía requerir nuestros documentos.

No entendí la perorata del inspector de inmigración. A Granmadre no le ocurrió lo mismo, ella conocía perfectamente las destrezas de los inspectores aduanales, su manera descarada de despojar a los viajeros de unos cuántos dólares, y prefirió jugar a la desentendida y poner los pasaportes sobre el mostrador mirando hacia las luces amarillentas fijadas al techo con débiles cadenitas oxidadas. Mientras esperábamos el equipaje, y para evadir el fastidioso «¿un maletero, señora?» proveniente de uno de las decenas de empleados inútiles diseminados en la periferia de la correa móvil, nos entretuvimos leyendo uno de los mensajes de la pared a nuestras espaldas:

> Dominicana es un lienzo iluminado apuntando al cielo.
> En esta isla caribeña, cuentan las sagradas escrituras,
> hizo Jesucristo escala en su trayecto al Paraíso.
> Aquí se esconde el Omnipotente de los ángeles fastidiosos.

«Colócate ahí, próximo a las palmeras y a las letras», demandó Granmadre señalando el letrero con el índice derecho. Vamos a estrenar nuestra Polaroid, debemos conservar recuerdos de este viaje». Y presionó el disparador tan rápido que mi sonrisa apareció después del flash haber relumbrado toda el área de espera de las maletas.

11

Hijo, se fue la luz.
¿Para dónde, Granma?

Durante el trayecto del Aeropuerto Internacional de las Américas a Santo Domingo, las nubes se emponzoñaron de mala manera, formando incontables motas negras. Esa tarde la lluvia no paró en toda la capital dominicana. Me resultó chistoso ver como el taxista convirtió su brazo izquierdo en un eficiente limpiavidrios capaz de vencer la furia de un ciclón.

«Generosa bienvenida nos ha tocado, hijo», comentó Granmadre al bajarnos frente al hotel Cervantes, en Gazcue. El agua purifica todo, trae suerte y prolonga la vida. Tales de Mileto, ese griego astuto que destorcía los objetos ondeados y veía por encima de Atenas, tenía razón al atribuirle al agua el origen de todo lo existente en el planeta. «El agua es todo, todo es el agua», lo escucharon decir sus contemporáneos.

Exceptuando la lluvia abundante proporcionada por la naturaleza, esa noche no fue nada placentera. El acondicionador de aire del Cervantes estaba averiado y los técnicos habían terminado su jornada laboral del día. Tampoco había otra habitación disponible adonde trasladarnos. Protesté por el calor sofocante, por la humedad, por los chorros de sudores nacidos en mi cuero cabelludo. Granmadre frenó el impulso de mi protesta diciéndome: «Recuerdas, hijo, no estamos en New York».

Nuestra primera salida del Cervantes fue adonde Aurora, en la calle Barahona, una vía congestionada y desnaturalizada por el remozamiento ordenado por el gobierno a Villa Francisca. Subterráneos desvirtuados, bifurcaciones de calles sin salidas, agentes de tránsito ineptos, semáforos inservibles. Recular como los cangrejitos que yo cambiaba por los botones de mi camisa en mi pubertad, es una costumbre nacional.

En sus remembranzas del pasado, mi padre le atribuía a la Barahona las mismas cualidades que le adjudican los turistas azorados a la famosa vía parisina Les Champs-Élysées: rutas de carros públicos conectadas con todo Santo Domingo, negocios por montones, árboles centenarios, centros de diversión y abundantes transeúntes diurnos y nocturnos.

Ya adulto, en otro viaje a República Dominicana, me enteré mediante un reportaje periodístico que la Barahona era la calle preferida de los fritureros, las prostitutas y los chulos capitalinos de los 60 y 70 del siglo XX. Una parodia de triple sentido del joropo venezolano *Alma llanera*, de moda en esa época, confirma la versión periodística: «Yo nací en las riberas de la calle Barahona / soy hermano de los cueros / primo hermano de los chulos / y por eso tengo el güe...... / como el plátano más duro, la...la...la... la».

Desde mi primera andada por la Barahona, tuve la corazonada de que esa vía nunca superó la condición de camino vecinal solitario, obsequiado al abandono. Si alguna vez tuvo prestancia, la modernidad y las edificaciones mal proyectadas levantadas en su entorno le robaron metro a metro la gracia.

La propia Aurora nos ayudó a descargar las fundas surtidas de blusas, faldas, zapatos y caramelos de diversas marcas. La descripción de mi padre del aspecto físico de Aurora fue certera. De ella quedaba una fibra de piel amarrada a sus huesos y una larga cabellera desteñida y desflecada. Al caminar, su cuerpo bailoteaba como marioneta operada por cuerdas invisibles.

Nuestra intención inicial de compartir un rato con ella y Celeste la varió mi empatía con Lorencito, el hijo de Celeste. Granmadre no quiso malograr la magia que nos identificó mutuamente y nos quedamos cuatro horas con ellas.

Lorencito era rellenito, como un saquito de arena de ring de boxeo. Su piel, retinta por la impiedad del sol, contrastaba graciosamente con el verde de sus corneas, agiles como semáforos intermitentes, como farallones rurales. Tenía doce años y dos maneras de divertirse desconocidas por mí: un pedazo de *plywood* con cuadritos blancos y negros con tapas de Coca Cola en un lado y de Pepsi Cola en el otro, donde él jugaba *Tablero,* y varias chichiguas multicolores con navajas afiladas en la punta del rabo. Para matar mi curiosidad sobre el juego *Tablero*, él y su madre jugaron una partida de exhibición. No podía creerlo, Lorencito movía las tapitas con más destreza que Bobby Fischer los peones del ajedrez. Durante el desarrollo de la partida, Aurora nos agradó con un par de yaniqueques crujientes y una limonada helada.

Terminada la exhibición, Lorencito me invitó a treparme al techo de un edificio vecino usando una escalera de madera, con una chichigua roja. Cuando ya la chichigua había ganado altura y zigzagueaba en el aire, me advirtió: «las navajas del rabo son armas de combate, actúan al instante de tu chichigua ser atacada por una chichigua enemiga. La rapidez de los brazos y de las muñecas es imprescindible; de lo contrario, el enemigo te tajea el hilo y, adiós chichigua.

—¿Acaso las chichiguas son tanques de guerra? —inquirí socarronamente.

—Te explico más adelante. Por ahora agarra bien el hilo y palanquea el brazo hacia adelante y hacia atrás, si no la chichigua se enreda en los alambres eléctricos y la perdemos.

La emoción me duró poco, pues nada más hizo la chichigua ponerse al ras con las avionetas que volaban rumbo al aeropuerto de Herrera, cuando un inesperado chubasco nos obligó a bajarla.

Al marcharnos al hotel sentí la sensación de haber dejado dos tareas inconclusas.

—Antes de regresar a New York quiero aprender a jugar *Tablero* —sentencié a Lorencito señalando la tabla cuadriculada—. Y a volar chichigua, también.

—De acuerdo, si volvemos a vernos te mostraré otras clases de chichiguas: arañas, cajones, zumbadores, pico-bohíos, estrellas...

Retornamos al Cervantes pasadas las nueve de la noche. La recepción y los pasillos estaban cundidos de velas y velones encendidos, como camposanto de pobres un 2 de noviembre; el acondicionador de aire seguía sin funcionar, la planta eléctrica estaba defectuosa y el servicio energético había sido suspendido en esa zona alrededor de las siete y treinta.

—¿Por qué no encienden las bombillas? —pregunté exasperado.

—Hijo, se fue la luz. Los apagones son parte del folklore dominicano.

—¿Para dónde? —inquirí sin comprender el «se fue la luz».

—Para otro barrio, probablemente.

—¿Cuándo regresa?

—Depende del encargado de subir y bajar la palanca.

—¿Qué palanca?

—La que enciende y apaga la luz.

—¿Puedo echar un coño, Granmadre? —pedí buscando sofocar mi rabia.

—Hazlo, hijo, hazlo. Pero no más de uno, debemos ahorrar los coños. Presiento que necesitaremos varios de ellos durante este viaje.

—Coño.

—Así no, hijo. Te salió muy flojo y desganado. Suelta otro.

—¡Cooooñooooooooooo!

Supongo que nuestra conversación rozó los oídos del recepcionista, de otra forma no hubiera encendido un radio de batería y sonado esta canción del Cieguito de Nagua, a todo volumen:

> Yo tenía una luz que a mí me alumbraba
> Y venía la brisa, fuá, y me la apagaba.
> Como algo invisible venía y la soplaba.
>
> Yo tenía una luz que a mí me alumbraba
> y venía la brisa, fuá, y me la apagaba.

Granmadre retornó a la recepción forrada de la ironía adecentada que ella manejaba en ocasiones especiales, a reprocharle al recepcionista: «Amigo, no todo se resuelve sonando un merengue, ¿puedes bajarle el volumen a ese maldito radio?».

Al otro día anduvimos todos los rincones de la zona colonial. En una tienda de regalos situada frente a la Catedral Primada de América compramos una caja de chucherías a precio de diamantes bien cortados, porque los comerciantes avispados aprovechan la ignorancia de los turistas. Del mismo modo degustamos un par de sándwiches cubanos en el *Palacio de la esquizofrenia,* nombre con el que algún poeta desquiciado y sin oficio bautizó la cafetería *El Conde* debido a la cantidad de anormales (poetas, pintores, cuentistas, periodistas e izquierdistas) que concurrían, y todavía concurren a ella todas las tardes a hablar vacuencias, a fabricar sueños, a donarles sus frustraciones a otros no menos desenfocados que ellos. Al dejar la cafetería avizoré un rincón del parque Colón atestado de palomas y tres ancianos alimentándolas. Me acerqué a la bandada con la naturalidad que lo hacía en Poe Park, en New York, y fracasé: al sentir mi presencia, varias de ellas volaron hasta posarse sobre la cabeza de la estatua de Cristóbal Colón, enclavada en el centro del parque. Las palomas dominicanas son astutas y broncas, temen que los *tígueres* las descuarticen y las hagan locrio. De suerte que, si olfatean la presencia de alguien, huyen hacia donde nadie las atrape.

Parte de las vacaciones la consumimos en un viaje a Santiago de los Caballeros, con su parada obligada en *Raspadura,* donde nos embuchamos de frituras grasientas y de un trío de canquiñas de coco más destempladas que los resortes de un lapicero viejo. En Santiago entramos al Monumento a los Héroes, el edificio más elevado de esa ciudad, que honra a los protagonistas de la Restauración de la nacionalidad dominicana.

Los últimos tres días los pasamos en un resort en Playa Dorada, Puerto Plata. De los resorts podríamos escribir centenares de páginas. Son réplicas de palacios celestiales sin guardianes que enfanguen la tranquilidad de los huéspedes. Los visitantes extranjeros no salen de ellos durante su estadía, y regresan a sus países creyendo que la República Dominicana es un tesoro celestial, sin pobres boyando en las riberas de los ríos, sin carros de concho destartalados, sin políticos desangrando a sus paisanos, sin corruptos desfalcando el erario, sin violencia, sin crímenes, sin doce mil bancas de loterías.

La noche anterior a nuestra partida Aurora y Lorencito nos visitaron en el Cervantes. Lorencito me sorprendió con dos chichiguas: una araña y una zumbadora. «Vuélalas en New York», dijo al entregármelas. De paso me habló del fructífero negocio que tenía con un tal Eduardito, el niño más rico de la calle Barahona, a quien vendía chichiguas a precios elevados, con pendones fofos e hilo podrido. ¡Pobre Eduardito!, desde que las elevaba la presión del aire las quebraba, o el hilo se rompía. Solución única al alcance de Eduardito: comprarle más chichiguas e hilo a Lorencito.

12

Las mejores lunas, son las llenas.

Apenas comenzábamos a disfrutar el viaje cuando mi padre comenzó a importunar telefónicamente a Granmadre: «el propietario de la *Jesús Sacramentado* amenaza con cerrar el negocio por falta de muertos. Se queja de la resistencia de los vivos a viajar a otros mundos». «Uf... Nuestras vacaciones peligran», refunfuñó Granmadre al colgar el auricular.

Despedir muertos es un negocio complicado y sin logros personales loables. Nadie le agradece al dueño de una funeraria que vele o entierre a un pariente suyo. El enterrador es mirado con recelo, como un sujeto despiadado y cruel, incompasivo. Esa actitud la origina la incomprensión de los dolientes, por lo general renuentes a entender la necesidad de salir rápido de los cadáveres, de llevarlos a lugares donde estén en paz, donde gocen placenteramente su muerte, donde no contaminen el ambiente, donde no hiedan.

La amenaza de quedar cesante no desalentó a mi padre, sino que lo motivó a contactar nuevamente al Azabachado. «No debo desperdiciar esta época de vacas gordas», reflexionaba emocionado. Una sola espina lo punzaba: no poder compartir su emoción con Granmadre. Él conocía el sentir de ella con respecto al negocio de las llamadas, y el riesgo que estas implicaban.

«Nos veremos esta noche, a las 8:30, en el restaurante *La Jigüera*», acordó con el Azabachado vía telefónica. *La Jigüera* llevaba tres meses de inaugurado. Estaba en la avenida Nagle y calle 204, en Washington Heights. Sus atractivos principales eran doce mesas en el patio, cubiertas por pequeñas enramadas cobijadas de yaguas parcialmente iluminadas por faroles atados del techo simulando lámparas de kerosén antiguas; y las cinco exóticas camareras que, con sonrisas de diosas oceánicas, recibían a los clientes. Sus abonados eran personajes resbaladizos que pronto hicieron de él un rincón donde arreglar negocios discretos. Tan discretos como la endeble iluminación de sus lámparas de kerosén.

Por ser lunes y la noche recién nacida, *La Jigüera* estaba desolada. Anticiparse cinco minutos a la hora convenida no acrecentó su fama de hombre puntual: el Azabachado lo aventajó con diez minutos. Lo esperó en una mesa arrinconada, la más solitaria, la más discreta, con un aperitivo de calamares al vapor y crema de auyama.

—Quiero dos o tres cabinas más —dijo mi padre agarrando una rodaja de calamar.

—¿Ves estos calamares, Viterbo? —repuso el Azabachado apuntando al centro del plato con un tenedor.

—Claro, están blandos, riquísimos.

—¿Crees que acabarán con tu hambre?

—No del todo, funcionan como estimuladores del apetito.

—Genial, Viterbo, eres genial. Despiertan el apetito. ¿Piensas que la luna está alegre esta noche? —inquirió dirigiendo su índice derecho al cielo.

—No, le falta la mitad.

—¡Eso!, entiendes de maravillas.

—¿Qué entiendo...?

—Que los caminos truncos no conducen a la meta final. Que quien cruza una carretera a ritmo de tortuga, no debe culpar al conductor del camión que lo aplaste. Que camarón que se duerme, lo marinan y lo hacen ensalada.

—No siempre ocurre así. El camarón, por ejemplo, posee destrezas especiales, sabe vencer escollos. Mi refrán favorito es el de los granos.

—¿Cuál?

—El que le atribuye a la gallina la virtud de llenar su buche grano a grano.

—Pensé que me estabas entendiendo, Viterbo. No es asunto de gallina ni de buche ni de granos. Las cabinas y sus respectivos alambritos e imanes son el preámbulo a un escenario superior donde la prosperidad carboniza la miseria económica. Debes ver las cabinas como un aeropuerto de donde parten los viajeros hacia un destino más esperanzador y fructífero.

El encuentro lo terminó la intromisión de un barbudo fanfarrón que ingresó al patio acompañado por una apuesta y caderuda joven, con sonrisa de anuncio de pasta dental, ofreciendo Don Perignon a todas las mesas, a cuenta suya. ¡Qué cagón es ese cojudo! Si las mesas estuvieran ocupadas no ofreciera ni una cerveza barata. Su objetivo es pantallearle a la infeliz que lo acompaña, gruñó el Azabachado dejando el asiento que ocupaba.

—Todo claro, mi panal —acentuó el Azabachado al despedirse debajo del arco turquesa de la puerta de ingreso a *La Jigüera*.

—Clarísimo —respondió mi padre cruzando frente a dos Mercedes Benz deportivos que acababan de estacionarse frente al restaurante.

—Excelente, mi panal. Vete en paz, olvídate del buche de la gallina, del tamaño de los granos y destierra de tu mente los pedazos de lunas. Las mejores lunas, son las llenas.

13

*En la medianía de los 80 Manhattan fue
atacada por una plaga endemoniada, llamada* crack.

    Empeñados en borrar las huellas de sus atrocidades, los norteamericanos están acostumbrados a compensar con migajas a sus víctimas. Es como tapar el cielo con el borde de una uña. El imperio del Norte invadió a la República Dominicana en abril de 1965. Su excusa fue insípida: proteger a sus ciudadanos establecidos allí del enfrentamiento de militares y millares de civiles que reclamaban el retorno de Juan Bosch al poder, derrocado en septiembre de 1963 por un golpe militar. El gobierno estadounidense envió 44.000 soldados con instrucciones precisas de aplastar a los levantados en armas, pero al no poder aniquilarlos, resolvió firmar un acuerdo de paz con ellos. El equipo mediador del presidente Lyndon B. Johnson incluyó en las negociaciones un capítulo que facilitaría a los dominicanos emigrar a los Estados Unidos. Dicho acuerdo puso fin a las restricciones de viajar al exterior impuestas a los criollos durante tres décadas, e inició la emigración masiva de dominicanos hacia Puerto Rico, los Estados Unidos y Venezuela.

    Animado por el referido acuerdo, mi padre estuvo dos veces en el consulado estadounidense en Santo Domingo solicitando una visa turística, en ambas ocasiones con el mismo resultado. «No podemos visarlo ahora, señor, vuelva en un año». La negativa de cada oficial consular la legitimaba un rótulo impreso en su pasaporte: «En espera». En espera de que jamás volviera por ahí, probablemente querían decir.

    La carencia de una visa estadounidense, más la clausura de su centro de consulta lo indujeron a abordar la yola que lo transportó a Puerto Rico. Para él era imperativo ensayar las fórmulas productoras de dinero a su alcance. Regresar derrotado a República Dominicana, no era su intención.

En el sexenio 1984-1990 Washington Heights alcanzó niveles de belicosidad superiores al de los cruzados medievales. El tramo comprendido entre las calles 135 y 207 era zona sublevada, territorio de naufragio. La diferencia de esas setenta y dos cuadras con el infierno era pingüe. De isla venerada por sus millones de inmigrantes de todo el mundo, Manhattan fue transformada en un miserable arrabal cuyos pobladores y visitantes dejaban su seguridad física a la suerte de los narcotraficantes y de los pertrechos guerreros de la policía. «A pesar de sus letreros luminosos / New York sigue siendo una gran sombra», escribió entonces el poeta Héctor Rivera.

El sustantivo *agua* degeneró en onomatopeya altisonante encubridora de la ilegalidad. «Agua…, aguaaa…, aaaguaaaa», coreaban centenares de voces desentonadas alertando a sus socios de la presencia de la policía o de los agentes antidrogas encubiertos.

Cualquier gesto corporal de un colega bastaba para que los demás vendedores tomaran fundas con viandas o con productos enlatados previamente escondidas por ellos mismos en neumáticos de automóviles, en depósitos de basura, y echaran a andar tranquilamente por las aceras evadiendo promontorios de latas de cervezas, restos de comidas rápidas y millares de cucarachas y de ratas enormes, simulando que regresaban a sus hogares procedentes de un supermercado o de una bodega. Al rato el coro reaparecía con la misma letanía acuífera, y nuevamente los jodedores (vendedores de drogas callejeros) convertían las calles en un mercado público cualquiera, lleno de «agua……, aguaa………, aguaaaaaa……».

En corto tiempo las calles de Washington Heights sirvieron de guarida a indigentes, a pistoleros a sueldo, a destripadores de automóviles, a ladrones de tiendas; y los hospitales fueron inundados por baleados, acuchillados e intoxicados. El porcentaje de muertes violentas y homicidios aumentó cual harina de trigo revuelta en bicarbonato. De los vanos de numerosas ventanas decenas de jodedores saltaban al vacío como muñecas inservibles. Preferían ese final que caer en las garras de la policía. Durante ese sexenio Manhattan fue atacada por una plaga mortífera y endemoniada: el crack. Los periódicos estadounidenses señalaban a New York como el centro de mayor comercialización de estupefacientes del noroeste norteamericano. A un porcentaje muy reducido de narcotraficantes el mercadeo de marihuana, *crack*, éxtasis, cocaína y morfina le sirvió para aminorar su miseria económica, pero también para corroer adolescentes, para plantar ilusiones en emigrantes ávidos de riquezas, para fijarle precio a la justicia. Otros aguateros, pregoneros de mercancías ajenas, mercaderes de poca monta, coristas de «aaaaguaaaaa» castigados por la miseria, ilusionados con que el narcotráfico solucionaría su pobreza, terminaron tras las rejas.

Inicialmente a las autoridades policiales las venció la sutileza de los jodedores para escabullirse y evadir la justicia. Fueron los gobernadores David Dinkins y Rudolph Giuliani, quienes en el segundo lustro de los 80 e inicio de los 90 orquestaron programas antidrogas con tácticas policiales agresivas, que limpiaron las calles de indigentes, desarticularon puntos estratégicos de preparación y distribución de estupefacientes y enrejaron a sus principales cabecillas.

Los más agraciados de ese carnaval grotesco fueron los abogados y las funerarias. Los primeros ingresaban a los tribunales a defender lo indefendible, a intercambiar penalidades por declaración de culpabilidad, a desaguar los bolsillos de los apresados y de los familiares de estos. A las funerarias, por su parte, llegaban los difuntos con la asiduidad que las gaviotas vencidas por la parquedad de sus vuelos arriban a las playas. El precio de los servicios funerarios superó la altura de las chichiguas de Lorencito. Tal fue la demanda de servicios funerarios que a muchos difuntos los enviaban directamente del hospital a sus países de procedencia, por falta de salas veladoras. Otros tenían que permanecer semanas en las morgues de los hospitales esperando que las líneas aéreas dispusieran de espacio.

«Llantos del doliente, alegría del negocio», arengaba Cristóbal Salgado festejando el incremento de su clientela. Fue época de mucha bonanza, tanto así que la *Jesús Sacramentado* recobró su estatus económico anterior y generó plusvalía que favoreció la apertura de una sucursal. El nuevo recinto estaba ubicado en un área donde los asesinados alcanzaban para repartirles cadáveres a todas las funerarias neoyorquinas: avenida Saint Nicholas y calle 165, el alma de Washington Heights. Mi padre fue nombrado administrador de esta. Ningún administrador de la *Jesús Sacramentado* había producido en una década más ganancia que la generada por él en un año.

—He estado pensando que deberíamos incorporar algún atractivo a nuestro paquete funerario. Urge hallar una fórmula que acelere el recorrido de los carros fúnebres al cementerio —le planteó mi padre a su patrón luego de haber agotado una semana completa sepultando más muertos que lo usual.

—¿Con qué objetivo?

—Con el objetivo de que el negocio reciba más dinero.

—Explícate, Viterbo —requirió Salgado.

—Enterramiento Expreso, o Servicio EE, podríamos bautizarlo. Lo de EE podría funcionar bien, suena parecido a Servicio VIP.

—Explícate, Viterbo —repitió.

—El plan es conducir el muerto al cementerio a la misma velocidad del fluido del tráfico normal, en vez de a paso de tortuga. Así reduciremos de cinco a dos horas el tiempo de ida y regreso a un camposanto, ahorraremos combustible y atraeremos más consumidores.

—El ahorro de tiempo y de combustible lo visualizo claramente, no igual la captación de más consumidores.

—Sencillo, Sr. Salgado, ofreceremos el Servicio EE con un 15% de descuento.

—Estás loco, Viterbo, perderemos dinero.

—Al contrario, ganaremos más. Porque además de tiempo y combustible, cambiaremos la preferencia de los deudos al momento de elegir un servicio funerario.

—Ahora entiendo menos. ¿Cómo lograremos lo último y de qué nos servirá?
—Mediante el descuento. Los descuentos sustanciosos reducen las quejas y los gritos de la gente. Pero lo más importante: los ingresos de la funeraria aumentarán un 5% extra.
—¿De qué manera?
—Subiéndole un 20% nuestros precios. De ese incremento, 15 le toca al público, y 5 a la empresa.
—Que yo sepa, eso es robar.
—Negativo, es asunto de mercadología elemental. ¿Qué hacen los comerciantes cuando anuncian mercancías en rebajas?

Con un dejo de duda que no pudo ocultar, Salgado aprobó la propuesta de mi padre pues, después de todo, la realidad era una sola: si no producía más dinero, tampoco perdería.

Efectivamente, fue como ganarse la lotería sin apostar a ella. El resultado del Servicio EE fue tan satisfactorio que, a menos de un año de haber sido instituido, el 90% de las funerarias neoyorquinas lo hizo suyo. La alegría de Salgado llegó a su máximo ensanchamiento un mediodía primaveral que recibió una comunicación de la New York Transit Authority informándole que su contribución al descongestionamiento del tránsito vehicular neoyorquino había sido recompensada con una asignación monetaria mensual. «¡Vivan los muertos!», gritó Salgado al enterarse de la noticia.

14
Granmadre demostró ser más veloz que un cohete lunar.

Granmadre quería conservar, siquiera fuera por una semana, la emoción de nuestro viaje. No estaba dispuesta a desistir de sopetón el haberse alejado de la rutina cotidiana. En su memoria seguían fluyendo el azul tornasolado de las playas, el gorjeo de los pajarillos merodeando los resorts, mi espanto por la destreza de volador de chichiguas de Lorencito. Por eso la noticia del posible despido de su consorte no la abatió en absoluto. Más le atormentaba recordar su negativa a compartir el viaje con nosotros.

Me tocó a mí, a petición de mi padre, servir de intermediario. «Te encomiendo comunicarle a Wendy lo que tú sabes», me ordenó.

Los directores noveles de orquesta tienen graves dificultades para terminar una pieza. Inician con buen pie, pero la batuta les flaquea al rematar los últimos compases, no saben cómo ni dónde poner las notas de cierre. Lo mío fue al revés: no sabía cómo iniciar con Granmadre la conversación encomendada por mi padre. La oportunidad de hacerlo llegó relampagueante, como *flash* fotográfico. Ese fin de semana aprovechando unos boletos obsequiados al personal de la escuela George Washington, Granmadre me llevó a Playland. Comparado con Disney World, Great Adventure, Dorney Park, lugares inmensos y con abundantes tecnologías, Playland no supera el bostezo mañanero de un guaraguo. El argumento de Granmadre «Es mejor un poquito de algo, que nada» fue contundente.

Subiendo una ligera loma en busca de la montaña rusa, Granmadre perdió el aire. Me temblaron las piernas y las manos al verla caer al suelo, abierta y quebrada como guanábana lanzada desde el cielo con intención insana. Antes de llegar los paramédicos a socorrerla ya estaba medianamente recuperada.

Había aspirado una buena bocanada de aire fresco procedente del pedazo de cartón con el que la ventilé.
—La candencia del sol me desmayó —comentó mirándome fijamente.
—Y tu valentía aceleró tu recuperación —recuerdo haberle respondido.

Los minutos de recuperación de Granmadre los pasamos debajo de un inmenso árbol *maple*, devorando *pretzel*es griegos de tres hoyitos y tomando jugo de naranja. Sin alterar el ritmo de nuestra conversación, abandonamos el *maple*, atravesamos la puerta de salida y llegamos a la parada de autobuses. El cansancio acumulado, más la avería sufrida por Granmadre tras la caída alargaron nuestra caminata.

—Mi padre puede venir a recogernos, ¿lo telefoneamos? —propuse.

—No hace falta, hijo. Si rechazó subir a un avión, menos querrá manejar un coche.

Su reflexión trajo a mi pensamiento al Moisés bíblico separando las aguas. Ciertamente a mi edad no tenía consciencia plena del significado de ese pasaje. Me favoreció que previo al viaje a Playland, empujado por la propia Granmadre, lectora empedernida de la Biblia, hubiera leído esa hazaña de Moisés. Es decir, el hueco que yo buscaba acababa de producirse.

—¿No quiso, o no pudo? —pregunté con un dejo de malicia.

—No quiso, diría yo.

—Y yo, que no pudo.

—Querer es poder, reza un refrán más viejo que Saturno —refutó Granmadre resuelta a convencerme.

A falta de argumentos teóricos sólidos para confrontarla exitosamente, decidí hablar sin rodeos.

—Él no pudo viajar porque...

—Porque no quiso —insistió ella interrumpiéndome.

—Porque no tiene papeles legales —dije secamente.

—¿*What?*, ¿qué? —exclamó salpicando el aire con su voz estruendosa.

—Es indocumentado, no tiene Green Card. Por eso no nos acompañó.

—¿*What*......? —repitió explayando las quijadas cual pez espada arponado por la cola.

En el autobús la enteré de todo: Mi madre, comencé a relatarle, acabó con la posibilidad de que él resolviera su problema legal. Vació sus bolsillos, su espíritu, su felicidad, y nada de Green Card.

Granmadre me escuchó atentamente hasta que la ansiedad y el sueño la vencieron. Desperté tres minutos previos al arribar a nuestro destino.

El viaje a Playland fue otro de los grandes aportes de Granmadre a mi salud emocional. Disfruté los juegos con la pasión de un púber brioso anunciando el advenimiento de la adolescencia. La estrella, el martillo, la silla voladora, el gusano, la cueva del terror, los carritos chocones, me mantuvieron pegados a ellos como adolescente ansioso de cargar consigo los objetos que lo embelesan. Esa noche la tranquilidad desanduvo todos los rincones de nuestro apartamento y la cena fue más abundante y suculenta que en otras ocasiones, hubo vino y tarta helada en abundancia. Granmadre mostró más candidez de la acostumbrada y narró algunas anécdotas de su época de estudiante universitaria en Perú. Sobre todo, las relacionadas con la forma de tomatillos que adquirían sus retinas por el picante del ceviche. Camino a la cama, porque pese a que estaba de vacaciones en la escuela, mi jornada diaria terminaba a las nueve de la noche, la escuché decir: «Salimos a las nueve».

Al amanecer moderados zangoloteos a mi pierna derecha terminaron mi contrato con Morfeo. «Levántate, hijo, vamos a salir», repetía Granmadre inundando toda mi habitación de un eco intermitente y operático.

Vencidos los taponamientos vehiculares matutinos, a las diez estábamos en Grand Concourse y la calle 176, en el Bronx, ante un hindú fornido ataviado con toga, birrete y cara de no me fastidien mucho. Ignoro si el parsimonioso «acepto, señor juez» pronunciado por mi padre salió, como diría un gringo, *from the bottom of one's heart*, o simplemente fue un ejercicio fonético inconsciente. Lo importante fue que salió nítido y contundente.

No pude ser testigo oficial del enlace por mi poca edad, los jueces gringos son muy rígidos. Al abandonar la sala de casamiento, libres ya de las miradas descuartizadoras del juez hindú, apiñamos nuestros cuerpos en un intenso y extenso abrazo. Me sentí como tripa de sándwich atrapada en las paredes de un pan caliente.

Superado el papeleo rutinario del US Naturalization and Immigrations Sevices, la Green Card se sumó al papelerío que abultaba su billetera. Conseguir una Green Card en la medianía de los 80 era todavía, diría un beisbolista, una *roletica* suave a segunda base. A pesar de eso, Granmadre demostró ser más veloz que una gacela.

15

*¡Cómo perturbó mis nervios
esa chilenita con cadera de deidad africana!*

Dos acontecimientos memorables marcaron el cierre de mi pubertad: el inicio de mis estudios secundarios en la escuela John F. Kennedy, en la línea divisoria de Manhattan y Bronx, y Dulce Soledad. Mi primer año de secundaria estuvo lleno de miedos, incertidumbres, bromas pesadas de los estudiantes más avanzados, crueldades de maestros intransigentes y miradas inquisidoras y agridulces del director de la escuela. La primera quincena de clase la pasé desasosegado. Los estudiantes de tercero y cuarto año escondían mis pertenencias en los escritorios de los maestros, en la biblioteca, en el gimnasio. Una vez me encerraron en un baño de mujeres, armándose tremendo barullo. Durante el almuerzo ponían accesorios escolares de otros estudiantes en mi silla y, al abandonar el comedor, me perseguían por todas partes voceándome: «ladrón... ladrón». Como el director conocía las travesuras de los estudiantes de término mis reclamos no prosperaban, los almacenaba en el recipiente que había destinado a las bromas estudiantiles: la bolsa del olvido.

Aún con esas contrariedades, fue un año de satisfacciones a granel. ¿Cómo olvidar la astucia del guardia de seguridad cuando quería desayunarse gratis? Revolvía las hilachas de su peluquín con un peinecito plástico curtido de caspas, abría los ojazos como bolas de golf apaleada y revisaba minuciosamente las pertenencias de los estudiantes. Cualquier sándwich, pastelito o jugo contenido en las mochilas, lo situaba por encima de la cabeza de la víctima y, poniendo cara de león trasnochado, gruñía un ceremonioso «incautado». De ahí pasaba al baño de la biblioteca y ponía a disposición del paladar el cuerpo del delito. Su artimaña finalizó una mañana que el director lo sorprendió en el área de libros viejos de la biblioteca atorado con un pastelito de pollo.

Pero más memorable que Dulce Soledad, nada. ¡Cómo perturbó mis nervios esa chilenita con cadera de deidad africana! La descubrí el segundo día de clase. Entró tarde en el salón con ímpetu de mariposa en vuelo ascendente, distribuyendo miradas diagonales a todos los varones, y posó sus ancas tiesas en la silla situada a mi costado derecho. Todavía hoy ignoro las orientaciones académicas de la maestra de literatura esa mañana, quedé helado contemplando la cara amanzanada de esa chica cuya piel lucía bronceada en un panel solar. Esa noche completa estuve leyendo e intentando escribir un poema.

De algo sirvió que Granmadre empañetara la sala y su dormitorio de libros de Pablo Neruda. Leí dos veces *Veinte poemas de amor y una canción desesperada,* más catorce sonetos de amor, de los escritos por el *bate* chileno a Matilde Urrutia, sin lograr conciliar el sueño. De los treinta y cinco poemas leídos extraje cinco versos.

Previo a su arribo al salón, dejé mi primera nota encima de su butaca: «Márcame mi camino en tu arco de esperanza / y soltaré en delirio mi bandada de flechas». Firmé los versos como míos, sin vergüenza alguna. Ignoraba que el plagio es un vulgar y descarado hurto del talento de otros.

Ella leyó la tarjeta con interés y la introdujo en una pequeña cartera oculta en su mochila. No hubo reacción suya, sí una leve sonrisa rascó sus labios. El verso de la segunda entrega, escrito en un papelito circular, fue más escueto y desafiante: «Ah, desnuda tu cuerpo de estatua temerosa». Esta vez lo introdujo en un libro, con disimulo. Me agradeció con una mirada relampagueante. En ese instante la soñé mía, toda mía. El júbilo me bailó por un buen rato, sin poder contenerlo. Cualquier médico me hubiera diagnosticado placidez severa.

La tercera nota, preñada de versos alucinantes, la recibió camino al patio de la escuela. «Quiero hacer contigo / lo que la primavera hace con los cerezos». La tomó apresurada y escurridiza, la deslizó por la abertura frontal de su blusa y la depositó en los sostenedores de sus pechos engrifados.

—¿Qué hace la primavera con los cerezos? —me preguntó al regresar al salón de clase.

—Les hace el amor, los copula, los embaraza, los hace parir —respondí entusiasmado.

Con los labios contornados y la piel granulada retornó a su asiento, desprendió una hoja de su libreta de apuntes, escribió durante tres minutos, la convirtió en una bolita compacta y uniforme, caminó hacia mi asiento midiendo los pasos y con fuerza de osa en cuarentena la estrelló en mi cabeza, tomó sus pertenencias y se trasladó a la última fila de asientos del salón.

—Le harás el amor y embarazarás a tu madre, a tu sucia madre, a tu sarnosa madre, mequetrefe —leí al deshacer los pliegues del papel.

—¡Oh!, ¿no dizque la poesía es un recurso de enamoramiento? —me pregunté boquiabierto.

Dulce Soledad no regresó a la escuela. Desapareció misteriosamente, como las caracolas marinas, *dejando ebria de amor, mi alma.*

16
Los reclutadores del Army son embaucadores profesionales.

Los reclutadores del Army y del Navy estadounidense están entrenados como las pirañas: atacan por debajo y al acecho. La escuela John F. Kennedy, adonde concurren centenares de jóvenes inmigrantes de las cuatro alas del mundo era, en mis años de estudiante, uno de sus escenarios. La carnada empleada por esos *salvadores* de la Patria de George Washington deslumbraba a cualquier adolescente interesado en resolver su vida material con el menor esfuerzo personal. En esa época funcionaban, y todavía funcionan, las artimañas de los reclutadores: adormecer a los jóvenes que ven la escuela como un lugar despreciable adonde son enviados por sus parientes haya nieve, lluvia, truenos o el viento anuncie el fin del mundo.

La hora anterior al inicio de las actividades académicas era clave, los estudiantes estaban serenos y asimilaban cualquier mensaje. Los reclutadores estacionaban un jeep Cherokee SJ verde olivo en la entrada principal, ocupado por un par de mozuelos enfundados en uniforme militar. La misión de esa pareja era dual: colocar carteles en los cristales del vehículo invitando a los interesados a no despreciar los beneficios proporcionados por el gobierno a quienes se enlistaran en una de las instituciones armadas representadas por ellos y, mostrarles a los posibles candidatos cómo, gracias a la generosidad del Army o del Navy, ellos poseían un vehículo de lujo, viajaban a decenas de países, seguían una carrera universitaria gratuitamente y disfrutaban de seguridad laboral. El adormecimiento de cerebro de los reclutadores incluía un folleto de varias páginas con ilustraciones de los lugares turísticos y de las universidades incluidas en el paquete.

Averiguar cuál de mis condiscípulos alertó a Granmadre de mis reuniones con los reclutadores, ni pensarlo. No fui premiado con el don de la predicción. Yo, como cualquier muchacho en su etapa juvenil, apetecía una montura grande, con los vidrios tintados y un motor potente, con el despegue de los coches de Fórmula 1. «Quien conduce uno de esos monstruos atrae chicas a su antojo. Puede, incluso, regalarles a sus amigos, a sus vecinos y a los ángeles celestiales que no le han asignado féminas todavía», aseveraba mi compañero de noveno grado Rannel mientras hacíamos la fila de reclutamiento.

No es cuento chino, Granmadre siempre supo cómo lanzar dardos al centro de la diana. Tan cierto es, que al enterarse de mis encuentros con los muchachos del Army y del Navy, tomó prestada en la biblioteca pública de nuestro vecindario una película, titulada *Sentencia de muerte,* y decretó una noche de cine familiar casero. «Nada de rositas de maíz ni Coca Cola», sentenció. «Comeremos mofongo, longaniza frita y aguacate. Y bajaremos esas exquisiteces con una limonada natural».

El film, basado en la guerra de Vietnam, cuenta las desventuras de un par de soldados del bando americano, de fisonomía latina y de unos 20 años, gravemente heridos por tropas del ejército vietnamita. La acción comienza con los jóvenes ingresando en un edificio comercial destruido por los norteamericanos. Uno de ellos, con el antebrazo derecho quebrado, la mitad de la oreja izquierda pendiendo en un hilillo de piel y el sesenta por ciento de la nariz mutilada por una bomba, llega al escondiste trastabillando cual robot carente de energía motora. El otro, de piel anémica, lo hace arrastrándose en el asfalto, con el abdomen hecho un guayo rudimentario. En el trayecto ambos pierden sus armas de combate, parte de su vestimenta y varios litros de sangre.

Permanecen ocultos una semana, en una habitación repleta de máquinas de escribir, cables telefónicos, escritorios, sillas, papeles chamuscados, residuos sanitarios y material gastable convertido en basura sísmica por los bombardeos, tratando de vencer el miedo y la fetidez de sus propios orines y excrementos. El ronquido martillador de los aviones que sobrevuelan la ciudad se apropia de la mitad de su audición; sus equipos de comunicación fenecen por agotamiento de las baterías; las horas crecen haciéndose interminables y sus llantos, largos y quejumbrosos, los absorbe el bullicio exterior.

Al final del suplicio imaginan objetos destruidos pasar ante ellos con ímpetu de tornados desérticos. «Veo fantasmas batiendo el mar delante de mí, no soporto más», musita el anémico empeñado en que su caricatura de voz atraviese las paredes del edificio y regrese hecha un soplo de esperanza. Aturdido, entrelaza su cuerpo con el de su compañero, formando un nudo humano indisoluble, un nudo firme y compacto como la sujeción de Cristo a la cruz. El enlace de ambos es seguido por un torrente de sangre y sudor que baja por sus entrepiernas, formando pequeños oasis pardos en el piso. El hambre, la sed, la putrefacción de las heridas y el pánico causado por las incesantes descargas aéreas a la redonda de su escondiste, los doblegan. Y nadie, nadie, llega a socorrerlos.

Las guerras no son de otra manera: más que vencer al enemigo, cada combatiente debe granjearse su propia sobrevivencia. Disparas o huyes, pelas o te pelan, como pelaron a mi primo Jeremy Alberto en Afganistán el mismo día que Barack Obama recibió, orondo y sonriente, el Premio Nobel de la Paz. ¡Oh, Alfredo!, de estar vivo gruñirías cual león indómito por el destino que le dan a tu apellido «Nobel», los suecos de la Academia. ¿Qué proeza registra el currículum personal del flamante gobernante estadounidense que le merezca tal distinción? Miles de mexicanos, salvadoreños, nicaragüenses, dominicanos, hondureños, africanos, y muchísimos etcéteras más, que soñaban documentarse con su prometida amnistía aún siguen soñando. Decidme, águila chocolatada pregonera de la mendacidad, ¿en quién creo? Y los republicanos, como el incansable Juancito el caminador (el Johnny Walker gringo), siguen mofándose de ti con más vigor. Desde la partida de mi primo, octubre ha sido un mes amargo.

El film concluye cuando un quinteto de soldados norteamericanos encuentra en dicha mole de concreto, quebrada por la violencia y el salvajismo de sus propios compañeros de armas, lo dejado por los gusanos de los cadáveres de los veinteañeros.

Quienes ordenan las intervenciones militares estadounidenses a territorios extranjeros más débiles que ellos, todavía no han encontrado cómo consolar humanamente a los deudos de los caídos en combate. El ritual nunca varía: una comisión de peleles del ejército aparece en el hogar de la víctima comunicándole la tragedia a sus parientes. Los emisarios llevan consigo una carta oficial decretando la muerte del soldado y una medallita de cobre barato realzando su heroicidad y servicio a la Patria. En el velatorio, envuelven el ataúd en una bandera norteamericana y lo rodean de algunos de los soldados novatos que pronto serán enviados al mismo escenario donde acribillaron al difunto velado. «Hacer guardia de honor», le llaman a esa bobería.

La película nos ensimismó e impactó tanto que el mofongo, la longaniza y el aguacate sobrevivieron, sin recibir un pellizco. ¿Quién diablos sentiría ganas de comer longaniza viendo dos cuerpos destripados?

A Granmadre le sobraba falda para enrolarse en cualquier contienda bélica y salir airosa. Era incisiva e invencible, cualidades a las que sumaba una habilidad extraña en un obeso: eran mínimas las contrariedades que no superara, incluyendo saltar una muralla. Por eso, finalizada la película me propuso algo irrechazable por un muchacho de mi edad: mañana iremos a Pizza Hut. Ella conocía mejor que nadie mi debilidad por la Supreme, de la Hut.

Convencido de que ahora no la desilusionaré, porque desde hace buen tiempo es abono óseo, puedo sincerarme: su invitación fue una coartada. La pizzería estaba en el barrio de Harlem, en la calle 125 y Malcolm X Boulevard, a poquísimos metros del Harlem Veterans Center, un lugar de cuidados médicos y asistencia social auspiciado por el gobierno para asistir a los veteranos de guerra. La mayoría de los que ingresaban a ella superaban los cuarenta años, estaban envueltos en ropas haraposas y cargaban el hambre tatuada en los poros. Los había patimochos, mancos, tuertos y desfigurados; otros tantos tenían manadas de guayabitos bailándoles en sus azoteas. Una sola cosa los igualaba: todos hedían a vómito de comida desechada.

Mi primera mordida a la pizza coincidió con la salida del interior del Centro de Veteranos de tres excombatientes de las guerras de Vietnam y Corea tiñendo el ambiente de voces roncas y quejumbrosas. Rodaron sobre la acera, como barrica lanzada a la catarata del Niágara, llegaron al centro de Malcolm X Boulevard y comenzaron a disparar sin compasión. «Sangre... sangre... No perdonaremos a nadie, debemos eliminar al enemigo ya. Ríndanse todos o morirán traspasados por nuestras balas patrióticas», vociferaba el mayor del trío en medio de la muchedumbre apilada en la calle.

Sus armas eran sus seis brazos colocados como metralletas en posición de ataque, tres dispuestos sobre el pavimento y tres a la altura de sus cabezas. Los índices servían de cañón mortífero. «Maté cinco, herí tres», anunció el de mediana edad con acento netamente puertorriqueño. Tras el anuncio del puertorriqueño, un taxi estropeó al tercero y más joven de los combatientes, un jamaiquino con semblante de anguilla asada en cuarto menguante. Una batería compuesta por nueve paramédicos del Harlem Hospital se encargó de ellos.

El destino final de mi pizza aún está por descubrirse, salimos de allí más veloces que las balas imaginarias disparadas por ellos.

Pasada una semana de la película y del rebú de los excombatientes, le pedí a Granmadre ayuda. Necesitaba desliar dos confusiones que tenía en mi clase de Historia Norteamericana: la última desavenencia entre Abraham Lincoln y su eterno opositor Stephen A. Douglas, y los empeños del primero por conseguir de los demócratas los votos requeridos para enmendar la constitución estadounidense por decimotercera vez, y abolir la esclavitud de su nación. «Los conocimientos no se regalan, debes obtenerlos por ti mismo, busca un libro de historia en mi librero y lee el capítulo dedicado a la Guerra de Secesión de los Estados Unidos», me sentenció mientras extraía del interior de su bolso una revista vieja en cuya portada se destacaba un despampanante *jeep* Cherokee SJ verde olivo.

—¿Te gusta?

Su pregunta fue directa, sin rodeos.

—No, el *jeep* Cherokee SJ no me atrae —respondí con desazón.

—Y los reclutadores del Army y del Navy, ¿qué?

—Son unos embaucadores profesionales.

17

Mi padre rabiaba como
yuntero azotando bueyes viejos en pleno sol.

La movida de las llamadas telefónicas siguió ganando terreno a suerte de mar desbordado. Los Primos, como destellos luminosos empujados por vientos huracanados, brotaban de los rincones menos imaginados de Washington Heights y rodeaban las cabinas. Colombianos, ecuatorianos, salvadoreños, mexicanos y dominicanos formaban el 80% de los Primos. Ya eran siete los teléfonos preparados por el Azabachado, distribuidos en las calles Dyckman y Broadway y las avenidas Saint Nicholas, Amsterdam y Sherman. El trabajo administrativo de la funeraria imposibilitaba que mi padre lidiara adecuadamente con el negocio telefónico. «Dueño de tiendas, las atiende o las vende; de lo contrario, otros bailan las fiestas que no han organizado», reflexionó él. Así que, decidido a continuar satisfaciendo la demanda de los Primos, contrató un pequeño personal con lo cual tampoco fue mucho lo que resolvió, pues un anochecer lluvioso de marzo estando a cargo de la cabina de Dyckman, por enfermedad del cuidador de ella, apareció abruptamente la policía. Si no lanza rápidamente los alambritos y los imanes por un filtrante de agua, lo hubieran amarrado. Esa misma noche reunió a los cuidadores de las cabinas y se las ofreció en alquiler, por cien dólares semanales, los cuales cobraría Pelao cada domingo.

—Es mucho dinero —protestó el más resuelto de los *cabineros*.

—El precio es insignificante, comparado con los beneficios que obtendrán. Pasado mañana añadiré un servicio de mochilitas que ensanchará significativamente sus bolsillos.

Exceptuando a uno del grupo que rechazó su propuesta, dizque por ser cristiano, mi padre convenció a los *cabineros* fácilmente.

Pelao vivía detrás de la escuela George Washington. Sus conocidos lo veían como avechucho cuyas acciones las nutrían la maldad y la ambición. No importaba cuántos dólares tuviera sus bolsillos, él siempre estaba abierto a considerar cualquier transacción generadora de dinero. Sus facciones aberenjenadas y cuatro tatuajes ininteligibles estampados en sus brazos hacían de él un sujeto cuestionable, temible y chocante. Mi padre conocía esos defectos de Pelao, pero «la gratitud debe estar por encima de todo», justificaba. En dos ocasiones Pelao lo había alertado sobre un trío de policías disfrazados de trabajadores del Departamento de Sanidad que lo vigilaban desde un camión recolector de basura. Y eso tenía su precio, determinado por el propio Pelao. «Uno hace lo suyo, como uno sabe hacerlo, y cobra por ello», decía Pelao al concluir cualquier servicio prestado.

Pelao recolectaba el dinero los domingos en la noche y, de paso, distribuía las mochilitas. El contenido de éstas variaba a petición del *cabinero*: unas veces contenían *Eso*, más un sándwich con jugo; otras veces *Eso*, más arepas venezolanas con té, o *Eso*, más fritanga dominicana con Coca Cola. Tampoco faltaban unas que otras frutas tropicales. En las mochilitas destinadas a los *cabineros* fumadores, había cajetillas de sus cigarrillos preferidos. «No es una gran vaina, pero un domingo por la noche, en una esquina solitaria, azotado por un horrible frío invernal y con el hambre crecida, esas menudencias (ya sacado *Eso*) no ofendían a nadie» —sostenía mi padre. La preparación de las mochilitas estaba a su cargo y lo hacía en el depósito de ataúdes de la funeraria, inmediatamente después que el personal se ausentaba. Las organizaba cuidadosamente, asegurándose de que las sustancias líquidas no estropearan las sólidas. Así evitaba dañar *Eso*.

Una noche estuvo a segundos de perder el juicio, a causa de una rabieta que cambió su color de pardo café a chocolate ahumado. A mi edad no había visto tanta agresividad en un ser humano. Ocurrió un sábado navideño. Granmadre planeó ofrecerle una cena en *La Roca*, un restaurante de parrilladas ubicado en la confluencia de las avenidas Ámsterdam y Saint Nicholas. A las diez fuimos a la funeraria por él. En la *Jesús Sacramentado* despedían a los dolientes a las nueve y treinta, pero él permanecía en el local una hora más organizando parte del trabajo del día venidero. Un ruido estrepitoso nos condujo directamente al sótano. La escena era nauseabunda. Mi padre rabiaba como yuntero azotando bueyes viejos en pleno sol, tenía a un hombre tirado al suelo comprimiéndole la cabeza con el pie derecho.

«Aparece la cabrona mochila, o te desuello la cabeza», escuchamos al dejar el último peldaño de la escalera. «Pelao del culo, ladronazo, hijoeputa» —gruñía. Fue mi primer encuentro con Pelao. Granmadre resultó hecha caca y salió disparada hacia la calle. Yo la seguí, perturbado. Recorrimos el trayecto hacia nuestro apartamento dominados por la mudez. Él regresó a las once. Y sin dar tiempo a que Granmadre lo cuestionara, dijo:

—De continuar con el azaroso trabajo de los muertos, pronto seré adorno funerario o residente de una cárcel. Los malditos ladrones no tienen compasión por nadie, aprovechan la más mínima oportunidad. Estoy perdiendo mi tiempo tratando de hacer gente a ese *malparío* y... mira lo que hace.

Mi padre pausó con astucia de orador consagrado, esperando la reacción de Granmadre. La indiferencia de ella lo obligó a continuar: «Ese maldito degenerado le robó una mochila a la familia del difunto de la capilla B».

—¿De quién hablas? —intervino Granmadre con voz desazonada.

—Del maldito, terco, bruto y sinvergüenza Pelao.

—¿Quién lo acusa?

—Un hermano y un primo del muerto dicen haberlo visto rondando el área de la mochila. —¿Por qué no llamaron a la policía?

—Se lo sugerí, pero rechazaron mi consejo. «No es asunto de la policía, sino de ustedes», me contestaron.

—Ya encontrarás la solución. Date un buen baño y acuéstate.
—Lo haré, mi cabeza está hecha un hormiguero.

Granmadre ingresó a la cocina y regresó con una infusión de manzanilla, canela, tilo y cola de caballo.

—Este té y estos calmantes te ayudarán. Vete a dormir.

18

Justino llevaba la fullería diseminada en los huesos.

¿Quién sabe cuándo lo sabré?, recomponer el pasado es oficio de vagos. Sí puedo atestiguar que estuve al tris de arriesgar mi cabellera (si no ocurrió fue por falta de un rival empantalonado) apostando a que lo de Granmadre fue otra componenda encaminada a desterrar de mi pensamiento el asunto del Army. De lo contrario no habría pedido a un conocido suyo que me colocara los fines de semana como organizador de mercancías y muchacho de mandados en Yamasá Grocery Store, un negocio de víveres, frutas y vegetales localizado en la avenida Saint Nicholas y la calle 188, en Manhattan, donde expendían más números de loterías clandestinas dominicanas, venezolanas y puertorriqueñas que productos comestibles.

Cada vez que el gracioso dueño del tarantín ese era tocado por el deseo de joderme la serenidad, u olía policías rondando el área del negocio buscando *boliteros* (vendedores ilegales de números de loterías) me ordenaba subir del sótano y colocarlas en la acera, montones de cajas de cuantas viandas y frutas le llegaran a su cabeza. En ocasiones las pilas de cartones eran tan elevadas que ocultaban el pequeño local. «Si viene algún policía vestido de civil, sabes qué decir, ¿no?: vendemos productos comestibles» —me rellenaba si le preguntaba si la cantidad de mercancía transportada por mí desde el sótano no complacía sus propósitos. «Sube cajas, muchacho, no averigües. Y ten muy pendiente: si aparece la policía, tú no trabajas aquí. Eres menor de edad, ok.».

Nada me favoreció ese verano. «En época de vacaciones escolares los adolescentes se vuelven vagos, alimentan malos pensamientos, se masturban demasiado. Mándame a Armando todos los días al negocio», le planteó mi patrón a Granmadre en una conversación telefónica. Justino, llamaban a ese infame. Su nombre me causaba risa y desconcierto. ¡Justino!, «¿cómo es posible? —me preguntaba— si es un descorazonado, un negrero». Al término de seis meses de trabajo en Yamasá Grocery Store había perdido veinte libras de peso, podía ser vencido por el más enclenque de los lagartos de un zoológico olvidado, y mis brazos no superaban el grosor de dos tallitos de espárrago inorgánicos. De noche soñaba con montañas de piñas, toronjas, naranjas, yautías y bananas cruzando ante mí como globos cumpleañeros coqueteando con las nubes. Por suerte, las embestidas oníricas de las frutas y los vegetales no dejaban huellas físicas considerables en mi cuerpo. Los efectos reales surgían el día venidero al traspasar del sótano a la acera centenares de cajas atadas con flejes metálicos y cintas de nailon afiladas. El ortopeda del Centro Médico General encargado de examinar mi columna vertebral me remitió a un quiropráctico, a cuenta de quien quedó reubicarme las costillas dislocadas. El resultado fue medianamente positivo, todavía hoy los dolores no dejan de torturar mi espalda.

Trabajar con Justino era una verdadera fatalidad. Por mi labor de fin de semana recibía diez dólares cada lunes por la mañana. «Es lo que te resta, consumes rositas de maíz, sándwiches de jamón y jugos en exceso» —refunfuñaba Justino al entregarme el afamado pago. Nunca recibí más de veinte dólares por una semana de trabajo. Además de las rositas de maíz, los sándwiches y el jugo, descontaba de mi salario el tiempo que consumía almorzando y usando el baño.

En un cateo sorpresa Justino fue sorprendido por la policía portando un listado de números de la caraquita y otro del sorteo dominical de Santo Domingo, más cinco mil dólares en una funda plástica. Fue mi salvación, el negocio fue clausurado. De no haber intervenido la policía tal vez todavía estuviera yo edificando paredes de cajones de viandas y frutas multicolores. Como en la medianía de los 80 las autoridades neoyorquinas no eran muy severas con los negociantes ilegales de loterías latinoamericanas, Justino resolvió el asunto pagando una multa de dos mil dólares y mudándose a Orlando. Jamás he sabido de él ni tampoco en qué otro negocio truculento incursionó, pues dudo mucho que se curara del mal de fullero que almacenaba en los huesos.

19

Granmadre fue el condimento desabrido de su familia.

Desde meses antes de mudarse a mi casa, la relación de Granmadre con su familia estaba desmigajada, particularmente con sus hermanas Elizabeth y Bethania. El mote de oveja perversa y descarriada le vino por su estilo de vida licencioso. Las vestimentas, las excentricidades sociales y la preferencia religiosa de ella no encajaban en una familia árabe tradicional. Siempre tuve dudas sobre el tema del encaje, era perceptible que esa ensalada familiar de la que Granmadre era un condimento desabrido, tenía ingredientes indigestos ocultos. Ella fue engendrada por una peruana a quien su padre conoció durante su estadía en Ayacucho, como espía del gobierno estadounidense, y la trajo a Norteamérica de contrabando. A los tres años de convivencia la abandonó a suerte de perro, sin su hija, en una ciudad distinta a la de su apetencia. Elizabeth y Bethania no, ellas fueron paridas por una árabe tradicional, de esas que esconden el cabello y la nuca en un hiyab, y la forma de su cuerpo en una enorme túnica por temor a alentar la lujuria y el deseo carnal de los hombres.

El rompimiento definitivo con ellas ocurrió inesperadamente. Granmadre organizó una cena familiar para festejar un año más del nacimiento de mi padre, e invitó a algunos colegas suyos de la escuela. Mediante una inusual llamada telefónica la noche anterior a la celebración, Elizabeth y Bethania aumentaron a doce el número de invitados. Llegaron a nuestro hogar, sonrientes y con el semblante de marranas estropeadas, remolcando una caja de cartón envuelta en papel crepé. A diferencia de los demás invitados, que pusieron sus presentes en una repisa de la sala, ellas mantuvieron el suyo separado.

Nos impresionó la actitud inicial de ambas en cuanto a hacer de esa una noche digna de recordación: ayudaron a servir la cena, a cortar el bizcocho, a preparar tragos y a recoger los desperdicios de comida desparramados sobre la mesa. Hicieron chistes de todos los sabores, tragaron Courvoisier como dóberman aferrado a su cantina de agua, bailaron, desastrosamente claro está, tres merengues y un par de bachatas y recalentaron el aparato de música sonando *YMCA* y *Macho Man*, dos canciones del grupo Village People desgastadas por los gringos a finales de los 70. «Por fin, parece que estas chicas han aterrizado», comentó Granmadre en una de nuestras incursiones a la cocina.

«Señores, a desvestir los regalos» —anunció Granmadre solicitando la atención de los presentes. Eran once en total. «Primero los amigos de Viterbo» —reclamó Elizabeth exaltada; «luego los amigos de Wendy» —agregó Bethania. «El nuestro al final» —corearon las dos. «Dicho está» —aseveró Granmadre, e iniciamos la apertura. Mi tarea consistía en depositar los papeles rotos en una funda plástica y la de Granmadre, sostener los regalos ya abiertos. El desarrope de los cinco primeros paquetes fue seguido de la tradicional porra: «Viterbo…, Viterbo… Ah, ah, ah…», más el embique de un sorbito de champán. Los cinco siguientes los porrearon con: «que diga la edad, que diga la edad» más un mordisco a una rebana de bizcocho.

Quedaba un regalo por abrir: el de Elizabeth y Bethania, el cual pusieron en manos de mi padre con el cuidado que una enfermera deja a un recién nacido en los brazos de sus engendradores. Liberada la primera tapa de la caja advertimos que estábamos ante uno de esos modelos de envase chino compuesto por varias cajas que van disminuyendo de tamaño. La primera caja contenía la segunda; la segunda, periódicos viejos triturados; la tercera, el pie izquierdo de una chancleta de goma y la cuarta, el pie derecho de unos calcetines de algodón. Un sopor incendiario ingresó al cuerpo de Granmadre al ver el contenido de la quinta caja: una banana madura envuelta en un poster de King Kong balanceándose en el World Trace Center. Elizabeth y Bethania soltaron una estridente carcajada, los demás quedamos como víctimas de Medusa: hechos piedras.

Sin quebrantar su delicadeza habitual, Granmadre tomó la banana, la despojó de su túnica amarilla, la batió suavemente con sus manos hasta transformarla en una pasta blancuzca, sacó su cuerpo del asiento que ocupaba, caminó serenamente hacía sus hermanas, y ¡*fuáquiti*!, convirtió el rostro de ambas en una máscara gelatinosa; seguidamente se aferró a las greñas de Elizabeth y al cuello de la blusa de Bethania, le soltó un trío de *fuck you* que recorrió por lo menos cinco cuadras, y de un empujón las tiró a la calle, con un «vayan a lavarse las nalgas, hijas de perra» bien resonado.

20

*Esa chica es una réplica
de la que me mandó a copular y a preñar a mi madre.*

Finalizaba el segundo año de mi carrera de Trabajo Social. La conclusión de un ciclo académico es una jornada tensa y atosigante. La tensión arrecia a causa de la acumulación de tareas y del inflamiento de las intransigencias de los profesores. Claro, no debo negar que la dejadez y la vagancia atrapan en sus redes a una inmensa caterva de estudiantes, llevándolos a desentenderse de sus deberes. Me apenaba mucho ver el deterioro físico de mis amigos de la facultad de ciencias, muchos de los cuales amanecían a secas estudiando química orgánica o microbiología, para rendirles cuentas a instructores ineptos, incapaces de diferenciar una molécula de un átomo. En mi primer año de universidad tuve tres compañeros en una clase de biología que en el examen final parecían hongos enmohecidos. Incluso, uno de ellos tenía aspecto de haber perdido el pellejo facial.

Lo mío era peor. En tiempo de exámenes finales mi cara adquiría un tono hepático alarmante. Granmadre resolvía el asunto sin tropiezos: preparaba una jarra de ponche elaborado con leche, café, yemas de huevos, canela y nuez moscada. «Estás muy demacrado, muchacho, aquí tienes una fuente inacabable de energía» —decía depositando el elixir salvador en una taza de porcelana. Los profesores solían exonerarse de culpa atribuyendo la languidez de los estudiantes a la negligencia de postergar sus deberes pensando que el ciclo académico nunca terminaría. Yo no era la excepción, hubo un semestre que cumulé cinco exámenes finales y tres monografías.

La biblioteca de la universidad era mi refugio preferido en época de exámenes, el único lugar del plantel donde solía concentrarme y sentirme en una dimensión óptima para la asimilación de aquellas lecturas que en otros lugares hubieran sido infructuosas. A ella ingresaba inmediatamente abrían sus puertas y me estacionaba en el rincón más solitario disponible, sin prestar atención a otra cosa distinta a los libros. Ese 16 de diciembre, jamás he exiliado esa fecha de mi memoria, una penetrante esencia a mujer levemente perfumada atravesó mi olfato. El olor alzó mi cabeza y ladeó mi vista hacia dos anaqueles de libros antiguos de donde un esbelto cuerpo femenino envuelto en un vestido mostaza, manga larga y bien tallado, trataba de alcanzar uno de los volúmenes depositados en ellos. Sus brazos, erguidos como mástiles en alta mar, figuraban dos chimeneas incandescentes difuminándose en el infinito.

La distancia que nos separaba me impedía captar plenamente los detalles de su cara, mas mis ojos la recibieron como una réplica infalible de Psique. Sin dejar desvanecer la emoción almacenada en el interior de mi pecho, extraje de mi mochila el libro que nunca faltaba en ella: *Veinte poemas de amor y una canción desesperada* y con la misma desesperación anunciada en el título del poemario, separé una hoja de mi libreta de apuntes y escribí en letras hartamente visibles:

>Déjame que te hable también con tu silencio
>claro como una lámpara,
>simple como un anillo.

Alzando el papel con la pericia de un político exhibiendo pancartas proselitistas, me escabullí en la estantería de los libros de filosofía, y fui a su encuentro. Estaba ya a poquísimos pies de ella cuando sus ojos aceitunados comenzaron a escrutar toda mi anatomía. Sentí su mirada como cántaro hirviendo en mis venas, su sonrisa la poblaba una maceta de anturios carmesíes. «Piso, ahuécate, húndeme, trágame» —balbuceé. Quedé como mariposa de museo: estático y estacado. Mas, escaparme era imposible. No tuve otra reacción diferente a enrollar rápidamente la pancarta nerudiana, caminé los pasos que nos separaban y casi fusionando mi respiración con la suya, gorjeé: «Te recuerdo como eras en el último otoño, Dulce Soledad». El libro que ella intentaba extraer de la estantería viajó hasta el suelo: *An Introduction to the Philosophy of Law*, leí de reojo en la tapa frontal.

—Dulce soy bastante, en cuanto a la soledad, te equivocas. Ese mal no mora en mí, respondió ella con mediana picardía y rugido de río montañero, mientras recogía el libro recién caído.

Me sorprendió su apatía a mi efusivo "Te recuerdo como eras en el último otoño". Cosas de mujeres, las hembras son impredecibles, pensé. O tal vez su subconsciente conservaba mis salobres embestidas poéticas anteriores en la escuela secundaria.

—¿Qué otoño? —inquirió ella desabridamente.

—El de la escuela John F. Kennedy, el único que tuvimos. Desde allí volaste sin trazarle ruta a tus alas, dejando acumulada tu ausencia en mi memoria. (Se nota que soy adicto a Neruda si no, cómo habría podido hablar tan poéticamente.)

—¡Ah...! sí, la escuela —repuso ella simulando evocar un pasado lejano e insignificante.

Dulce Soledad dejó la biblioteca y caminó hacia la cafetería confundida entre un nubarrón de estudiantes empeñados en llegar a los salones de clases. Yo la seguí a cortísima distancia, asegurándome de que mi persecución no llegara a su olfato.

—Soy el complemento de quien buscas —dijo tornando su cabeza hacia mí.

Olió que la perseguía.

—Mi dulzor es infinito, te insinué segundos atrás. Me confundes con mi parte inexistente. Dulce Soledad fue y será mi gemela, ya no lo es.

Sus lagrimales se humedecieron, no entendí el porqué.

—¿Era, o es tu gemela?

—Era, porque ya no está. Y siempre será, porque vive en mí. Pero no lo es, porque me la robaron.

Traté de sacarle una explicación concisa del «me la robaron», pero ni siquiera cerca anduve de lograrlo, ella estaba inmersa en un propósito indescifrable.

—Soy Soledad Dulce, la segunda parte de Dulce Soledad, albergo más amargura que alegría desde que Dulce me dejó en soledad.

Ese revoltijo de ideas anudadas concluyó nuestra conversación. Quedé más confundido que un turista gallego desandando las ruinas efesias. ¡Caray!, vaya complicación. Si hablé con Dulce Soledad, con Soledad Dulce, con Dulce o con Soledad, ¿qué importa? Con quien sea que lo haya hecho, esa chica es una réplica de la que me mandó a copular y a preñar a mi madre en la John F. Kennedy.

21

¿Desde cuándo existe la poesía preposicional?

Primavera 1991. Eduard Sanjero, profesor adjunto de *Introducción a la Filosofía*, enloqueció a quienes tomamos su clase ese semestre. No hubo una sola cátedra que no mencionara la inmortalidad esquelética. No hablaba de la sanidad del alma ni tampoco de posible vida en el más allá, discurso característico de los filósofos religiosos, estaba empecinado con la eternidad esquelética. «A los hombres no los inmortalizan sus acciones terrenales, sino la consistencia de sus huesos. Cuánto más duran los huesos más perdurarán los recuerdos. Si no te ocupas por ser alguien en vida, nada serás en el hoyo sepulcral. Si no construyes un panteón decente, te matará la soledad. Si no cuidas bien a los muertos, ningún vivo velará por ti en el cementerio». Con ese sonsonete, y un poco de nihilismo desfasado aprendido en la Universidad Complutense de Madrid, dilapidaba los 90 minutos de la clase. En los pasillos de la Escuela de Arte y Filosofía sus exalumnos lo etiquetaban de teórico rebelde ignorante de las ciencias filosóficas y de cristiano frustrado, conductor de su propia alma al infierno.

Hastiado de escuchar lo que él denominaba cátedras, le comenté a Granmadre su método de enseñanza.

«Hijo, es más fácil ganar la inmortalidad escribiendo un libro y publicándolo, que mediante la veneración y preservación de nuestros huesos».

Eso he escuchado muchas veces, un libro podría inmortalizar a una persona. La inmortalización es algo complejo: los vivos deseamos ser inmortales en la tierra y vivir por siempre después de muertos. Entonces, a escribir un libro, concluí.

Esa misma tarde comencé a barajar posibilidades de temas, géneros, historias y argumentos. Versificar es un ejercicio de complejidades exiguas y no demanda gran vivacidad. Cualquiera se levanta un enero nevado diciendo: «El viento olía a espárrago recién cosechado». ¿Dónde está la poesía en ese verso?, me pregunto.

Los adulones osan llamar poeta a cualquier versificador de cafetería embarrador de cuartillas indefensas. Jamás olvido la impotencia y el escalofrío exhibido por Granmadre ante la lectura de esta cuarteta emanada del universo poético de mi profesor de filosofía, Eduard Sanjero:

> Ante tu pecho dormido
> Bajo la sombra arbolada
> Sin vigor he quedado
> Por tu mirada negada.

—Eso es una perfecta burundanga, ¡dizque poesía! Observa bien hijo, esa cuarteta es un jueguito estrófico propio de un versificador insulso e ineficaz que deja al descubierto su incapacidad de versificador de buena factura. Fíjate, cada versito inicia con una preposición: *Ante*, *Bajo*, *Sin*, *Por*, ¿Desde cuándo existe la poesía preposicional? Eso sabe a acróstico sarazo y manido.

—¿Qué hago si quiero escribir algo sustancioso y despoetizado?

—Leer, leer, leer hasta perder la cabeza, pero sin perderla, enfatizó mirando un montón de libros viejos sobre la repisa de nuestra sala.

Desconocedor de su popularidad en Norteamérica en ese momento, tomé del librero de Granmadre dos novelas de Felipe Alfau: *Locos* y *Chromos*. La lectura me tomó dos semanas completas, sin respiro. La audacia de ese *americaniard* para orquestar sus historias y salir airoso, me impactaron. Compartir mi parecer con mi tutora literaria era apremiante.

—Acabo de leer dos novelas exquisitas —le comenté a Granmadre camino al supermercado una tarde vencida por la humedad ambiental.

—¿Cuáles? —preguntó ella picada por la curiosidad.

—*Locos* y *Chromos* —respondí atento a su reacción.
—¡Huuuy! Ojo con Alfau. Ese desquiciado debe leerse con olfato culebrero.

No entendí lo de desquiciado ni tampoco quise ir más allá, desconocía muchas cosas que Granmadre sabía de sobra.

—Los personajes de *Locos* —continuó— están hacinados en un estrecho y asfixiante túnel atiborrado de borrachos petulantes y derrotados. Son seres burlones, propensos al incesto, a la prostitución y a los vicios más desdeñables. Cohabitan en un oscuro y pervertido cafetín llamado *Café de los Locos*, adonde concurren escritores de escasa nombradía en busca de personajes hambrientos de contadores de historias. El café, situado en la laberíntica y escabrosa Toledo, es punto de encuentro de curas, monjas, vendedores ambulantes y borrachines persiguiendo aventuras peculiares. Contrario a Luigi Pirandello que ubica a sus personajes en un escenario donde pueden exhibir habilidades propicias para motivar a cualquier autor incipiente a adoptarlos, Alfau pretende desvelar autores dispuestos a contar las tragedias de un grupo de individuos cuya desgracia procede de acciones negativas elegidas por ellos mismos como estilo de vida.

—Lo cual suena interesante —argumenté, interrumpiéndola.

—Fulano, —siguió ella con entusiasmo de mudo con la voz recién recuperada— el personaje central es insignificante, invisible y padece de sordera moral. Su gran empeño es obtener fama y apropiarse del espacio social que él entiende le corresponde. Fulano es un nombre insulso, sin valor humano ni semántico. Por eso no encuentra un autor interesado en él. Es el propio narrador quien solicita auxilio al Dr. José de los Ríos. El Dr. José de los Ríos, por su parte, inventa un truco simulador de la muerte de Fulano y, a través de ella, su triunfo. Pero en lugar de favorecerlo lo sumerge en un mundo irreal y desequilibrado, el mundo del irremediable fracaso. Porque la muerte, que finalmente lo reclama, no logra reducir su nivel de insignificancia.

—¡Diablo, eres una tora literaria!, no se te escapa nada. Y *Chromos*, ¿qué?...

—*Cromos* está ambientada en un escenario social similar, los diferentes son los campos de acción. *Locos* se desarrolla en Toledo, en el *Café de los locos*; *Cromos*, en *El Telescopio*, un bar neoyorquino del bajo Manhattan donde los *americaniards* van a tragar vino sin miramiento, a rememorar la España aplastada por la Guerra Civil, y a ensayar fórmulas de superación personal. El término *cromo*, usado como el título de la novela, implica el fracaso y la frustración de Alfau durante toda su vida. Un cromo es un calendario y los calendarios caducan cada año, cada semana, cada hora. En consecuencia, de ellos queda el recuerdo de las imágenes impresas en sus páginas añejas y muchos números diluyéndose vertiginosamente. Alfau trata de reflexionar sobre la España descalabrada de su época, empresa en la que falla porque su visión dista mucho del propósito cervantino de buscar y rebuscar las enfermedades de su patria, de curar las heridas propiciadas a esta por sus antepasados. Eso permitió que don Quijote y Sancho pasaran a la eternidad. En los personajes de Alfau no ocurre lo mismo, su postura antinacional, reaccionaria y antisemita lo calcinan.

La cátedra de Granmadre me apabulló dejándome sin fuerza, con dificultad pude empujar el carrito de compras en el supermercado.

—¿Cuál es, pues, la mejor etapa para escribir un libro: la juventud, ¿la madurez o la vejez?

—Depende del género. Poesía, en la juventud, ¿cuántas veces habrás oído decir que cualquiera abandona un día la cama con un buen verso cruzado en la cabeza? Cuento, en la madurez, a esa altura ya habrás comprendido que la poesía es el preámbulo que conduce a ese género. Y novela, en la vejez. Los teóricos literarios concuerdan en que las novelas nacen de las vivencias cotidianas y de los sacudiones que debemos vencer en el curso de nuestras vidas.

Bueno, si tan complicada es la vaina, la escritura del libro será tarea venidera.

22

La soledad arruina todo. No oigo tu palpitar.

Me tomó una semana completa dar nuevamente con Soledad Dulce en la Facultad de Derecho. La busqué en todos los escondites posibles del edificio, en el estacionamiento, en la galería de arte, en el club estudiantil. La desesperación me empujó, muy atrevido de mi parte, a dirigir algunas miraditas al interior de los baños de mujeres. Mi persecución superaba con creces la de Juan Pablo Castel a María Iribarne. Y no culpo a Sábato. Finalmente la encontré en el traspatio, desplazándose en las inmediaciones de trío de bancos de hierro donde centenares de estudiantes ensayaban la última danza de esa tarde de llovizna imperceptible. Había en la mirada de esa chilena una magia y un desenfreno que no lograba desvelar. El jaloneo de su cuerpo, exasperante y tibio como un atardecer santiaguero, era todavía más sobrecogedor. Sus brazos simulan pequeños tentáculos nutridos por brisas marinas. Debió haber sido bailarina clásica o contorsionista, en vez de estudiante de Derecho. Si en el curso de su carrera de abogada llegara a defender a alguien en un estrado, me imagino el apuro de los jueces. Le prestarían más atención a la plasticidad de sus gestos corporales que a la fortaleza de sus fórmulas jurídicas. Su manera danzarina de argumentar sería un arma de combate mortal contra leguleyos mediocres.

Llevaba presionado en la axila izquierda un libro cuyo título pude apreciar sin dificultad: *La madre*.

—Soledad, Soledad —voceé desesperado.

—Es mi segundo nombre, no me place que me llamen Soledad, la soledad lo arruina todo, respondió alejando *La madre* de la axila y tornando el cuerpo completo hacia mí.

—Es tu nombre, ¿no? Eso me dijiste la semana pasada.

—Acertaste, eso dije la semana pasada —afirmó entregándole sus glúteos a uno de los endurecidos bancos de hierro—. ¡Ojo!, mi decir varía acorde con la causa que lo motiva. La semana pasada tenía un examen de teoría literaria, una clase electiva que tomé este semestre. En esa ocasión estaba practicando el uso del quiasmo, el retruécano, la antítesis y otras de esas figuras literarias que trastornan el orden lógico del lenguaje con el desatinado fin de facilitarles la supervivencia a unos pocos: los profesores, por ejemplo, y de chavarle el índice académico a los estudiantes. Quienes las inventaron son anormales y los educadores, peores. Esperan que los estudiantes las memoricen.

—Es mucho pedir de los profesores, agregué buscando identificarme con ella.

—Mucho, es poco. Demasiado, diría yo.

—Indudablemente, Soledad Dulce.

—Tienes que invertir mi nombre. De lo contrario, jamás llegará a mi interior.

—¿Eres Dulce Soledad? ¡La Dulce Soledad real!

—Digamos que sí, ¿y tú?

—Armando..., soy Armando Guerra.

—¡Bárbaro!, tienes nombre de guerrillero.

—¿Cómo supiste el mío?

—En la escuela John F. Kennedy. ¿Acaso no me recuerdas?

—En verdad, no. Soy excelente borrando el pasado. La utilidad del pasado es cuestionable y, a veces, desconcertante.

—Entiendo..., pero es imposible olvidar la fuerza tentadora de los versos de Neruda.

—¡Ah!... ¿eres el chico de los versitos empapelados?

—El mismo. Lamento mucho haberte hecho daño. Fui torpe e insensato.

—¡Daño! ¿A mí? Eso caducó hace mucho tiempo. No tienes aspecto ni de torpe ni de insensato, simplemente eres Armando Guerra. A Dulce Soledad no la amarga ni la sal líquida, tú tampoco debes darte a la amargura. Dejar de lado las espinas del pasado, es regalarle armonía al espíritu. El pasado es un bolso relleno de hojarascas, un pan añejo desechable.

—¿Qué carrera sigues acá?

—Trabajo Social, quiero servir a los desventajados sociales.

—¿Y tú? ... No respondas, déjame intentar adivinarlo. Estudias Derecho.

—¿Enseñan clarividencia en los laboratorios de tu facultad?

—No, lo digo por los libros que buscabas la semana pasada en la biblioteca.

—Has acertado, tienes vista de águila. En un año me recibo de abogada.

—¡Magnífico!, ¿ayudarás a los pobres, a los desabrigados?

—¿A quiénes?

—A los que carecen de defensores.

—No es mi plan. Primero satisfaré mi sueño de ser miembro distinguida de SONTRO.

—Desconozco esas siglas.

—Sociedad Norteamericana de Trotamundos. He inscrito a Europa, Asia, Australia, el Medio Oriente en mi lista de prioridades turísticas. A Haití, Uganda o Nicaragua ni me acercaría. Los visitantes a esos países por lo general tienden a terminar con la suerte contaminada. Luego compraré un par de mansiones con piscinas y jardines orientales, un coche blanco y otro rojo (si son Lamborghini, Bugatti, Ferrari o Maserati, mejor), un botecito de velas. Sueño con lo bello que debe ser navegar los atardeceres soleados en las aguas de Long Island. Y, llegada la edad de retiro, si me sobra tiempo, si me sobra dinero, si no quedo inválida, si me aburro al extremo de perder la calma, si no sufro de Alzheimer, si tengo deseo, si…, tal vez me ocupe de los pobres.

—Yo asistiré gratuitamente a quienes me necesiten.

—Eso dices ahora. Los trabajadores de la salud son tan comerciantes, crueles y avaros como los abogados.

—Veremos. Espero no defraudar a Hipócrates.

—¡Hipócrates!, Hipócrates era muy tonto, desenfocado e hipócrita. De eso hablaremos luego, en un cuarto de hora tengo un examen de Política Internacional y necesito descifrar los enredos de *La madre*.

—La madre, ¿cuál madre? —pregunté pese a haber visto el título del libro.

—Es una novela del escritor ruso Máximo Gorki poco leída en la actualidad. El profesor nos la asignó porque, según él, tiene un mensaje esperanzador. No puedo contarte el argumento ni la historia completa ahora, sí te adelanto que Pelagia (¡qué nombre tan horrible!), la protagonista, es una mujer impresionante. El profesor compara sus lances revolucionarios y progresistas con los de Martin Luther King, Malcolm X y Nelson Mandela. Es mucho decir, ¿no?

—¿Es realmente esperanzador el mensaje?

—Tengo mis dudas. Pelagia es demasiado idealista, pretende que el mundo funcione a su manera. Bueno, anota mi número de teléfono. Puedes llamarme si deseas, con una condición, por supuesto.

—¿Cuál?

—Ni hablemos de, ni me hables en poesía.

∞ Dulce... Soledad

No me sometas a la terrible tortura de tener que acudir a lo infinito y a Ledesma para encontrarte.

Dónde estás corazón,
no oigo tu palpitar,
es tan grande el dolor
que no puedo llorar.

Dulce Soledad duró ocho semanas sin contestar mis persistentes llamadas telefónicas. Su decisión pudo haber sido un juego de origen endógeno, o una de las numerosas tretas empleadas por las mujeres empeñadas en tasar el interés de sus pretendientes. Empujado por la desesperación pensé pedir dinero prestado a mis amigos y pagar una de esas avionetas que dibujan letras cursivas en el aire. «Dulce Soledad, me mata tu ausencia, atiendes mis clamores. Hablaremos de todo, menos de poesía», anoté en un papel con la intención de que el piloto de la avioneta dispersara mi mensaje en el espacio aéreo del campus universitario. Luego de pensarlo bien, desistí. No deseaba escuchar las voces de gallaretas montunas de mis amigos riéndose de mí, o tildándome de anormal.

Durante esas ocho semanas no hice nada ponderable, me limité a analizar el comportamiento desabrido de Dulce Soledad. Si hubiera sabido su dirección tal vez me habría aparecido frente a su puerta acompañado por un psiquiatra. Su indiferencia y descorazonamiento demandaban ser medicados. «Espero curarme de ti en unos días», quise consolarme. Pero donde quiera que estén sus huesos y su espíritu, Sabines comprende perfectamente que sus versos no me curaban.

23
¿Por qué tanto alboroto con esos muertos?

Martes, 23 de julio, 1991. Calle Dyckman esquina Henry Hudson Parkway. Convergencia cercana al barrio donde los dominicanos desplazaron a los judíos, los griegos y los cubanos en las décadas de los 70 y 80 sembrando en él sus ombligos como lapas adheridas a superficies planas. «Nadie nos saca de aquí» argüían muchos de ellos golpeándose los pechos, como si Washington Heights fuera una provincia de la República Dominicana.

Ese atardecer el sol veraniego descomponía el sosiego de la tupida vegetación diseminada en ese trozo de Manhattan llamado Inwood Hill Park, mientras decenas de ardillas escuálidas forcejeaban por adueñarse de las semillas goteadas de los pequeños pinares plantados a orillas del Hudson. Dulce Soledad eligió el más solitario de todos los peñascos plantados allí por la naturaleza. Ahí, entre piedras desafiantes, con ondulaciones similares a las hormas de sus glúteos y las curvaturas de sus brazos, concertamos nuestro primer encuentro fuera de la universidad. Las universidades son lugares agrios para tratos de amor. Es imposible penetrar en los sentimientos de alguien en un ambiente donde predominan los tubos de ensayos científicos y sustancias químicas alteradas; los teóricos de las ciencias sociales inmersos en mundos imposibles, los futuros abogados ignorantes de las leyes, los esquizofrénicos aspirantes a psicólogos.

Me recibió con una mirada iracunda por haberme retrasado quince minutos. ¡Aleluya!, su mal humor lo deshizo la candencia del abrazo que nos dimos. La puntualidad no era entonces una de mis virtudes. Me alegra haber aprendido posteriormente la conveniencia de medir apropiadamente el tiempo. La impuntualidad es un virus horripilante.

Espanté cuatro indefensos halcones que entonaban una canción desalentadora y jugueteaban sobre la misma piedra ocupada por ella. Me situé a su lado, rocé mi brazo derecho con el izquierdo suyo, con sutileza de cigua enterrando su pico en uvas maduras. Ella, vacilante, más propensa al rechazo intencional que a la aceptación plena, entregó su cabeza a mi hombro. Su cabellera, desgajada a plenitud, cubrió parte de mi espalda. De su cuello salía un intenso olor a eucaliptus macerado.

El canto desesperanzador de los halcones no era fortuito: como chubasco inesperado salió de un matorral un grupo de policías con una nevera playera azul. Sus chapas los identificaban como agentes del precinto policial 34, responsable de la vigilancia de esa zona.

A requerimiento de ellos y sin una explicación convincente de su parte, tuvimos que dejar el parque. «Parece que necesitan miles de metros cuadrados para tomarse las cervezas que traen escondidas en la hielera» —dijo Dulce Soledad recriminando el tono brusco de los policías al expulsarnos de allí. En el trayecto de los trescientos metros que nos separaban de Broadway vimos llegar varias ambulancias, dos unidades de rescate de los bomberos, tres miembros del Buró Federal de Inteligencia, al concejal del Distrito 10 y al gobernador de New York. «Se hunde New York», pensé un tanto sorprendido por el aparatoso operativo.

Desandamos la periferia del parque, desalentados. Caminar las calles comerciales de Washington Heights al inicio de los 90, sobre todo en verano, desafinaba la paciencia de cualquier cuerdo. Viandantes procedentes de los lugares más inhóspitos del mundo se desplazaban agitados, repitiendo un mecánico *I'm sorry* cada vez que chocaban sus hombros con los de los transeúntes en dirección opuesta a la de ellos. Si bien todavía no abundaban los pregoneros de chucherías en las aceras del Alto Manhattan, los chimichurreros dominicanos comenzaban a invadir las esquinas más transitadas, con camiones itinerantes forrados de bombillas multicolores como arbolitos navideños. El chimi era, por encima de sus difamadores, un aporte quisqueyano a la alimentación popular y una forma vernácula de rememorar el popular friquitaqui.

En el diccionario cotidiano de Dulce Soledad el término *Chimi* carecía de sentido. El ajiaco y el congrí eran insustituibles en sus hábitos alimenticios. Años atrás sus amigos cubanos le habían inculcado la idea de que la comida de esa isla caribeña tiene poderes afrodisiacos y antioxidantes propiciadores de la juventud. «Las propiedades alimenticias y la suculencia del Chimi dominicano están comprobadas y aprobadas científicamente», le razoné sin lograr sensibilizarla. «Las dos ocasiones que lo comí sentí música visceral, tuve diarrea aguda y deshidratación» —me refutó. «Adiós, Chimi. Prefiero morir de un *pupusazo* salvadoreño o un *tamalazo* mexicano antes que enfrentarme a un Chimi dominicano», me dijo con franqueza.

Tampoco toleraba los altares levantados por los jodedores frente a algunos edificios de Washington Heights. «Por qué honrar la memoria de narcotraficantes asesinados por el control de los puestos de expendio de marihuana, *crack*, éxtasis, cocaína y otros alucinógenos, o acribillados por la policía neoyorquina por la misma razón. Es nauseabundo ver decenas de velas y velones, flores de texturas y fragancias disímiles e incontables botellas vacías de brandy, coñac, cerveza, ron o de la bebida preferida del muerto obstruyendo el desplazamiento de los caminantes» —reprochaba.

Más insoportable aún, recriminaba ella, era la humareda, el resplandor asfixiante, el aroma a cementerio proveniente de las velas y los velones, así como la actitud desafiante de quienes protegían esos espacios contra los interesados en conocer la causa de muerte del fenecido. «¿Por qué tanto alboroto con esos muertos? ¿Saben ellos que los están ensalzando tanto? ¿Desde cuándo las flores y las velas liberan a los criminales del infierno?» —cuestionaba.

—Esta noche el Mirage tiene en cartelera a dos excelentes agrupaciones merengueras dominicanas de los 80. Tocan sabroso, ¿te gustaría ir? —Me arriesgué a invitarla a sabiendas de que en mis bolsillos escasamente moraban seis tristes dólares.

—¿Qué es el Mirage? —inquirió con voz gangrenada.
—Es el club nocturno de moda en Washington Heights, lo visitan centenares de latinos. Está a tres cuadras de aquí.
—Te agradezco el gesto, pero no. Tengo deberes esperándome. ¿Me acompañas a la estación de tren más cercana?
—Por supuesto.
—Creo que nuestros gustos y percepción del mundo los alimentan sustancias divergentes —me dijo.

Al ingresar al andén del tren me entregó su dirección postal escrita en su tarjeta personal.

En el Daily News del día siguiente leí que la policía había encontrado, en una nevera playera azul abandonada en una zona boscosa de Inwood Hill Park, el cadáver de una niña de cuatro años, en alto estado de descomposición, «¿Quién es ella?... El reflejo del tétrico sufrimiento de una persona que ha vivido cuatro años», rezaba la portada del más popular de los periódicos neoyorquinos.

24

Te situaré en un espacio de mis sentimientos
donde los pájaros pinten las noches de excrementos.

Se esfumó otra vez Dulce Soledad, cual nube disuelta por ráfagas de fuego. Su teléfono timbraba insistentemente sin dignarse a responderlo. Me autocastigué dándome a la cama por una semana. Terminado mi encierro, rebocé mi pecho de un valor poco usual en mí, escondí mi miedo en el más angosto de mis intersticios cutáneos y le pedí a mi padre que pagara un anuncio a una agencia propietaria de avionetas que escriben mensajes en el aire, pidiendo el regreso de Dulce Soledad. Él escuchó atentamente mi petición, me preguntó mi edad, fijó su vista en mí, tocó mi barbilla con ternura paternal desmedida, sonrió más hondo de lo acostumbrado, acarició mi pelo con delicadeza de hormiga transportando centeno y, ¡zas!, me mandó a la mierda.

© © © © ©

Carta mía. Correo expreso.
2 de agosto, 1991.

Un sonido arenoso, leve y distante de tren interestatal cruzó a doscientos metros de mí marcando el inicio de una pasión esperanzadora. Quizás soy imprudente al importunarte con esta misiva, pero anoche soñé que enredábamos nuestros labios por primera vez. No puedo retener tanta energía en mi pecho amordazado, por eso te escribo.

Dulce Soledad responde, con tono de tisana de orégano.

Carta de ella. Correo regular.
8 de agosto.

El primer beso de una pareja es un evento de efecto perenne e implica, por costumbre establecida desde la pubertad de Matusalén, una aceptación de noviazgo de parte de la mujer. Bien conoces mi renuencia a validar el pasado, pero en esta oportunidad hago una excepción, pues antes de intimar con alguien, tiene sentido remover huellas de viejos amores y desamores. Te enviaré, por esta misma vía, las fotos de mis novios anteriores y tú harás lo mismo con las de tus novias del ayer. Sin omisión, sin truquitos, sin mentirillas...

Sin todavía haber descodificado bien su mensaje, recibí una segunda carta.

10 de agosto. Correo expreso.

Ahí van mis fotos.

Un collage fotográfico mostraba a dos jóvenes cercanos a los veinticinco años. Uno anoréxico y pecoso, con aspecto de alemán estrujado. El otro, con cara de Dandi inglés.

Tercera carta. Correo expreso.
11 de agosto

Aguardo por las tuyas.

Cuarta carta. Correo súper expreso. El sobre mostraba manchas de café o de chocolate masticado.
12 de agosto

Aguardo por ti.

Quinta carta. Correo expreso.
13 de agosto.

Nada todavía.

Monté tres fotografías en un pliego de cartón satinado. En el lado derecho coloqué a la irlandesa encargada de llenar el hueco más profundo de la agenda pasional de mi adolescencia; en el izquierdo, a una turca, frutal y fogosa como potranca indomable, que en apenas dos meses de relación estuvo a segundos de disecarme. En el centro se destacaba mi inolvidable, retinta y caderuda villamellera.

Carta mía. Correo regular.
13 de agosto. Martes, día de la suerte torcida, día de los zurdos en los Estados Unidos. Azaramiento predecible.

Adjunto fotos solicitadas.

Carta de ella.
20 de agosto. Correo urgente.

Gracias por las fotos de las chicas. Las de los extremos lucen bien, satisfacen mi expectativa sobre la decencia física. En cuanto a la del centro, su nocturnidad epidérmica me perturba. Puedo repeler cualquier tipo de fobia, lo he demostrado en momentos embarazosos, pero lengua que haya escarbado la boca de una de su estirpe, jamás entrará en la mía. Como comprenderás, hay lenguas largas, estrechas, viperinas, porosas, cobrizas y mestizas aspirando meterse adonde no deben. Hay otras que son: venosas, sustanciadas, eléctricas, fulgurantes e incandescentes, en poder de mujeres aventajadas que les han usurpado sus acciones libertarias. Es imperativo saber situar cada lengua en su lugar. De las lenguas debemos cuidarnos bien, nunca está mal aceitarse el cuerpo y el alma contra ellas. Imagínate que un par de años atrás probé la de un carnicero descuartizador de vacas y todavía me siento llena de adiposidades. Puedes ahorrarte la respuesta. A partir de hoy te situaré en un espacio de mis sentimientos donde los pájaros pinten la noche de excrementos. Espero que conserves el crisantemo lila disecado incluido en esta carta.

Un eco ensordecedor atravesó mi sien. Mi ilusión comenzó a desgastarse como pabilo de lámpara hambrienta de kerosene. La cabalística popular asocia el crisantemo con el adiós.

Última carta mía. Correo triplemente urgente.
25 de agosto.

Retribuyo tu gesto. Te anexo la portada de la edición de 1990 de Gone With the Wind (Lo que el viento se llevó).

25

John War tiene el mismo apellido que yo, pero en inglés.

Agonía de 1991. Mi incorporación al equipo de voluntarios del Happy Senior Center fue ideado por Granmadre «Podría fortalecer tu interés por el trabajo social». Me convenció sin gran esfuerzo.

Glorificado sean el olfato y la lámpara mágica de Granmadre. En el transcurso de tres décadas fui voluntario año y medio, pasante once meses y servidor permanente cinco lustros en el Happy Senior Center. Colocarse como voluntario en una dependencia pública o privada, es tan fácil como zambullirse en una piscina tibia en pleno verano. Es servicio gratuito codiciado por empresarios deseosos de engordar sus barcas económicas sin invertir nada. Decir *me ofrezco* basta para ganar una plaza de voluntario. A parte de ser tratado como bicho raro, el voluntario trabaja más que muchos asalariados.

El pasante recorre la misma ruta que el voluntario. Los empresarios arreglan contratos con escuelas y universidades para, según ellos, proporcionarles a los estudiantes de término herramientas canalizadoras del éxito profesional. Cuentos de hadas, ejercicio gutural del bla, bla, bla. Si no pregúntenles a los infortunados cursantes de la carrera Comunicación Social de cualquier universidad neoyorquina. Muchos directores de periódicos y plantas televisivas los envían a las calles en temporadas de tormentas invernales que adormecen orejas y congelan los mocos, a reportar sandeces como el extravío de la mascota de un personaje importante de la ciudad. O a aquellos que azotados por el sol asfixiante de agosto les toca contabilizar la cantidad de bañistas zambullidos en las aguas contaminadas de Orchard Beach. Eso, en lenguaje laboral, es abuso. Y en lenguaje llano, el mismo abuso.

Lo del empleo permanente en el Happy Senior Center, es un tornillo bastante ondulado. Conseguir una plaza fija, ¡puaj!, es ahí donde está el detalle, dirían los amantes del cantinfleo. Supe de la primera vacante por la asistente del jefe de personal, una joven mexicana cuyas miradas espirales confundían a sus colegas masculinos. Nunca sabían si ella los miraba con afecto de compañeros de jornada, o con lujuria carnal insaciable. «Hay una vacante de mediador comunitario. Olvídate de que no hayas concluido la pasantía y de que tienes poca experiencia, solicita. La suerte es impredecible. Si te emplean, puedo asesorarte».

No recuerdo cuántos formularios completé ni cuántas semanas aguardé por el resultado. Sí recuerdo con precisión absoluta que el esfuerzo y la espera fueron en vano. El puesto le fue concedido a un chino llamado Chin Chon, a quien desde su llegada al Happy Senior Center varios colegas apodaron *El cegato* debido a que el grosor de sus espejuelos reducía sus ojos al tamaño de dos arvejas resecas.

La tarde que me enteré de la designación de Chon regresé a casa con el pelo cenizo, a causa del frío, y con el humor hecho tiras. «Tanto esfuerzo y rellenado de papeles» —le comenté a Granmadre en la sobremesa de la cena. «No confíes en el azar, hijo, cada individuo debe trillar su sendero propio. Los esfuerzos no se premian, sino los resultados». «Coño, Granmadre tiene el consolador defectuoso», interioricé.

La última semana de mi pasantía, la administración del Happy Senior Center anunció una nueva plaza en el departamento de Recursos Humanos. Era mi segunda oportunidad. Rellené un bonche de formularios superior al anterior, y nada. Hay decires infalibles: «quien deja la cama con los pies doblados, no hay ortopeda ni varilla que logre enderezárselo». El escogido fue un judío de aspecto filipino, un sujeto al cual era difícil adjudicar una raza específica porque en él concurrían casi todas. Era graduado de Siracuse State University, universidad afamada por la sólida formación de sus egresados. Ese, empero, no era su caso. Su eficiencia igualaba la de una motocicleta abandonada en un cementerio de chatarras. Mi reproche interior y mi cara de frustración inquietaron a la asistente del jefe de personal, y me consiguió una chambita de medio tiempo como ayudante, vaya usted a saber de quién: del chino.

La tercera solicitud la encomendé a la equívoca creencia de «la tercera es la vencida». Terminaba de recibir mi título universitario y una de nuestras trabajadoras sociales de origen marroquí, con 70 años encima, acababa de solicitar su pensión. No podrán negarme la plaza, pensé, era mi área de especialización y el jefe grandote, el jefote, conocía mi interés por un puesto fijo.

Mientras completaba la solicitud me imaginaba ocupando un escritorio con varios pacientes del Centro frente a mí exponiéndome sus conflictos personales, sus problemas sociales y sus desavenencias familiares. El arbitraje fue siempre la rama que más me atrajo de mi profesión.

Al cabo de dos meses de haber completado el papeleo, encontré a la asistente del jefe de personal entrando a la oficina que por seis lustros había ocupado la marroquí. El móvil de su visita era conversar con Robert White, un atlético moreno con las barbas incrustadas en el bosque de espinillas que cubría su rostro, quien acababa de sustituir a la marroquí. «Lo siento, Armando», fue todo cuanto dijo. Su cumplido sonó compasivo.

Renuente a que la constricción de mi garganta no estallara mi aorta mayor, opté por comunicarle telefónicamente a Granmadre lo ocurrido. «¡Caray!», dijo ella quejumbrosa. El amargor producido por la desagradable noticia lo desvaneció la exquisita cena preparada por ella esa noche: salmón a la parrilla, papas rojas gratinadas rociadas con albahaca, zanahorias hervidas, vino blanco y un ejemplar de *Juan Salvador Gaviota* montado sobre un cuarteto de manzanas verdosas, en el centro de la mesa.

Terminada la cena revelé a Granmadre mi intención de no regresar al Happy Senior Center y candidatearme a una posición en mi área en el hospital donde había nacido yo, el Harlem. A ella le pareció muy abrupto mi plan. «No renuncies, lo prudente sería que tomes dos semanas de vacaciones y solicites empleo en otros lugares, lo del Harlem no es mala idea». Todavía recuerdo la cara de inconformidad del jefe del personal al escuchar mi solicitud de vacaciones.

Fui al Harlem Hospital a recoger los formularios. Entrar al Harlem en esa época no distaba mucho de apersonarse a un mercado de desamparados reclamando techo y comida. Su capacidad de servicio superaba la demanda de pacientes provenientes de Manhattan, Brooklyn y el Bronx. Pocas cosas habían cambiado desde mi nacimiento allí.

Haber nacido y recibido atenciones médicas en el Harlem, no determinaba que me sentiría confortable en ese escenario. «¿Por qué solicitar empleo en un lugar de mi desagrado?», medité. Lo hice sustentado en mi historial clínico en dicho hospital. «Tal vez el entrevistador me veía como alguien familiar a ellos», imaginé. Craso error.

Esos versos «la vida te da sorpresas / sorpresas te da la vida», con los que Rubén Blades metió en cumbancheo a millares de caribeños, arrastran consigo una verdad inmaculada. En un corredor de la zona verde del hospital, rotulado «Servicios Sociales», por donde circulaban decenas de pacientes hambrientos de atención, encontré a Héctor Correa.

Héctor era un chico cuya atracción física producía arritmia cardíaca a las mujeres y acrecentaba el morbo carnal a sus congéneres. No pocas de esas «aves de corto vuelo», como nombraba él a los homosexuales, se disputan el derecho a tenerlo cerca. Le desfavorecía la agudeza de su timidez en asuntos amatorios, les huía a ambos sexos. A las hembras, por temor a enfrentarlas; a los homosexuales, por considerarlos portadores de condimentos nocivos a su gastronomía sexual. Donde veía a uno de ellos, no dejaba ni retazo de su sombra. Héctor y yo coincidimos en dos materias en la universidad: Psicología de la Adolescencia y Conducta Humana, y tomamos decenas de capuchinos en la cafetería de la facultad de ciencias. Lo que él nunca pudo lograr fue hacerme comer ceviche. «Esa vaina hiede a mapurite y quema la lengua» —le reproché al tratarlo por primera vez. Estuve a punto de vomitar el bofe.

Héctor superaba mi edad por diez años, pero hacíamos buena química y compartíamos pareceres sobre la solidaridad con los indolentes. Un lustro atrás él había obtenido una licenciatura en Recursos Humanos en Lehman College, en el Bronx, lo que le permitió incorporase al personal administrativo del Harlem Hospital.

Concluido diez minutos de rememoración de nuestras bellaquerías estudiantiles en los bares y clubes nocturnos periféricos a la universidad, Héctor me instó a rellenar los formularios y dejarlos en su oficina.

—Tengo buenas relaciones con el director, hablaré con él.

—¿Piensas que hay posibilidad?

—Quizás. Yo estoy aquí por una recomendación. Así funcionan las cosas en todas partes. La igualdad laboral es un mito. Alguien empuja una palanca y si estás alrededor de ella, puedes subir al coche de la victoria. Sencillo, ¿eh?

Transcurridas setenta y dos horas de mi encuentro con Héctor, fui convocado a una entrevista con el director del hospital. De entrada, el director me inquietó, no por temor a sus posibles preguntas, sino por su espantosa corpulencia elefantina. Parecía socio corporal de Granmadre. Rememorando aquella entrevista, si decidiera almacenar las incontables preguntas que me hizo necesitaría baúles gigantescos. Al final del cuestionario tuvo la indelicadeza de indagar mi preferencia sexual y de ofrecerme una copa de vino tinto. El vino lo rechacé con sutileza y la insinuación sexual, la evadí solicitándole un listado de las responsabilidades que asumiría el beneficiado con el puesto.

La notificación del director me llegó por correo el mismo día de mi regreso al Happy Senior Center. «Buena calificación académica, poca edad, ninguna experiencia, disposición de socialización deficiente. Gracias por tomarnos en cuenta mediante su solicitud», escribió el director seguido por su firma. «Muchos funcionarios, tanto públicos como privados, tienen los cerebros de alcachofas fermentadas. ¿Cómo diablos puede un recién graduado adquirir experiencia si no lo emplean?» —argumentó Granmadre al leer la misiva. Lo de «disposición de socialización deficiente» no me inquietó tanto como las alcachofas fermentadas de Granmadre. Si algo anhelaba aprender de ella era la destreza con que manejaba la paremiología. Mis conocimientos de cultura popular eran como los de ella de física termonuclear.

John War, el favorecido con la plaza, era un joven de mi edad, de piel cobriza y sonrisa abundante, adscrito al departamento de terapia ocupacional del hospital Harlem que eventualmente acompañaba al director a eventos sociales nocturnos. Eso me informó Héctor vía telefónica posteriormente. ¿Qué te parece?, le comenté energizando mi voz, ansioso de que esta atravesara el auricular y llegara al despacho del director del hospital: tiene el mismo apellido que yo, pero en inglés.

26

Floralba puso una cajita de chocolate, de los llamados besitos, sobre mi escritorio.

Primavera de 1993. Las auroras a veces saben negarse a nacer, de ahí que no todas sean atractivas al tiempo de tener que retornar al trabajo después de dos semanas de vacaciones. La de ese día no lo fue. Nubarrones enormes y lloviznas ligeras, reforzadas por ventiscas energizadas, absorbieron su brillantez. Sin embargo, los deberes terminan siendo obligaciones y el reloj, esa máquina de patitas desiguales y caminar pausado, está siempre pendiente de controlar nuestras acciones. El minutero del mío descansaba exactamente sobre las 8:35 al entrar al Happy Senior Center a cumplir con mi labor habitual de ayudante de medio tiempo de Chin Chon.

Chon iniciaba su jornada a las ocho y treinta, sin fallar. Yo siempre lo aventajaba por cinco minutos. Esa mañana, cosa poco habitual en mí, me retrasé un poco. Me sorprendió mucho ver la oficina cerrada y el entorno del vestíbulo contiguo a ella transformado totalmente. Las orquídeas, los cactus y los pinitos plásticos, desvaídos por la edad y por la resequedad interior, habían sido sustituidos por llamativos coleos, bromelias y azaleas naturales. Las paredes, decoradas en el pasado con láminas pobremente impresas de claroscuros de Paul Cezanne, azules de Henri Matisse y *La bailarina basculando* de Edgar Degas, exhibían pinturas originales. La escasa nombradía de los artistas reemplazantes la disipaba la maestría de la ejecución de sus frescos. El remozamiento no me impactó tanto como ver tiradas a la basura media docena de estatuillas de yeso de filósofos griegos: Sócrates, Platón, Aristóteles..., que por años habían reposado sobre los escritorios del personal como aves cautivas disecadas por el paso del tiempo.

Embelesado estaba contemplando la nueva decoración, particularmente las lámparas italianas sujetas al techo recién pintado, cuando el conserje abrió la puerta y me invitó a entrar. Habituado a iniciar más temprano que mi jefe inmediato, y porque no soy dado a hacer míos asuntos de la incumbencia de otros, no advertí la ausencia de Chon. Pensé que estaba encerrado en su cubículo estudiando el expediente de algún paciente nuevo. Fue la voz ronca y demandante del jefote del Centro, Mr. Waldman, quien a escasos minutos de yo haber ocupado la mesita donde trabajaba apareció custodiado por la asistente del jefe de personal, la que me alertó de ello.

—Siéntese allá —ordenó Mr. Waldman señalando el escritorio de Chon con puntería de cazador de iguanas.

En esa ocasión su saludo carecía de la frialdad con la que usualmente se dirigía a los pasantes y a sus subalternos. Impávido desplacé mi vista por las cinco paredes de la oficina, una oficina pentagonal (raro, ¿no?), intentando descubrir a su posible interlocutor.

—Armando, Mr. Waldman habla con usted —intervino la asistente del jefe de personal intentando quebrar mi turbación.

—Disculpe, señor.

Quise recordarle, cómo si acaso no fuera de su conocimiento, que el escritorio apuntado con su índice izquierdo pertenecía a Chon.

—Allá, señor Guerra, en la silla marrón. Siéntese —repitió la orden con mayor agudeza.

—¡Santo Dios!… sabe mi apellido —titubeé comprimiendo mi boca. No procedía que él delatara mi sorpresa.

Ya con mis sentaderas sobre la silla, Mr. Waldman caminó hacia el escritorio, toqueteó suavemente mi espalda, puso a mi alcance un sobre manila, e indicándome que lo abriera afirmó:

—El puesto es suyo, señor Guerra, la señorita Floralba completará el papeleo y hará los arreglos pertinentes —dijo abandonando la oficina con pasos entrecortados.

Floralba, asistente del jefe de personal, permaneció en la oficina un cuarto de hora más instruyéndome sobre mi nueva función. Intenté tres veces preguntarle por Chon. «No, Armando, no seas averiguado, la discreción debe superar la curiosidad, cállate», me autorreproché.

Floralba puso una cajita de chocolate, de los llamados *besitos*, encima del que ya era mi escritorio y se despidió con un «Bienvenido formal y oficialmente al Centro, Armando».

27

*He cargado conmigo a tierras extranjeras
la cultura del chiripeo y del pluriempleo.
La patria sigue en deuda conmigo.*

Hará cuestión de un lustro que abandoné esa práctica, pero cuando el verano me agarraba henchido de nostalgia me encomendaba a San Judas Tadeo, patrono de las causas imposibles, y me iba a la confluencia de la calle 207 y las avenidas Sherman y Vermilyea, en Washington Heights, a sumarme al gentío que todavía hoy día acude allí los fines de semana. Ninguna terapia erradica del cuerpo las auras negativas mejor que visitar esa esquina. En dicha zona, propiciadora de un hechizo inigualable a cualquiera otro, un apacible cuchicheo de voces disonantes pregona mercancías medianamente útiles, próximas a convertirse en alimento de vertederos de basura. Cachivacheros dominicanos, secundados por mexicanos y centroamericanos recolectores durante la semana de cuantos disparates aparecen en las calles, convierten esa esquina en un abejero humano. Los compradores son inmigrantes latinoamericanos cuyos exiguos ingresos y estatus migratorio insatisfecho han hecho de ellos piezas esenciales de los cordones de miseria neoyorquinos.

Los vendedores, posados celosamente ante sus productos como velas endebles repeliendo el calor o como tamales apretujados por la cáscara que los envuelve en invierno, observan a los caminantes desplazarse entre miles de objetos desgastados por el uso, desperdigados en las aceras. Inicialmente comenzaron unos pocos avezados colocando baratijas hogareñas y prendas de fantasía en el suelo. Las regaban sobre pedazos de lonas resistentes, colocadas de modo que pudieran cargar con ellas si la policía intentaba incautárselas. Los vendedores aparecían lenta y escurridizamente hasta que, por fin, los políticos dominicanos de la Gran Manzana comenzaron a ganar posiciones en el Consejo estatal, en la Asamblea y en la Senaduría local neoyorquina, y la policía redujo su jodedera a esos chiriperos, dejándoles el terreno libre.

En meses la paz desapareció de esa cuadra. Quien transita en ese mercado de baratijas tortura su olfato y su vista. Hay mercancías variopintas: calzones adobados con salitre pudendo, cucharas y platos cochambrosos, tenis y zapatos aromados con sicote, equipos eléctricos moribundos, películas pirateadas, herramientas desgastadas y herrumbrosas, teléfonos celulares desfasados, equipos de jugar al béisbol desconchinflados, bicicletas oxidadas y otras porquerías más.

Y en medio del tumulto, reclamando un «déjeme cruzar, primo» cada medio minuto, circulan decenas de quisqueyanos, suramericanos, mexicanos, empujando carritos de supermercados surtidos de yaniqueques, morisoñando, pasteles en hojas, jugo de avena, habichuelas con dulce, mondongo, sopa de pollo, arepa, pastelitos de res con grumos de aceite requemado en su interior y otras fritangas más.

El desmadre y, al mismo tiempo lo que realmente me lleva a esa equina, lo completa *El Tajalán de Cristo*, un higüeyano de aspecto caucásico que recorre toda el área de negociación megáfono al hombro ofertándoles a vendedores, compradores y curiosos la salvación de sus almas porque, supone él, son incapaces de ver en Cristo la única fórmula real de abrazar la eternidad. «Helmano, no juegue con la veldad y el fuego. Arrepiéntete ahora, no deje que sea talde, después no podré ayudalte a llegal al cielo. Esta es la esquina elegida por nuestro Señol. Aquí se cumplen todos los sueños del alma, no los del cuelpo. Pa qué te silve un buen trabajo, una finca llena de álboles, carros lujosos, si tu fe está podrida. Con Cristo no se juega, él te está acechando, déjate de pendejada y ven al Señol, ya. Aleluya, aleluya, aleluya...». Repartiendo aleluyas desmedidamente, y por encima de sus espejuelos desgonzados, *El Tajalán de Cristo* escrutaba las tetas descubiertas y las nalgas empantalonadas de las chicas que cruzaban frente a él indiferentes al cuchicheo de los vendedores y a su discurso. Tras cinco minutos de descanso, *El tajalán* volvía a la carga: «No te imagina, helmano, el lío que te ta buscando. ¡Cobalde, entrégate ya! Aleluya, gloria al Señor...». Y tomaba otro receso para degustar una empanada de catibía refrita en aceite trasnochado.

Un domingo navideño le pregunté, por curiosidad, que cómo siendo dominicano neto cambiaba la R por la L. «Es el estilo de mi pastol puertorriqueño alaval a nuestro salvadol, y como ya él tiene ganada la Gloria de Dios, es mejol seguil su ejemplo. La Biblia (Hechos 2:21) es clara en ese sentido: "El que invoque el nombre del Señol será salvo".

Lo del *Tajalán de Cristo* es nudo de novela picaresca. Él, como el cirujano que me extrajo el pegote de hamburguesa en mi niñez, estudió en una universidad socialista: la universidad San Clemente de Ohrid de Sofía, en Bulgaria. Le costó mucho aceptar que haber estudiado biología marina fue un desatino irreparable. Imagínese la suerte de un biólogo marino en República Dominicana en los años 70. La única oferta de empleo que recibió provino de una compañía localizada en Sabana de la mar, dedicada a la pesca de lambíes. «Usted pesca los lambíes y nos entrega la masa. Las conchas son suyas, los turistas pagan bien por ellas», dijo sin inmutarse el encargado de los pescadores, un petromacorisano panzón con una insoportable hediondez a róbalo descompuesto. «Le tengo una contraoferta, señor. No soy pescador, soy biólogo marino. Mejor, si le parece bien, puedo pescarle todo los lambíes que desee gratuitamente a cambio de que me permita depositarle todas las conchas en la pequeña cuenca de su trasero por donde salen sonidos flatulentos».

Al borde de los 55 años emigró a New York e intentó ubicarse en alguna empresa relacionada con su área profesional, pero no alcanzó a conseguir sino una plaza como dependiente en una pescadería en Brooklyn. Sin haber cumplido siquiera el primer mes en la pescadería ya tenía impregnado en todo su pellejo la misma pestilencia nauseabunda del petromacorisano que trató de reclutarlo como pescador de lambíes en Sabana de la mar. «Te ayudaré a abrazar a Jesucristo, ello evitará que la ambición material corroa tu alma», lo sentenció el chino dueño de la pescadería una tarde que solicitó aumento de salario. Pese a que en corto tiempo tuvo varios pastores, fue el reverendo Pedro Pozo, amigo del chino, quien le metió el evangelio por los sesos y le entregó el megáfono con el que intentaba salvar a la humanidad.

Tan extravagante, curioso y divertido como *El Tajalán*, era *El Sancho de la economía*, sus precios eran llamativos y sus productos únicos: cuaba, tres pasitos, números de la lotería dominicana, jarabes expectorantes, aceites aromáticos hindúes, bejucos para el pecho *apretao*, cuestionarios con las respuestas del examen de la ciudadanía norteamericana y truquitos sobre cómo obtener la licencia de conducir del Estado de New York. «En los *nuevayores* quien no sabe manejar un vehículo es un cadáver sin dolientes», voceaba con potente energía pulmonar. Atraía a los clientes rasgando las cuerdas mohosas de una guitarra plástica. El desafine tenía la fuerza magnética de atraer a decenas de desalmados diestros en el arte de la mofada.

La Duarte con París o el mercado público de la avenida Duarte, en Santo Domingo, son los homólogos quisqueyanos de este cementerio de naderías. En ese escenario, donde la sagacidad y la argucia liman sus uñas timando a cientos de incautos con mercancías de desecho a precios exorbitantes, también se desplazan ávidamente los políticos neoyorquinos en época de campaña electoral a cazar adeptos. Ese enjambre humano es un segmento de Quisqueya que ha trasladado la cultura del chiripeo y el pluriempleo a tierras extranjeras, en busca de la sobrevivencia que la Patria le debe todavía.

28

Sus ojos enmelados lucían como otoños anticipados.

«Encomiendo mi futuro sentimental a la magnanimidad de tu voluntad. Mis parabienes, Floralba». Era su cumpleaños, ocasión perfecta para que yo le dejara una postal sobre su escritorio con un texto de mi autoría. Neruda jamás dejará de ser mi bardo preferido, de abandonarlo él mismo me castigaría. Anhelaba parir algunas ideas propias y dejar libre *Veinte poemas de amor y una canción desesperada*, poemario usado por mí como manual de enamoramiento, con resultado cuestionable.

Una desaforada incertidumbre anduvo todo mi sistema nervioso al momento de escribir la nota. Me inquietaba muchísimo el hechizo de Floralba al mirar a los varones del Centro. Sus ojos enmelados lucían como otoños anticipados y sus córneas circulaban discretamente alrededor de sus párpados entreabiertos dejando espacio suficiente a la codicia de sus colegas.

«No soy buena intérprete de mensajes de esa naturaleza, ¿podrías hacerlo por mí?», respondió ella en un papelito azul infiltrado dentro de las correspondencias destinadas a mí esa tarde de abril.

«Si las flores pudieran hablar». Mi manía de usurpar versos no daba señal de terminar, los malos hábitos requieren tratamientos intensivos. Además, toparme con un quinteto de frases precisas y adecuadas para acompañar el manojo de rosas bermejas que sirvió de intérprete de mi mensaje, fue un reto que no pude superar. Me favorecía su desconocimiento de mi truquito de bombardear a las mujeres con versitos o poemas completos de autores famosos, lo cual no dejaba de ser una pendejada de mi parte porque muchas hembras prefieren un emparedado de jamón ahumado, queso suizo y lechuga, a un arreglo floral de corta vida, o a unos versitos melodramáticos que no llenan el estómago.

Descubrí un segundo papelito azul suyo en medio del paquete de correspondencias: «Yo también soy sentimental», y que conste: Nelson Ned no es el culpable.

29

*La felicidad es un bálsamo adormecedor
inventado para repeler los sinsabores cotidianos.*

Mayo, 2001. Un policía neoyorquino de ascendencia oriental disparó contra mi padre, a quemarropa. Los proyectiles le perforaron el pecho, la nuca y el costado izquierdo. Al segundo disparo cayó como ave derribada por cazador inexperto. Parece que ese orientalito tenía la crueldad apresurada. «Tremenda desgracia por una vaina tan insignificante», lamentaban amigos, pendencieros y la prensa de Manhattan. A muchos policías la prepotencia les carcome el raciocinio y les altera las neuronas del sentido común. Piensan que sus armas de reglamento son pistolitas de *pinball*, que asustan, coloran la piel, dejan un moretón, y nada más.

No hay forma de justificar la acción policial de ese oriental. Mi padre había alquilado el salón de fiestas del restaurante *Cuchara Mocana*, Granmadre estaba de cumpleaños. *La cuchara mocana* le pareció el lugar ideal: nos quedaba a poca distancia de la casa y la decoración lo devolvía a sus años mozos en Santo Domingo. Del techo pendían racimos de plátanos secos, pilones de cedro, vasijas de higüero, escobas de guano, aparejos jumentales, tinajas de barro, babunucos y una variedad significativa de objetos usados en los campos dominicanos, que le daban al local la apariencia de un pequeño museo vernáculo en medio de una ciudad tecnificada.

La felicidad es un bálsamo adormecedor concebido con el objetivo de repeler los sinsabores cotidianos. A escasas dieciséis horas de la celebración, Granmadre apareció muerta en su cama. La noche previa a su deceso no hizo nada distinto a lo rutinario: tragar con apetito de elefante hambriento y avanzar la lectura de *El amor en los tiempos del cólera*. Me divertía espiarla leyendo novelas. Su forma particular de saborear cada párrafo, cada oración, su destreza al encarar la irracionalidad de los personajes despiadados, eran inigualables. A Florentino Aza, por ejemplo, quería pegarle. «Que maracas te cuelgan, semental engreído, las mujeres son algo más que marranas hambrientas de barracos», la oí reprocharle más de una vez.

El cadáver de Granmadre tenía los brazos tendidos sobre el abdomen, los párpados a medio cerrar y el tono verduzco propio de un cuerpo fallecido. La tanatología denomina «estado post mortem» esa primera etapa de la descomposición cadavérica.

Su médico primario había gastado decenas de arrobas de saliva, y quién sabe cuántos millares de palabras, explicándole la importancia de que perdiera por lo menos setenta libras. «Reduzca el consumo de grasas, carbohidratos, azúcares, sal, chocolate, cafés», machacaban su cardiólogo y endocrinólogo en cada consulta. «De acuerdo, doctor. Perfecto, doctor. Como usted mande, doctor. ¿Y de qué diablos me alimento, doctor?», murmuraba presionando los maxilares. Carecía de voluntad para eliminar de su menú los entresijos expendidos en los chimichurris dominicanos de Washington Heights. Nunca rechazó los chicharrones de Elsa. «Los más sabrosos y crujientes de los hechos en New York», dictaminaba ella cada vez que devoraba un plato de ellos.

No recuerdo exactamente mi reacción al ver su cuerpo cubriendo todo el colchón de su cama, caí desmayado. El conocimiento me volvió en el hospital Presbiteriano. El descalabre de mi padre fue superior a mi desmayo: enloqueció tanto que, en vez de procurar una autopsia, o de iniciar los trámites funerarios, fue al restaurante a reclamar la devolución del dinero de la fiesta. «Con esa plata cubriré los gastos del funeral y del enterramiento», debió haber pensado.

«El contrato establece claramente que debió haber cancelado 72 horas antes de la celebración. Lamento lo sucedido a su esposa, en los negocios se gana o se pierde, mi función aquí es evitar pérdidas», dijo parcamente el mocano que lo atendió.

Él consumió una media hora tratando de vencer el tono arrogante del mocano, sin lograr sensibilizarlo. «Imposible, no podré alquilarle el espacio a otra persona, concluyó este». Ante tal negativa mi padre regresó al hospital y convenció al conductor de la ambulancia de que llevara el cadáver a *Cuchara mocana* en lugar de la funeraria, adonde convocaría parientes, amigos y compañeros de trabajo de Granmadre a su funeral.

El correteo y los chillidos de los clientes ocupantes del comedor solo pueden ser descritos con certeza por quienes presenciaron esa escena inaudita: Pelao y tres amigos suyos, con cuerpos de luchadores olímpicos arruinados, ingresaron al restaurante con el enorme ataúd color plomo sobre sus hombros. Era la hora pico del negocio, la usada por la administración del *Cuchara Mocana* para sonar las bachatas y merengues de moda; la hora perfecta para que el piso del comedor quedara cubierto de platos, tenedores, servilletas, arroz, habichuelas, trozos de carnes, remolachas rebanadas, lasañas, carteras femeninas, estuches de maquillaje y lápices labiales. En brevísimos minutos el piso ganó el aspecto de un vertedero de basura sin centinela.

Con el ataúd reposando sobre una mesa, mi padre y Pelao le requerían al mocano las llaves para abrir el salón de fiestas, en el segundo nivel. La discusión encendió los nervios de las camareras, quienes solicitaron la presencia de la policía. Al minuto los agentes policiales aparecieron como trullas de cigüeñas en la plaza de San Pedro. Pasados cinco minutos de conversación, el oficial a cargo de la operación le ordenó a mi padre llevar el ataúd a una funeraria. Él consintió hacerlo, pero de repente soltó un grito de fiera enfurecida, agarró una botella de cerveza del piso y la blandió como arma blanca cortando el aire.

Su aullido leonino motivó el ingreso del cocinero a la zona del conflicto, con dos cebollas en una mano y el cuchillo rebanador de carnes en la otra. Entonces el policía oriental le disparó. Tendido sobre el piso, a escasos pies del mostrador y una banqueta, su cuerpo comenzó a sangrar como río crecido. El cocinero saltó sobre el mostrador e ingresó al depósito de mercancías, abandonando el restaurante por la puerta trasera. Moribundo, mi padre fue conducido a la emergencia del hospital Allen Pavilion, del Alto Manhattan. Posteriormente el cadáver de Granmadre fue ingresado a la sala D de la *Jesús Sacramentado*. En el transcurso del velatorio y el enterramiento de Granmadre, él fue intervenido quirúrgicamente tres veces.

Despedir a Granmadre en el cementerio escuchando la interminable letanía del sepulturero y el pésame de gente a quienes ni siquiera conocía, agrietó tanto mis sentimientos que todavía lucho por recuperarme. Demasiado dolor en tan poco tiempo: ella salió abruptamente de mi vida y el cuerpo de quien me dio la vida quedó hecho una sola costura.

La comisión de oficiales designada por el Departamento de Policía en la investigación del caso concluyó: «El agente actuante fue atacado por dos hombres armados que pusieron en peligro su vida y las de sus colegas». Inventen otra historia, esa está muy manoseada, le reclamé a quien me entregó el informe escrito. La policía neoyorquina causante de las heridas a mi padre no era tan «educada» como la de ahora. Hace unos meses el NYPD ha escrito «Cortesy, Profesionalism and Respect» en los laterales de sus vehículos patrulleros. «Entremés insustancial de una comedia off Broadway», digo yo. ¡Cuánta mentira en una sola oración!

30

Floralba es engranaje perfecto, tono cristalino.
En ella el mundo sintoniza su armonía.

Reflexión vespertina. Mi madre carnal, relataban conocidos suyos, agrupaba a las mujeres en dos categorías: bonitas y normales, clasificación seguramente rechazada por sus amigas excluidas del primer grupo. Las bonitas, explicaba ella, «no demandaban descripción alguna», eran bonitas, y ya. Las normales, en cambio, debían tener: cuerpo rectilíneo, estatura regular, color indefinido, pelo desrizado, rostro tolerable y, particularmente, economía desbalanceada. Ese arcoíris humano abunda poco, ¿Dónde quedaban aquellas que siendo «normales», carecían de los pesos exigidos por los transformistas de imágenes que las harían lucir medianamente bien? Es decir, las paupérrimas. ¿Eran feas o bonitas?, cuestionaban sus allegados.

Asumiendo como válida esa tesis de mi madre sobre sus congéneres, Floralba pertenecería al grupo de las normales. ¡Pero eso, jamás pensarlo! Ella no entra ni por asomo en la segunda categoría inventada por mi progenitora. Floralba está hecha con sémola cultivada en terreno virgen y pertenece a otra dimensión. Veamos por qué: no es igual llamarse Macaria, Basilisa, Petronila, Eustaquia o Renalia, que Floralba.

Obviando la probabilidad de parentesco y otras posibles derivaciones genéticas, pues nunca sabemos con certeza de dónde provenimos, con la prestigiosa y tradicional familia Alba de la nobleza española, Floralba es un nombre compuesto por dos elementos cautivantes. Acepto que Flor no es en sí un nombre exótico adornado con la sutileza artesanal de las mujeres de la dinastía Ming, menos un sustantivo con propiedades intrínsecas especiales, pero por él fluye un aroma comparable al de la ensoñación. El alba, por su parte, remolca en sus alas luminosidades engendradoras de mañanas vistosas, de anillos planetarios intocables por humanos. Floralba es, consecuentemente, claridad perfumada, sustancia privilegiada.

No creo que exista en la tierra otro ser humano con ojos de caramelo derretido e hilillos azulados como los de ella; tampoco un rostro con una manchita chocolate en forma de signo de interrogación en el mentón derecho. Ese toque particular de sus ojos le permite tener una valoración del mundo diferente a la de cualquier otra mujer. «Veo las rayas de las cebras similares al manto tapizado de las jirafas», comentó una noche que fuimos a ver la película *Selva africana*.

Convertir rayas blancas y negras en motas pardas, es un atributo exclusivo de Floralba. Sus virtudes las completan sus hábitos alimenticios. Sus intestinos pueden albergar lo mismo un trozo de morcilla de elefante, que tres libras de ñame gratinado en salsa de rémora. En el imaginario de sus colegas del Centro, Floralba aparentaba ser una simple asistente del jefe de personal. Trivial sería decir que las apariencias traicionan porque yo que la tengo diariamente a mi lado, que la huelo por todas partes, que la aspiro hasta en el sueño, no opino lo mismo. Ella es una tentación, un volcán encendido ante el cual los varones deben contener sus instintos si no quieren ser demolidos por la incandescencia de su lava. ¿Cuántos de sus codiciadores del pasado la hubieran preferido con el alma plural, democrática, libertaria, abierta a sus pretensiones? ¿Cuántos de ellos hubieran preferido ser señuelo fresco de su anzuelo? No exagero. Floralba es la tuerca fundamental de un engranaje perfecto, el tono cristalino donde el mundo sintoniza su armonía.

31
Bernardo es declarado loco oficial mediante una carta.

Ahora que las religiones han enmohecido los clavos de la credibilidad, ser hombre de fe es aventurero y difícil. De esa dualidad me nace creer por conveniencia, no por convicción, Mi postura, no lo ignoro, incomoda muchísimo a los guías religiosos empeñados en ganar adeptos a como dé lugar. Mi ejercicio religioso es sencillo: si alguna flojera espiritual me sacude la ansiedad, visito la iglesia. No es casual mi decisión de refugiarme en el catolicismo. La iglesia católica es consecuente: no toma asistencia semanal a sus seguidores, no controla la cantidad de alcohol ingerida por los feligreses ni tampoco cuánto dinero apuestan estos a los números de las loterías, no castiga rigurosamente el codiciar al marido o la mujer del prójimo. Más que permisiva, la religión católica privilegia el libre albedrío y tiene menos trabas que otras religiones con el tema del perdón de los pecados.

Reconozco que el cura Florentino, párroco de la iglesia *Nuestra Señora de la Paz*, es presumido, reprochador y, por encima de todo, intolerante con la impuntualidad de los feligreses. Aun así, prefiero la *Nuestra Señora de la Paz* por ser la que tengo más cerca y la que mejor me facilita ajustar cuentas con Dios, porque los santos, las vírgenes y otros socios del elenco divino que moran en ella tienen fama de bonachones y cegatos.

Lo único reprochable de *Nuestra Señora de la Paz*, es Florentino. Cuando sube al altar con olor a clóset húmedo, o con la pajarilla tostada, es preferible no prestarle mucha atención; de lo contrario, cualquiera que le contradiga podría terminar infectado por su lengua letal. A nadie sorprenden sus resabios, a veces suele tornarse insoportable y actúa como cualquier pecadorcito vulgar.

«Es inverosímil y desleal que una persona interesada en alabar a Jesucristo llegue tarde al templo del Señor. Quien exhibe ese vil comportamiento olvida que Cristo murió por nosotros, y no llegó tarde a la cruz». Esa reprimenda de Florencio la había escuchado Bernardo Marmolejos decenas de domingos. No menos pesado se torna Florentino los minutos precedentes a la recolección de la ofrenda. «El siervo cuya ofrenda satisface sustanciosamente a Dios, amplifica el camino de la salvación, con un dólar no se compra ni siquiera una hostia, hermanos». Al realizar la eucaristía, Florencio trasciende los niveles de dramatismo: «los hermanos que asisten diariamente a la iglesia no deben comulgar cada vez que vengan, todo ha subido de precio, la hostia no es una excepción». Y ante el azoramiento de la concurrencia divide cada hostia en tres pedazos. «Los siervos que contribuyan con la limpieza del templo tendrán limpias sus almas», concluía cada misa.

Bernardo era, en esa época, el miembro más fiel de la comunidad religiosa capitaneada por Florencio. Poeta en evolución, aspirante a novelista y lector voraz de todo cuanto estuviera a su alcance. Tenía el mérito de ser el mejor limpiador y organizador de la iglesia. La tarde que fue reprendido no pudo lidiar con el bochorno de verse en medio de la nave central del templo, estático como vela de parafina reseca, oyendo la voz ronca y famélica de Florencio inundar todo el salón de oración. Los feligreses paramos de rezar y fijamos nuestra atención sobre su cuerpo petrificado. En ese instante Bernardo aprovechó nuestro mutismo, empacó en su lengua los insultos que nunca había podido decirle al cura, y los vociferó a pulmón entero: «curita endiablado, satanás sin calzoncillos, chismoso de patio, parásito intestinal, por qué no enjuagas tu lengua con ácido muriático» Y con la calma revuelta y las venas del cuello templadas como longaniza porcina subió al altar, tomó el cáliz, lo estrelló cuatro veces en las costillas de Florencio, seguido por un «pa' que no fuña». Segundos después, abriéndose paso por entre los sacristanes y los colectores de ofrendas, salió del templo por la puerta frontal.

Pasada una semana del incidente fui a visitarlo al Bellevue Hospital Center, en el bajo Manhattan. En cuanto me vio, comenzó a desahogarse: «Mire usted, Profe, me tienen en esta sala psiquiátrica amarrado a esta cama como a un loco en cepo. Míreme bien, Profe, míreme bien... ¿tengo cara de loco?». Nunca averigüé qué lo impulsó a llamarme Profe, así me bautizó desde que nos conocimos en *Nuestra Señora de la Paz* un sábado caluroso y húmedo del verano de 1999.

Ese incidente no fue el debut de los trastornos de Bernardo. Anteriormente su madre había recurrido a la policía tras permanecer ochenta horas encerrado en su dormitorio sin ingerir alimentos. El inicio del año 2000 coincidió con la salida de *La fiesta del Chivo*, una novela donde Mario Vargas Llosa desvela algunas de las atrocidades del gobierno encabezado por el dictador más descarnado que ha tenido la República Dominicana. Bernardo veía como una mezquindad que un extranjero novelara el periodo más prieto de la historia dominicana. Eso, considerado por él como un atrevimiento de Llosa, lo conminó a encerrarse en su dormitorio a releer *La fiesta del Chivo* y a reflexionar sobre la percepción del peruano acerca del gobierno encabezado por el Chivo.

Concluida le lectura optó por responderle al intruso peruano con una novela de igual o superior extensión a *La fiesta del Chivo*. Primero eligió el título: *El funeral de la llama*. «Si ese osado peruano protagoniza su historia con uno de los cuadrúpedos más populares y apetecidos por el pueblo dominicano, como el chivo, ¿qué me impide a mí hacer lo propio con el cuadrúpedo más venerado en Perú: la llama?», razonó. Visto desde ese ángulo justiciero, a Bernardo le sobraban razones. «Que conste, Profe, la escritura de *El funeral de la llama* no es una rebeldía gratuita de mi parte, es más bien un acto de justicia retributiva», me advirtió. «Si duda de mí, Profe, aquí tengo la Biblia», y sacó una que guardaba debajo de la almohada. «Me la regaló un Testigo de Jehová que viene diariamente al hospital a predicar. Parece que no tiene nada que hacer. ¿Ha leído usted los pasajes de *Éxodo*, *Levítico* y *Deuteronomio* relativos a la ley del Talión?, se los recomiendo, Profe». Antes de visitar a Bernardo en el Bellevue, desconocía el episodio que acababa de contarme y otros que posteriormente me narró.

¿Puede parir una novela de carácter histórico, de más de quinientas páginas, un aspirante a escritor que nunca ha escrito ni siquiera dos líneas de literatura creativa? Mi inquietud la había satisfecho el propio Bernardo la Navidad del año anterior. Resulta que, en un intercambio de regalos organizado por el comité de eventos sociales de *Nuestra Señora de la paz,* le obsequié una colección de relatos de Augusto Monterroso y en nuestro siguiente encuentro me confesó:

—El cuento *El dinosaurio* es una historia muy larga y aburrida.

—¡Qué! Ese relato apenas tiene siete palabras: «Cuando despertó, el dinosaurio todavía estaba allí'» —le recordé.

—Siete palabras que equivalen a un millón, Profe —refutó.

—¡Ah! Es más cuerdo de lo que aparenta —pensé interiormente.

Al abandonar el Bellevue, Bernardo recibió un fardo de recetas de antidepresivos y somníferos, más una carta que debía entregar al Departamento de Asistencia Social de la ciudad de New York. A la quincena de depositada la carta recibió una tarjeta plastificada que lo declaraba loco oficial, acompañada de un cheque de 669 dólares y una escueta correspondencia informándole que recibiría esa suma mensualmente por tiempo indefinido. Desde el recibo de la carta mis encuentros con él fueron esporádicos, pero cada vez que nos reuníamos lo sentía como Alberto Cortez, «Construyendo castillos en el aire / a pleno sol, con nubes de algodón / en un lugar, adonde nunca nadie / podrá llegar usando la razón».

Su destino incierto me alentó a ayudarlo a conseguir un espacio en el Happy Senior Center, donde pudiera vivir decentemente.

32

El Conde es un callejón toledano de desafiante hermetismo.

Treinta y cinco años de respiración continua he resistido, sin que mi cuerpo haya tenido mayores quejas ni reclamos. Punta Cana. Sol achicharrante, erizos puntiagudos acechándome, brisa arenada escupiendo mi piel, cuerpos lascivos nublando mi vista, ambiente pecaminoso. Y probablemente Floralba mudada en una iglesia neoyorquina, implorándoles a los santos que yo le proponga matrimonio.

Plantó su cuerpo cobrizo y una sonrisa barrenada frente a nosotros con la misma naturalidad con que lo había hecho en el pasado ante centenares de huéspedes del *Arena Tropical*. «Puedo suavizárselo, sin halarlo; revivírselo, sin maltratarlo; ablandárselo, sin calentarlo; enroscárselo, sin quebrarlo. O, simplemente, trenzárselo a su gusto. Manejo ese arte con destreza playera, y no tienen que enloquecerse por la compensación económica, la dejo a la voluntad de sus bolsillos. Soy la trenzadora».

Las chichiguas, el juego de tablero, las travesuras en la calle Barahona y los viajes por la ruta del Chenchén en busca de afrodisíacos eran ya actividades moribundas en la rutina diaria de Lorencito. La vida había comenzado a darle reciamente por el lomo y por las costillas. Ahora buena parte de su tiempo lo consumía Martita, una mulatita piel níspero de seis años con el pelo encrespado como la decapitada Medusa, engendrada por él en una etapa de su vida marcada por una calentura braguetera tan efervescente que lo empujó a arrancarle faldas y prendas íntimas a incontables chicas con consecuencias, a veces, indeseadas. Era mi cuarta visita a la República Dominicana y Lorencito, gerente de una agencia de viajes localizada en la calle Arzobispo Meriño, en la zona colonial de

Santo Domingo, me obsequió un fin de semana en el «todo incluido» *Arena Tropical*, en Punta Cana.

—Me gustaría caminar un poco por *El Conde* antes de darme al sol playero del Este, andar por esa calle me libera. Al finalizar cada caminata mis emociones ganan varios kilos, Lorencito.

—Lo haremos, Armando, con una advertencia: *El Conde* de hoy es una zurrapa del de ayer, las revistas y los catálogos turísticos venden ilusiones. Igual hago yo. Puedo resumirte *El Conde* archivado en la memoria de mi madre, que no dista mucho del radiografiado por mi profesor de formación de guías turísticos, don Cirilo. El único profesor con discurso de lengua rasurada que he conocido en mi vida: «En la medianía del siglo XX, tiempo en que todavía los dominicanos celebraban entusiasmados atardeceres bohemios, la calle *El Conde* olía a poesía, a vino bien ambientado, a mujer recién perfumada. De repente, la civilización la derrotó. Los cerebros mordidos del Ayuntamiento del Distrito Nacional la despojaron del tendido eléctrico que la vestía de molusco cefalópodo y la ofertaba a las generaciones pasadas como una telaraña rebosada de virginidad. La calle *El Conde* sigue siendo angosta, un callejón toledano de desafiante hermetismo, pero sin los románticos sombreros de fieltro de hace medio siglo, portados por fabricantes de versos perturbadores; sin el aroma original del café de *La Cafetera* cuyo humo sobrevolaba los edificios coloniales y penetraba al Altar de la Patria donde los patricios Duarte, Sánchez y Mella intentan reposar sobreponiéndose a la indiferencia de quienes se detienen frente a su mausoleo convencidos de que sus centinelas ignoran a quiénes custodian. La actual calle *El Conde* es un estuche rígido, brumoso y adoquinado, ahíto de tarantines y de detallistas de bagatelas que atosigan con sus mercancías a las multitudes que se desplazan por ella ajenas a su pasado glorioso. Los detallistas llaman turistas a los tarados cagados de asombro».

—¿Era periodista tu madre o letrado don Cirilo?

—Que yo sepa, no. Mi madre parcamente dominaba el arte culinario privado. Según mi abuelo, la penosa calidad de su mangú, sopas y entresijos fritos no habría mantenido una fritanga abierta más de una semana. A don Cirilo tampoco le conocí destrezas diferentes a la de formador de guías turísticos insulsos, ni su cara ni su verbo oral daban señales de letrados, ¿por qué?

—Hablaban bonito ellos, superior a muchos recitadores de estrofas rancias.

—La remembranza tiende a conmover a quienes la vida ha dado poco, o casi nada. Hecho, Armando, caminaremos *El Conde*, la *Palo Hincado*, *Las Damas*, y mañana temprano iremos al *Arena Tropical*. Los resorts dominicanos todavía son atractivos y favorecen a los viajeros de clase media, amantes de buscar en el turismo de mochila un entretenimiento moderadamente económico. Los criollos también encontramos encantos en ellos.

Lorencito lo entendía mejor que nadie, del ejercicio de esa actividad sostenía a su familia dignamente. En cuanto a mí, traigo esas pequeñas ciudades de recreo en mi pensamiento desde que Granmadre me llevó a *Playa Dorada*. Por desdicha, el ambiente de los resorts ha desmejorado hasta el espanto: el fastidio de los *sanky pankies* ofertándose a cualquier comprador de sexo; el asedio de los vendedores ambulantes prestos a ofender el turquesa sublime de las aguas caribeñas, con mercancías huérfanas de calidad a precios exorbitantes, y el empalague verbal de las trenzadoras de pelo, traficantes de pelotitas multicolores, lo han convertido en pequeños edenes preñados de desorden.

Estando Martita rodeada por pregoneros desaprensivos, fastidiosos y desaliñados, sellando con una mirada diagonal las almendras caídas sobre la arena, apareció la trenzadora, ceremoniosa y extrovertida, ataviada con flecos y colgaderas en todas sus extremidades. «Déjenme hacerle una trencita a la niña, por favor. Miren mi cabellera, con ella enredaría al mundo, si me lo propusiera. Tengo dos precios: a) gratis y, b) lo que la generosidad de ustedes determine», remató mostrando ocho criznejas dispersas en su cabeza.

Lorencito gesticuló una leve e incierta sonrisa, entendida por ella como una licencia para iniciar su labor. En escasos minutos la cabecita de Martita quedó dividida en dos partes proporcionales, mediante un cordón de bolitas rojas brillantes como flamboyanes en pleno verano. Concluida la trencita, Martita dirigió su índice derecho hacia un envase plástico lleno de bolitas verdes, pendido del cuello de la trenzadora. «Una de ese color, papi, y otra de aquel». Las manos sudorosas y culebreras de la trenzadora caminaron una y otra vez sobre la cabecita de Martita. Bolitas rojas, verdes, azules, amarillas, moradas, florecieron en ella formando cinco trenzas.

—Seiscientos pesos —masculló la trenzadora al dejar atada la última pelotita.

—Dijo que eran gratis, amiga, —reclamó Lorencito visiblemente sorprendido por el cobro.

—Estás en lo cierto, la primera trenza lo es. El resto, a ciento cincuenta pesos cada una.

—Optaré, entonces, por el segundo plan de pago.

—La segunda opción tiene reglas, amigo, que de aplicarlas tendría usted que pagar más de los seiscientos pesos que me adeuda. Es muy arriesgado dejar mis honorarios a la voluntad de las almas bondadosas.

—Puedo darte cien pesos, ni medio centavo más. Si no, puedes desbaratar las trenzas ahora mismo —refunfuñó Lorencito.

La propuesta de Lorencito le arrancó a Martita un *nooooooo* gutural más extenso que su edad y que su contextura física.

—¡Qué manera de dañarle la emoción a la chiquilla, amigo! —argumentó la trenzadora.

El personal de seguridad del hotel se acercó a nosotros, alertado por el *nooooooo* desesperante de Martita. Un inocultable pliegue facial de la trenzadora devolvió al equipo de seguridad a sus actividades habituales.

Consciente de mi ignorancia en asuntos de bolitas multicolores, trenzas, criznejas y sus derivados extraje un billete de quinientos pesos de mi billetera.

—Acá tienes tu dinero, joven. Gracias por tan bellas y delicadas trenzas. Martita está muy complacida, nosotros más. Puedes retirarte.

—No se apresure, caballero, guarde su dinero.

—¿Y...? —cuestioné azorado.

—Muy sencillo. Si me proporciona su número de teléfono, la deuda queda saldada y le hago una trencita extra a la chiquilla.

—¡Mi número de teléfono! ¿Qué harás con él?

—Enredos femeninos que el tiempo desatará, amigo mío.

—¿Tienes dónde anotarlo? Llámalo al mío, él no tiene teléfono —intervino Lorencito.

Permanecimos en la playa una hora más, Martita dibujando invertebrados y crustáceos sobre la arena, con el índice derecho, y nosotros tirados sobre sendas sillas playeras, cubriéndonos con toallas húmedas del polvillo blanquecino empujado por el oleaje caribeño. Durante esos sesenta minutos la trenzadora nos visitó otras cinco veces. No entendí claramente el sentido de tanta amabilidad. Cada quince minutos aparecía frente a nosotros como estatua de ébano carcomido, mostraba la uniformidad de sus dientes, y continuaba su marcha en silencio.

En el espectáculo artístico de esa noche nos percatamos de que, además de tejer y embolar cabellos, la trenzadora pertenecía al equipo de animación del *Arena Tropical*. Hasta era la más aplaudida del elenco por sus curvas guitarreras y su gracia en el escenario. Nada más por eso supongo porque, honrando la verdad, las funciones artísticas de los resorts son francamente horribles y disparateras, un fiasco. Y los artistas, torpes en superlativo.

A la puesta del sol, todavía engalanada con el uniforme de camarera usado a la hora del almuerzo porque incluso hacía de camarera, la trenzadora-bailarina-camarera atravesó los jardines del hotel desplazándose por entre los huéspedes que arrastraban decenas de maletas indicando su ingreso o retirada. Quería despedirse de nosotros y lo hizo sigilosamente. Los resorts restringen comportamientos y acciones específicas huéspedes-hospedantes, todo por «cuidar» la imagen del negocio turístico.

La trenzadora colgó un collarcito de pionías veganas y concha de almeja del cuello de Martita: «Guárdalo, mi niña, como si fuera un amuleto. Da mucha suerte y acelera el crecimiento».

A Sofía Marrero, nombre de pila de la trenzadora, la aventajaban el cuerpo y la edad. Tenía figura de Stradivarius original y 25 años encima. Por eso no vacilé en retornar al *Arena Tropical* luego de telefonearme. Por haber sido hecha a su teléfono, Lorencito supo de la llamada. Pero como hay cosas indivisibles y de consumo exclusivo, acudí a la cita sin comunicárselo.

Esa segunda estadía en el *Arena Tropical,* asumida por mí como un reto tendiente a extirpar de mi interior el sinsabor de ser turista en territorio propio, me dejó tres sensaciones: una de satisfacción, una de amargura y una de indignación.

De satisfacción, porque jamás mujer alguna me había dado una desnudez tan profusa y desinhibida. Pudo haber sido por la ingesta de alcohol en la discoteca: Barceló Reserva Especial, Remeneo criollo, No me olvides; o por la manida creencia de que evadir insinuaciones femeninas inscribe a uno en la lista de los maricas. Lo cierto es que, al tercio de la madrugada, nos escurrimos por los tulipanes y cactus plantados en la periferia de la discoteca e ingresamos en mi habitación.

De amargura, porque de tanto desandar las playas de Cabeza de Toro los poros de Sofía estaban taponados por un extraño salitre ambarino que asociaba su piel a la pulpa madura de un zapote higüeyano en descomposición. Su cuerpo, cenizo y estriado por la resequedad epidérmica causada por el sol, expelía un aroma a marisco húmedo envejecido. En ese instante entendí por qué siempre vestía trajes de nadadora olímpica.

«Con paciencia, medio litro de cloro y algunas pócimas de cremas humectantes, esos descuidos higiénicos suelen superarse», calculé mientras observaba la hendidura circular de su ombligo. Nuestro encuentro fue veloz, como pisada de gallo manilo, y a nariz enfundada. Terminé vencido por el sueño y por una torturante descompostura estomacal. Al despertarnos ella intentó un segundo *round*, a lo que rehuí: mi estómago no hubiera resistido hundirse nueva vez en el charco del aturdimiento. Ha transcurrido mucho tiempo de esa aventura y todavía anda en mi olfato un ríspido olor a sopa de calamar.

De indignación, porque a pocas horas de haberse comunicado telefónicamente conmigo Sofía conoció, tirado debajo de un cocotero, a Donato Cogollo, un italiano sesentón que para compensar el escarbe de sus uñas electrizantes en su cuero cabelludo, tratando de trenzar las seis hebras de pelo gris que le quedaban en la cabeza, le ofreció llevársela a Roma y regalarle una de sus doce góndolas atracadas en Venecia.

33

No le tengo miedo al chile, aunque se vea colorado.

 Si los logros personales determinan el éxito de un individuo, podría decir que al cumplir mi quinto año en el Happy Senior Center yo era un buen candidato al triunfo: recibía un salario decente, mi núcleo de amigos aumentaba rápidamente y sin haber formalizado ante un juez nuestra relación de pareja, desde hacía un buen tiempo Floralba era bálsamo fortificador de las exigencias pasionales de mi corazón. Epifania Nieto, una viejita chulísima y sin flaqueza de espíritu, completaba mi felicidad.

 Epifania Nieto, de 77 años, arrugada como ciruela pasa castigada por una sequía perversa, pero con la memoria más cristalina que unos bifocales 20-20, ingresó al Centro por cuenta propia el tercer lunes de septiembre de 2002. Apareció en la recepción arrastrando una maleta desvaída y con el cuello tragado por una bufanda morada, pidiendo albergue. Dado lo irascible de su exigencia, a la recepcionista le tocó forrarse de una dosis extra de calma.

 —El proceso es largo, señora, la lista de espera es de trescientos solicitantes.

 —Entiendo, señorita. Pero deduzco que esa lista incluye a personas cuyas enfermedades soportan cualquier tipo de trámite legal.

 —¿De qué padece usted?

 —Eso quisiera saber yo. Mi médico general me refirió a un psicólogo, y mire usted —dijo entregándole un papelito doblado— padezco de lo escrito ahí. Esos males, por la rareza de sus nombres debe n ser, por lo menos, cáncer o sífilis.

 La joven tomó el papel, leyó su contenido, liberó una sonrisita constreñida, y dijo:

 —Regreso en un minuto, señora.

De vuelta vino acompañada por un viejo con pliegues faciales no menos estropeados que los de la anciana, entubado en un traje de médico.
—Venga conmigo, señora. Puede dejar la maleta con la señorita.
—Eso jamás, hay ladrones por doquier.
—¿La ayudo? —preguntó el médico arrastrando la maleta.
—No, no soy inválida.
—Serénese señora, no es nada grave. La eremofobia y la harpaxofobia son desórdenes hormonales menores. ¿Vive sola usted?
—Sí, y no. Dígame, doctor, ¿es cáncer o sífilis?
—Ni una cosa ni la otra, ¿tiene hijos?
—Sí, y no.
—¿Con quién vive?
—Con Manzana.
—¿Habla mucho con ella?
—Sí, y no.
—¿Qué edad tiene Manzana?
—Cuatro años.
—¿Es su nieta?
—No, es mi perra. Por eso: vivo y no vivo sola, tengo y no tengo hijos, hablo y no hablo con nadie.
—¿Ha sido víctima de algún robo últimamente?
—No. Me cuido mucho de los pillos, por eso no dejé mi maleta con la señorita de la recepción. El mundo está poblado por ladrones, usted sabe eso, ¿no?
—¿Tiene cuidados personalizados cubiertos por la seguridad social?
—En este momento, no. Hace poco solicité el retiro de la persona que velaba por mí. Las *home attendants* son inútiles, muchas veces más viejas que yo, adictas a las telenovelas y obligan a los ancianos a tomar muchas pastillas. Las telenovelas ultrajan la inteligencia de los televidentes, y las pastillas mutilan las ganas de vivir.
—Le recomiendo volver al psicólogo que le dio el papelito.

—Ni pensarlo. Me atosigaría con otra barrica de términos clínicos asociados a la muerte.
—No creo que lo haga.
—Igual, no iré. Me hizo decenas de preguntas y concluyó que yo padecía de algo que usted niega ser grave. Vaya farsante.
—Regrese a verme en una semana.

Sin alboroto alguno Epifania empuñó el manubrio de su maleta y abandonó el Centro. Al rato regresó con un colchoncito inflable a cuestas, cargándolo como quien soporta con dificultad los años que lleva encima, e ignorando el espanto de la recepcionista, lo tiró al piso y se acomodó sobre él con actitud de «no me levantaré a menos que satisfagan mi reclamo».

Como el psiquiatra que la recibió había concluido su turno, me tocó a mí conversar con ella.

—Si me toca o pretende sacarme de aquí, le advierto que «no le tengo miedo al chile, aunque se vea colorado». Si da otro paso más, lo demandaré por maltrato senil, sentenció.

Mis explicaciones de que estaba violentando una propiedad gubernamental le fueron indiferentes.

—Déjeme aquí, a cambio le revelaré el contenido de la página dieciocho —me suplicó con tono susurrante.

Sentí, por la referencia a la página dieciocho, que había caído en un evidente estado de devaneo merecedor de atención. Y como «las leyes las redactan los hombres», escuché decir a Granmadre cuando filosofaba, y «no siempre la razón termina venciendo la intransigencia», aprendí en *La familia de León Roch*, la novela de tesis de Pérez Galdós que nunca saco de la cabecera de mi cama, esa tarde Epifania ingresó al Happy Senior Center.

34

Hay que tener las bolas bien templadas
para marcar el teléfono de alguien en la madrugada.

Al retirarse del *Arena Tropical*, Donato dejó en la recepción un sobre manila dirigido a Sofía con el pasaporte de ella estampado con una visa italiana y un papelito en su interior escrito en letras rojas «Italia te espera». En otro sobre, tamaño postal, disimulado dentro del manila, había una segunda nota: «Te pasearé por el Coliseo Romano, por la Plaza de San Pedro, por la Fontana de Trevi y por el Foro Romano. Terminaremos el recorrido en un cabaret del extravagante barrio bohemio Trastevere degustando una pinta de Amareto» — "Que sea Disaronno" interrumpió ella la lectura del mensaje—. «Posteriormente viajaremos a Venecia donde recibirás la góndola prometida. ¿Sabes cuánto pienso en ti?, no te lo imaginas», concluía la nota.

Sin expandir el pensamiento más allá de quien asume que la superación económica tiene como único escenario el asentamiento en territorios foráneos, Sofía aceptó seguir a Donato. Durante el proceso de preparación tuvo que superar hartos obstáculos, especialmente el relacionado con el importe del transporte aéreo ya que, a veinte horas de la partida, una llamada telefónica de Donato, pasada la media noche, la despertó. «Ando de gira comercial por varias ciudades europeas y me es imposible realizar transacciones monetarias a una provincia dominicana».

Con tal de ayudarla a lograr el sueño italiano, porque el americano lo había intentado ya sin éxito, doña Tata, su madre adoptiva, no vaciló en dejar en las agallas de un prestamista usurero de Hato Mayor su única pertenencia: siete novillas mestizas y un toro Brahman.

La agencia de viajes donde adquirió el boleto aéreo estaba a pocos metros de la iglesia católica más célebre de San Pedro, por cuanto Sofía encomendó su suerte a San Elías, protector de los aventureros. «Si logro mis sueños, tendrás velas, velones e incienso por cajones», prometió alzando los brazos adonde Elías los viera.

«Se asoma lo esperado», celebró mostrándole a su madrastra el billete de avión en una mano y un par de Bohemias cenizas en la otra.

Sorbidas las Bohemias, y cuidando no malograr el peinado al que doña Tata había dedicado un buen rato, se enterró en la cama. El reloj marcaba las once de la noche. En la habitación contigua su madrastra imploraba a todas las divinidades cristianas que redujeran el volumen de los ronquidos de Sofía; pero, sobre todo, que iluminaran la ruta de su viaje.

«Dos y catorce de la tarde. En veinte minutos aterrizaremos en Fiumicino» anunció una voz complexa. No dijo nada de asegurarse los cinturones. El A330-300 donde viajaba Sofía cruzó sobre Fiumicino, ganó el cielo nuevamente y continuó volando. «Aguardamos a que el controlador aéreo nos autorice bajar, ahora Piccadilly Circus es un enjambre humano». Sofía no escuchó bien lo anunciado, su atención estaba puesta en Donato a quien divisó en la multitud aglomerada en Fiumicino, encima de una limusina Cadillac blanca, flotando un pañuelo rojo y verde con el nombre de ella impreso en letras azules en alto relieve.

Los chillidos de los neumáticos de la limusina donde Donato la pasearía por los lugares más atractivos de Roma, los silenció el timbre de su Motorola Startac quebrándole la magia a su gratificante viaje onírico. «Carajo, hay que tener los cojones bien templados para llamar a alguien a tres de la madrugada», resabió tanteando la mesita de noche en busca del celular.

—Señorita Sofía, soy Florencio Fuerte y le hablo desde Roma —dijo una voz cuya contundencia distaba mucho del valor semántico de su apellido—. Soy el enlace privado del señor Donato Cogollo. Mi jefe está en Japón, sin fecha de re-

greso establecida. Sucedió algo inesperado. Asuntos de negocios, ¿comprende?
—No, no comprendo —respondió ella.
—Le sugiere que posponga el viaje. No podrá recibirla en Roma ni tiene quien lo haga por él.
—¿Por cuánto tiempo?
Durante un minuto su oído izquierdo fue inundado por un ruido afín al que produce una llamada terminada maliciosamente. Sin importarle un pepino el peinado, revolvió la cabeza en la almohada e intentó responderle a su interlocutor. Ya era tarde, la comunicación terminó de sopetón.

No volvió a conciliar el sueño ni tampoco le dio a la llamada de Florencio más crédito del que merece una conversación jaranera. Llegado el amanecer, con energía renovada, colocó en una pequeña maleta las pocas pertenencias que llevaría consigo y partió hacia el Aeropuerto Internacional de Las Américas.

Superado un ligero malentendido con los agentes de seguridad aduanal por resistirse a desechar un vaso de café con leche por el que acababa de pagar cerca de tres dólares, acudió ante uno de los oficiales de emigración responsables de verificar los documentos de salida. El oficial, con bigote encrespado y cara de limón persa, observó el pasaporte por dos minutos, página por página. Finalizada la revisión fijó, por otros quince segundos, su vista en ella.

—Venga conmigo, le ordenó liberando la silla de las doscientas y tantas libras alojadas en su cuerpo.

—¿Qué ocurre? —inquirió Sofía comprimiendo los labios y apoyando las rodillas en su maleta portátil, buscando sostenerse en pie.

—Venga conmigo, pronto lo sabrá.

En una habitación lúgubre y solitaria, denominada «pozo de la ansiedad» por los propios aduaneros, el oficial ocupó un escritorio mediano y la invitó a sentarse en una silla ligeramente distante a él.

—Señorita, ¿es usted bailarina en el *Arena Tropical*?

Sofía sintió millares de luciérnagas centelleando en su espalda.

—¿Cómo lo sabe, señor?

—¿Acaso esas excitantes y escondidas ciudades, pensadas como pequeños paraísos terrenales opuestos a la realidad nacional, no nos pertenecen?

—Me parece justo que lo sean, la vida no debe ser trabajo solamente.

—Baila usted con mucha gracia.

—No crea, soy una simple aficionada, es mi deber hacerle placentera la estadía a los huéspedes. Movimientos corporales, no calidad artística, es la meta perseguida por el productor de nuestro espectáculo nocturno. El exceso de comida, los vientos marinos, el agua salada y el alcohol son mortales y causan que los huéspedes acepten todo como bueno y celebrable.

—Discursea muy bien.

—No juegue conmigo, oficial. No entiendo ni una jota de discursos. Aprender a bregar con los consumidores de los productos que ofrezco: baile de cuarta o quinta categoría y excelentes trencitas, me ha costado mucho esfuerzo. Mi único discurso es el de la sobrevivencia.

—Pasemos al capítulo dos —remató el oficial cortando súbitamente lo que hasta ese punto había sido un diálogo ameno.

Ella observó fijamente a su interlocutor, tratando de descodificar el significado de «capítulo dos».

—¿Cuánto pagó por este *machete*?

—¿Por qué *machete*?

—Por éste, respondió situando el dedo índice sobre la visa estampada en el pasaporte.

—Nada.

—No maltrate mi tan vapuleada inteligencia. Eso tiene su precio, muy alto, por cierto. ¿Cómo la obtuvo?

—Un amigo italiano me la regaló.

—¿A cambio de qué?

—A cambio de nada, señor.

—¿Sabe algo, señorita?
—¿Qué?
—He ahí uno de los aspectos repugnantes de los resorts, empujan a muchas criaturas teñidas por la desdicha y la pobreza a que abracen sueños irrealizables.
—Usted habla muy bonito, como un locutor.
—Años atrás leía libros de oratoria, pero mi especialidad es otra. Soy técnico en detección de imágenes electrónicas truculentas.
—No entiendo.
—Simple, señorita. Soy detector de documentos falsos, como su visa, por ejemplo.
—¿Falsa, mi visa? ¡Eeehhh!
—Tranquila, necesitará mucha serenidad. ¿Sabe el castigo que conlleva un crimen de esta naturaleza?
—No.
—Mejor ni hablar de ello, no es nada alentador. Podría terminar encerrada en una cárcel por varios años. Le recomiendo seguir mis instrucciones sin equivocarse y sin mostrar sospecha: agarre su maleta con firmeza, camine serenamente detrás de mí, no mire hacia atrás e ignore a cualquiera que la llame o que encuentre en el trayecto. Ya afuera, tome el primer taxi que encuentre disponible y desaparezca por donde haya menos gente. Yo no he visto nada ni estoy enterado de lo ocurrido. Que Dios la proteja y la bendiga.

35

Donato terminó en la cárcel y de Sofía no supe jamás.

Sofía era discreta y prudente, así que mantuvo el funesto resultado de su fallido viaje entre ella y doña Tata. Lo que no pudo impedir fue la avería de su estado psicológico. Estuvo a milímetros de regresar a la depresión sufrida el verano anterior cuando, tras su segundo intento de viajar como polizonte a New York desde el puerto de San Pedro de Macorís, pagó una semana de cárcel. Tanto la desmejoró el incidente en el Aeropuerto Internacional de Las Américas que un psiquiatra del Hospital Regional Dr. Antonio Musa la obligó a tomar antidepresivos durante dos meses. Su ánimo andaba por el suelo, pero la necesidad de recuperar el importe del boleto aéreo la hizo sacudirse, si no las reses de su protectora terminarían descuartizadas por los cuchillos despiadados de carniceros petromacorisanos o hatomayorenses.

Como el viento soplaba en su contra, el agente de viajes la recibió con el ánimo helado, fruto de haber atendido esa tarde a dos romanenses que lo acusaban de estafa: les vendió una excursión a la Isla Saona por un precio dos veces superior al real. «El boleto estaba en especial y no es reembolsable ni transferible. Vaya a Santo Domingo, a la oficina principal de Iberia, señorita» —dijo lacónicamente.

En el Parque Duarte, Sofía abordó un minibús con destino a Santo Domingo. Su humor no estaba para escuchar majaderías, pero los intrusos sobran en todas partes. Sin haber ajustado bien su trasero al asiento del minibús, un anciano sentado a su izquierda comenzó a parlotear. «Mi nombre es Bruno Carty, señorita, mis amigos me dicen El Muñeco. ¿Me considera usted un muñeco? No creo, el mundo está lleno de ciegos y de muñecos de trapo, ¿verdad? ¿Y el suyo?... Digo, su nombre, debe tener uno, ¿no? Soy petromacorisano de nacimiento y de sentimientos. Muchos compueblanos me asocian a Ricardo Carty. ¿Conoce usted a Rico Carty?, jugaba con las Estrellas Orientales. Era un loco dando jonrones. Cada vez que plantaba las patas en la caja de bateo, parecía un monstruo verde. Sus admiradores nunca les perdonaremos su paso a otros equipos. ¿Qué serie 23 no sufrió verlo en la televisión con un uniforme liceísta, escogidita o aguilucho? Ufff, el mejorcito era el aguilucho. Esas águilas siempre han tenido fama de asesinas».

«Chsss...» sopló Sofía tornándose hacia el lado opuesto de su interlocutor.

«Trabajé cuarenta años en el Ingenio Consuelo, como cortador de caña y operador de un molino. De eso no quiero ni recordarme. Pasé mi juventud y parte de mi vejez muele que muele. Mire esta mano, perdí parte de ella. Y no perdí la vida completa porque un compañero me sacó del molino donde me caí. Ahora voy a Santo Domingo a buscar los chelitos de mi pensión. Hace cinco meses que no me pagan nada. Usted sabe..., en este país los jodidos no tenemos defensores. ¿Usted piensa que a los gobiernos les importan los cañeros? Y menos ahora que la producción de azúcar está por el suelo».

—Chss... Chsss... Chssss...

«Soy veterano de guerra. Es un decir, ¿qué veteranos de guerra puede tener una media isla que no pelea ni con ella misma? Los haitianos, nuestros vecinos más cercanos, todavía pelean con machetes. Exagero, no exactamente con machetes, sino que sus armas son más viejas que la mocha con la que yo me inicié en el corte de caña. Hablo de la Guerra de abril de 1965, Caamaño fue mi amigo, comimos juntos varias veces, en plena guerra. Estuve en un comando constitucionalista en Ciudad Nueva, combatiendo a los gringos. No sé si valió la pena pelear tanto, mire cómo anda todo ahora. No sabemos qué hacer con tantos gatos y otros animales similares que están chupándose al país».

—Chsssss... Chsssss...

Sofía extendió la mano izquierda ofreciéndole un Dubble Bubble y dos mentas Cristal a su vecino de asiento.

—Anda pal caray, comenzó a llover y no traje un paraguas. ¿Tiene usted dos paraguas, señorita?

De pronto el cielo adquirió un tono carbonado que se tragó la claridad de un sorbo. Millares de chorros de agua salieron de las nubes, acompañados por ensordecedores truenos y centelleantes relámpagos. Al perder completamente la visibilidad el conductor se detuvo en *Viajeros del Este*. En las rutas interprovinciales los viajeros suelen mitigar la fatiga y el entumecimiento corporal con un café caliente o una batida de frutas naturales de los que expenden en los paradores.

Nada supera a un parador pueblerino en asuntos de vaciar la vejiga y mitigar el hambre. Para Sofía, sin embargo, el goce mayor fue lograr que el conductor del minibús la cambiara de asiento, liberándola de la cantaleta del viejo impertinente. Créase o no, en el grupo de viajeros estancados por la lluvia en el parador, encontré a Lorencito, quien retornaba de Bayahíbe de cumplir una misión comercial para la agencia turística donde labora.

—Tu caso suena complicado —argumentó Lorencito después de escuchar la extensa exposición de Sofía—. Las compañías aéreas son broncas y se rehúsan a devolver dinero. Pero guerra que no se libra, no se gana. Reúnete, como te recomendó tu agente en San Pedro, con un representante de Iberia. Si no puedes resolver, llámame desde allá. He aquí mi tarjeta —concluyó Lorencito fijando sus ojos en el último trago de su batida de lechosa.

—Perfecto. Y no olvides mi saludo a Martita —agregó Sofía de retorno al minibús. La lluvia había cesado con el mismo ímpetu que empezó.

Al entrar en la oficina de Iberia, el guardia de seguridad le entregó un cartoncito rojo marcado con el número 51, estampado con tinta negra. La pantalla de control indicaba que el personal de servicio estaba atendiendo al cliente número 30.

A fin de repeler el cuchicheo y la euforia de los ocupantes de la sala de espera, cuyo comentarios e historias personales apuntaban a que habían obtenido sus visas con suma facilidad,

Sofía concentró su atención en la lectura de algunas revistas de farándula amontonadas en una esquina del mostrador, esperanzada en que un melenudo que leía *El Nacional de Ahora* terminara con dicho vespertino. Al tiempo que el peludo dejó *El Nacional de Ahora* una voz masculina, ligeramente quebrada y gelatinosa anunció: número 51. Sofía no pudo tomar el periódico, pero de refilón vio una fotografía en primera plana que sacudió su cabeza momentáneamente.

Luego de insistentes súplicas, una llamada telefónica de Lorencito y un poco de compasión de la gerente de Iberia, Sofía recuperó el 75% del importe del pasaje. Con *El Nacional de Ahora* no tuvo la misma suerte, había desaparecido del área de revistas y periódicos.

A las ocho de la noche Sofía entró a su casa con dos Bohemias cenizas celebrando con igual entusiasmo que la noche que adquirió el boleto de avión. «Tata, esta noche me ajumo». El televisor blanco y negro de Tata contribuyó a que la celebración alcanzara otra magnitud: la pantalla del pequeño aparato fue cubierta por un italiano sesentón detenido por la policía en Puerto Plata, con un maletín medio de pastillas de éxtasis, catorce pasaportes con visas españolas, suizas, italianas y holandesas, siete estampas de goma y un computador portátil. Lo mostraron a los televidentes esposado y custodiado por oficiales del Departamento de Falsificación de la policía puertoplateña. La ficha de identificación adherida a su camisa de presidiario tenía el número 2285, más su nombre, Mauro Alighieri, seguido por otro entrecomillado: Donato Cogollo. Donato terminó en la cárcel y de Sofía, no supe jamás.

36

Lo mal hecho se perdona una sola vez.

Mi padre entró a mi oficina cabizcaído, arrastrando sus piernas a ritmo de quien cumple su caminata final a la cámara de ejecución. En un año su vida, entusiasta y organizada, se precipitó cual cortina de granizos lanzada al vacío, convirtiéndolo en una catástrofe mayúscula. Como predica el argot popular, *le cayeron encima los palitos*. Era deprimente ver a un individuo vigoroso un lustro atrás, con arrojo en demasía para sobreponerse a las adversidades más complejas, siempre presto a asumir como suyos los retos que otros evadían por complicados, dueño de una determinación de gladiador, hecho un guiñapo, una cáscara desollada.

Su desplome comenzó con la merma de sus ingresos económicos a finales de 2000. Las llamadas telefónicas dejaron de ser un negocio productivo, motivo por el que los *cabineros* se retrasaban con los pagos quincenales o retornaban las mochilitas con la mitad de *Eso*. Los avances tecnológicos proporcionaron a los Primos medios comunicativos más eficientes, rápidos, seguros y baratos que los alambritos, hoyitos e imanes utilizados por su «empresa».

A ello siguió su despido de la funeraria, donde Cristóbal Salgado lo mantuvo laborando hasta abril de 2002, pese a su deteriorada condición física, heredada del incidente con la policía, cuando lo sorprendió en el sótano con siete mochilitas de *Eso* dentro de un ataúd. Algún soplón debió haber hecho de las suyas, su patrón nunca bajaba al sótano ni permanecía en la funeraria pasada las cinco de la tarde. Meses atrás había intentado, en contubernio con el Azabachado, enviar 100 mil dólares a Santiago de los Caballeros en el fondo de un ataúd donde iba el cadáver de un bodeguero mocano asesinado en un asalto, a cambio del 20% de la cantidad enviada. «Lo mal hecho no se perdona más de una vez, Viterbo», lo sentenció su jefe al botarlo.

Algo más grave que sumarse a la fila de los desocupados neoyorquinos demolía su espíritu: la ausencia física de Granmadre. Pasaba noches completas, semanas, vencido por la ansiedad y repasando versículos bíblicos relacionados con el retorno de los ya idos. Alucinaba, la veía desplazándose en el apartamento matrimonial, ordenando libros, manteles y comiendo sin descansar. Su descompostura fue tal que en el primer aniversario de su muerte compró dos tarros de helado de fresa y los colocó sobre la mesa del comedor con esta nota: «Salutación a tu dulzura». Me tomó varias horas desazucarar el piso y reemplazar los manteles.

En lo relativo a la ausencia de Granmadre mi padre y yo teníamos sentimientos parcialmente compartidos. Solía ocurrirme las noches de nevadas intermitentes. Se me presentaba trepada en un promontorio poblado por árboles ornamentales abalanzándose sobre mí como ave perdida buscando sus pichones. Esas apariciones me hacían presa fácil de la melancolía. Floralba, el ángel reparador de mis desaciertos, siempre estaba al acecho de cualquier flaqueza mía y me rellenaba con un trío de «la vida continúa, y nosotros también», devolviéndome a la realidad.

Las visitas de mi padre al Happy Senior Center me desquiciaban un poco, por sus borracheras. Veía en el alcohol el mejor somnífero para aliviar sus males. Poco le importaba que su discurso incoherente fastidiara a los pacientes y al personal del Centro, provocándoles enfado. Frecuentemente protagonizaba escenas bochornosas con el guardián del edificio, por botellas de alcohol ocultas debajo de la camisa o en bolsas plásticas.

Mi impotencia ante su descalabro crecía a vapor. Me abrumaba ver en ese estado degenerativo a quien, aunque con el alma recalentada por sus persistentes errores, había desempeñado su rol paterno con dignidad. Para tranquilidad de ambos, le propuse llevarlo al Uptown Home Center, una clínica protectora de personas de recursos económicos exiguos subvencionada por el gobierno municipal de New York, donde suministran terapias físicas y medicamentos. Aceptó a regañadientes, y con una condición: que lo visitara diariamente. «Mi alma no resiste más soledad», externó.

37

Para que no fastidie más, inclúyela en el programa.

Dos virtudes inusuales en personas de su edad hicieron de Doña Epi, como bautizó el personal del Centro a Epifania, una interna muy particular. Primero, la magia con que tocaba el violín. Apenas sospechaba que la mitad del mundo le caía encima a un interno, aparecía abrazada a su violín, con el arco terciado como machete batatero en tiempo de lluvia, y arrancaba con el Himno de la alegría, de Beethoven. Inicialmente muchos ancianos chismosos del Centro, porque por acumulación de vivencias los ancianos chismean más que los jóvenes, dudaron de su capacidad de violinista: «Lo de ella es puro teatro, es probable que no pueda tocar más de los tres minutos que acaba de concluir», comentaron. El director del Centro se unió discretamente al coro de blasfemantes.

La ignorancia musical de sus colegas les impedía saber que habían escuchado un breve fragmento de la novena sinfonía de Beethoven. Eso, empero, no la amedrentó. Al contrario, los comentarios de los internos y del director la incitaron a desafiar al último: «Déjeme tocar en la velada de este fin de mes», le repitió tres veces en tres lugares distintos del Centro. La velada aludida por doña Epi la celebraba el Happy Senior Center el 30 de cada mes. Doña Epi asistía a ella como una más de las tantas internas espectadoras.

«Para que no fastidie más, inclúyela en el programa», recalcó el director faltando media hora para iniciarse la función. La tarde de la velada los residentes del Centro quedaron alelados al escucharla. Doña Epi subió al escenario con el violín en una mano y en la otra, una mecedorita de caoba; ajustó sus caderas a la pajilla del pequeño asiento, bañó su pecho de violín, y arrancó suavemente. En tanto avanzaba la interpretación el salón del Centro, modesto pero amplio, comenzó a inundarse de una armonía únicamente parangonada a la de un concierto angelical. Flautas, clarinetes, trombones, oboes, platillos y otros de los instrumentos demandados por las grandes orquestas que interpretan esa joya musical de Beethoven, confluían en sus dedos. «¡Cómo puede producir acordes tan perfectos auxiliada exclusivamente por un violín, y sentada en esa diminuta silla!», comentó un paciente sentado a mi lado cuyos conocimientos musicales yo ignoraba. Tocó treinta y siete minutos de la novena sinfonía de Beethoven, quince de ellos con el público levantado, sin detenerse ni equivocarse.

Una abrupta orden del director, interesado en concluir el programa o quizás picado por la impotencia, detuvo su participación en la velada. «Si no me interrumpe al cierre del segundo movimiento, la interpreto completa: los cuatro movimientos, los 74 minutos», proclamó ante un grupo de compañeros que la rodeó.

La otra virtud luminosa de doña Epi era el arte con que contaba sus vivencias personales y laborales acumuladas durante cerca de ocho décadas. Una tarde mientras le rellenaba dos formularios pidiendo un andador rodante a su seguro médico, comenzó a narrarme los pormenores de su vida. «Nací en Chaveco, el 16 de octubre de 1925», me confesó cargada de orgullo. «Soy hija de quien fue un hacendado sin tierra. Suena raro, ¿no?, un hacendado sin tierra, como los personajes de Juan Rulfo. O más bien un ex hacendado, porque el dictador Porfirio Díaz, como a millares de mexicanos comunes, lo dejó sin pertenencias. Los favorecidos fueron los grandes latifundistas y los inversionistas extranjeros. Finalizando el año, 1909 bandas salvajes del ejército de Díaz invadieron sus terrenos estableciéndose en ellos por siempre. Él intentó reclamarlos, pero lo apalearon y lo amenazaron de muerte. Sus conocimientos sobre asuntos agrícolas y ganaderos eran precarios, asimismo en política. Ahí radicó su fracaso. A los 20 años ya era propietario de dos haciendas, una de 300 hectáreas y otra de 250, con un centenar de vacas y un buen número de cabras. Las heredó de su abuelo materno. Sin embargo, todo pasó a manos de los militares: tierra, ganado, cabras y, no conformes con eso, le asesinaron cinco de sus doce peones. De repente, de mediano hacendado pasó a ser un campesino paupérrimo. Sus ingresos raramente les permitían alimentarse. Buscando sacarse de encima las constantes amenazas de muerte de los militares invasores, huyó desde su Oaxaca natal a Hermosillo. Tuvo que atravesar todo el país. En Chaveco, Hermosillo, vivió el resto de su vida cultivando tierras ajenas y reclamándoles a las autoridades sustitutas de Díaz la devolución de sus bienes. Ni él ni ninguno de los demás mexicanos afectados por los esbirros del tirano Díaz recuperaron nada. El lema "campesinos, la tierra será de ustedes", anunciado por Francisco Madero y los antireeleccionistas promotores de la Revolución de 1910, fracasó y los pocos campesinos que recibieron tierra fueron ubicados en parcelas áridas, infértiles e inservibles. En Chaveco conoció a mi madre y allí me procrearon en 1925. Mi madre, por su parte, no superó la condición de una campesina analfabeta que compensaba su analfabetismo y su pobreza elaborando suculentos guacamoles y tortillas de choclo, que acompañaba con crujientes chicharrones de puerco. Era nuestro menú dos o tres veces a la semana. Al cumplir mis veinte años, en 1945, hastiada de mendigar a los latifundistas de mi pueblo natal un trabajo medianamente remunerado, ingresé a los Estados Unidos por la frontera Ciudad Juárez-El Paso, desde donde vine a New York. Y aquí me tiene. Mi historia apenas comienza. ¡Ah! Recuerde, tenemos pendiente la página dieciocho».

38

*Al dejar el suelo natal dejamos a nuestros amigos,
ellos no son parte de nuestro equipaje.*

Otoño, 2004. Aminorar la ansiedad y el desasosiego de mi padre era beneficioso, era imprescindible. Eso me indujo a gestionar el trasladado de Bernardo al Uptown Home Center. Bernardo podría ser su mejor compañero, las penas del alma son menores si son compartidas, calculé. Tuve que vencer algunas barreras. La principal fue la sobrepoblación de los asilos de ancianos neoyorquinos. Ponderé la importancia de conseguirle un acompañante con ganas de ayudarlo a cambiar su mal humor, y no me equivoqué. Las ocurrencias de Bernardo, siempre con una historia estrambótica a flor de labios, más las partidas de barajas y dominó que libraban diariamente como gladiadores romanos jugándose la vida, redujeron a dos por semana las llamadas telefónicas que me hacía diariamente quejándose de sus aflicciones. También era significativo el apoyo de Floralba. Fuera por sugerencia mía o por cuenta propia, ella lo visitaba semanalmente e intercambiaba con él relatos familiares cargados de ingenio.

Todo marchaba normal en el Uptown Home Center. Rápidamente mi padre logró ajustarse a la rutina diaria y aprendió a convivir en armonía con los demás internos, mejorando el mal carácter que solía mostrar por cualquier simpleza. Los fines de semana Floralba y yo nos reuníamos con él y lo sacábamos a pasear. «No tengo con qué pagarles», nos decía al despedirnos. Nos compensaba con historias inventadas por sus compañeros de habitación, especialmente por Rogelio y Juanito, dos banilejos acostumbrados a resaltar más la técnica de sembrar hielo, que la importancia de vivir muchos años. «Sembrar hielo —decía haberle asegurado Juanito— requiere de un pico con la punta angosta, ser buen cavador, conocer los diferentes tipos de terrenos: negro, arcilloso, arenoso y conseguir buenas cáscaras de arroz y buenos sacos de cabuya si no al guayarlo, el hielo jamás tendrá la textura y el frescor requerido por los vendedores ambulantes de frío-frío».

No menos divertidas, por su carácter fantástico, resultaban las ocurrencias de Rogelio, particularmente una relacionada con el oficio de la muerte, que repetía con el entusiasmo de quien narra una tragedia por primera vez. «Es imposible reproducirlo con la gracia de Rogelio, mas no puedo dejar de contarte esta historia», me decía al iniciarla. «Verás que parece de ultratumba, hijo —enfatizaba—: en Sombrero, Baní, falleció Maruja, una yegua enclenque y de escasa pelambre propiedad de un vecino de mi amigo del Centro, Rogelio. Llegado el momento de deshacerse del cuerpo de la fenecida, el vecino de Rogelio le propuso a un compadre suyo, a quien un camión le había matado un caballo en la carretera, enterrar ambos animales juntos. Al dueño del caballo le pareció absurda y ofensiva la propuesta, argumentando que él desconocía si la yegua había muerto de una enfermedad contagiosa que pudiera perjudicar a su caballo. Eso generó una discusión fugaz que se desvaneció sin mayor dificultad. Pero la intromisión de una espectadora que estaba arrellanada sobre un taburete de almendro dañó la vaina: "cobardes", les voceó a los contrincantes. Y no bien cerrado el pico la indiscreta mujer, cada uno de ellos desenvainó el puñal que portaba en su cintura y terminaron, uno con los pulmones perforados y el otro con los intestinos descuartizados».

Los relatos de Rogelio, admitía mi padre, convencían poco. Sus escuchas lo tildaban de mentiroso y a los protagonistas de estos, de burros y estúpidos. La reacción de Rogelio era instantánea y ceremoniosa: «Cuidado con sus juicios, amigos, el dueño de la yegua era mi hermano mayor y de burro tenía poco». En cuanto el reprendido pedía excusa por el comentario, Rogelio comenzaba a reírse como cómico de mala muerte.

Entre partidas de briscas y de dominó, repitiendo las mismas anécdotas diariamente, y subsistiendo con 600 dólares asignados mensualmente por el Departamento de Seguridad Social, más mi eventual contribución económica, mi padre mató el tiempo en el Uptown Home Center durante un lustro, hasta la noche que me telefoneó con esta nueva:

—Tengo todo listo, viviré en Santo Domingo los años que me restan. Si quieres despedirte de mí pasa a verme en cuanto puedas —dijo, y cortó la llamada.

La noticia me contrarió. Creía que él estaba a gusto en el Uptown Home Center. Mas, al reunirnos noté sus miradas desvanecidas por un cansancio que parecía nacerle de las costillas.

—¿Hacia dónde dijiste que vas? —inquirí sin saludarlo.

—A Santo Domingo, a abonar el trópico con los años de vida que me restan. Este azaroso frío me come cada vez más los huesos.

—¡Cielos!, ¿a quién tienes en Santo Domingo?

—A Lorencito, a Celeste…

—No seas iluso. Cuando una persona deja la tierra de origen no carga con sus amigos ni con su familia, ellos no son parte de nuestro equipaje. A escasos meses de irnos quienes se quedan nos destierran de sus recuerdos y cuando intentamos recobrarlos, raramente conservan una imagen apreciable de uno. ¿Piensas que, a Lorencito, a Celeste, ausentes de tu vida hace tantos años, les importe tu regreso?

—Conversé con ellos y me prometieron apoyo.

—Perfecto, ¿y tus cuidados médicos, tu entorno social?

—¡Bah!, cuando alguien desea morir, los médicos son un estorbo. Cuanto más lejos estén los médicos de uno, más rápida es la muerte. En cuanto a mi vida social, ¿habrá en el mundo un lugar que proporcione una soledad superior a la neoyorquina?

—Me desconciertas.

—Lo sé, y me apena.

No hubo método persuasivo que funcionara. «El agente de salida del aeropuerto Kennedy responsable de mi abordaje al A343 que me trajo a Santo Domingo, es un héroe», me dijo eufórico en nuestra primera conversación telefónica después de su partida.

39

Rosa Parks tenía más coraje y bragueta que diez hombres juntos.

Doña Epi estaba en el patio del Centro balanceándose sobre una mecedora, como remolino atemorizando el cielo. La mecedora, de amplia sentadera y sobria decoración, le había sido obsequiada por la administración del Happy Senior Center por su sorprendente e inesperada ejecución de la mitad de la novena sinfonía de Beethoven. La voceé desde una puerta trasera del edificio.

—Acérquese joven, no lo oigo bien —respondió poniéndose de pie.

—Su andador llegó hace un par de horas, más tarde lo tendrá en su habitación.

—Acérquese le repito, no lo oigo bien.

Recorrí apresurado el trayecto de 30 metros que nos separaba, y le repetí: «Su andador llegó hace un par de horas».

—Magnífico, ¿puedo tutearte?

—Por supuesto, doña Epi.

—Ven siéntate a mi lado —requirió dejando expresada su intención de hacerme cómplice de sus elucubraciones.

—Será más tarde, doña Epi, ando muy apurado.

—El trabajo seguirá ahí, lo mismo que el Centro, yo no. Pronto me iré de este mundo. Siéntate a mi lado y si te perturba estar cerca de una anciana, escúchame parado. Debes saber que mi relato de la semana pasada es un trocito de mi libro de vida.

—Luego me cuenta, doña Epi.

—Ni luego, ni lueguito. A veces me ataca el Alzheimer y todo lo acumulado en mi memoria durante años puede perderse en segundos.

Y arrancó como tren descarrilado que trata de recuperar los rieles perdidos:

—En 1956 ingresé a City College, el recinto más antiguo de la universidad pública de la ciudad de New York. Fueron cuatro años de amanecidas recurrentes para graduarme de historiadora y museógrafa. No era mi intención estudiar historia en una sociedad tan mercantil y materialista como la norteamericana, como contable o enfermera probablemente habría ganado más dinero. La culpable, si tuviera que responsabilizar a alguien, fue Rosa Parks.
—Rosa Parks, ¿quién es ella?
—Una negra costurera flaca y pobre, oriunda de Alabama, con más coraje y bragueta que diez hombres juntos. Lo de los trabajadores sociales y los médicos, es insólito, Armando. Los admiro y respeto por razones que debes imaginar, pero la cultura es enemiga de ustedes, ¡qué frívolos son! Si naciste y estudiaste en los Estados Unidos es imperdonable que no sepas quién es Rosa Park. Es como si desconociera la existencia de Allan Poe, Walt Whitman, Helman Melville, Ernest Hemingway. Perdona mi reproche, ¡frijoles…!
—¡Eh…!
—Ningún mes me ha resultado más grandioso que diciembre de 1955. Imagínate a una extranjera como yo, frente a esa histórica foto donde Rosa Park le clava una mirada de alfiler punzante al hombre blanco que le requirió el asiento donde estaba sentada paliando los estragos de una jornada esclavizadora. «Vete a la mierda, los negros también nos cansamos y se nos demuele el cuerpo», parece haberle dicho Rosa a su repugnante verdugo mordiéndose los labios resecos por el frío invernal que ya amenazaba con llegar. Fui una de las muchas mujeres deseosas de donarle los doce dólares de multa impuesto por el juez que la juzgó. Eso me inspiró a indagar más sobre ella, sobre Martin Luther King y sobre otros negros que han luchado para que su raza tenga un espacio más digno en Norteamérica. En esa época yo vivía en Manhattan, en la calle 186 y la avenida Wadsworth. Fui testigo de la transformación demográfica y arquitectónica de ese sector de Washington Heights. De 1945 a 1960 conviví con griegos y judíos, comí tantos *gyros* y *burre-*

kas que hoy hago todo lo posible por mantener esos platos fuera de mi alcance. De 1960 a 1970, con cubanos y puertorriqueños, quienes me ahitaron de ropa vieja y tamales. Y finalicé siendo parte del batallón de dominicanos que hoy lo puebla. ¿De dónde cree que viene mi adicción a los plátanos? Mi apartamento estaba a dos esquinas de *La casa del horror*.

—¿Había un club de fantasmas cerca de su apartamento? —interrumpí.

—Déjame continuar, no quiero que la ignorancia te venza completamente. Tu arribo al mundo no estaba ni siquiera planificado el año que la gente comenzó a llamar *Casa del horror* a una vivienda de dos niveles construida en 1899 sobre una pequeña colina de la calle 187, entre Broadway y la avenida Wadsworth. Todo inició el 13 de febrero de 1958. Pablo Vargas, de 33 años y de oficio cocinero, ocupante de una habitación de esta, estranguló y violó a una adolescente de 16, Lilian Mujica se llamaba. Su hermano de quince años encontró el cadáver parcialmente quemado oculto debajo de un colchón en el sótano. El criminal fue sentenciado a muerte y ejecutado en la silla eléctrica el 12 de mayo de 1960. La ejecución, ocurrida bajo la gobernación de Nelson Rockefeller, ocupó todos los espacios noticiosos pues, aparte de ser el último latino ejecutado en New York, previo a la abolición de la pena de muerte en dicho Estado en 1963, mientras era conducido a la sala de ejecución el asesino sostuvo una agria pelea cuerpo a cuerpo con los ocho guardias que lo escoltaban. Recuerdo haber leído en el *Amsterdam Daily News* algo parecido a esto: «funcionarios de la prisión dijeron que por primera vez en más de 600 ejecuciones en la cárcel Sing Sing desde 1891 un condenado había luchado físicamente contra los oficiales de ejecución». Hace décadas que la vivienda está deshabitada y cubierta por copiosos bejucos verdes que aparecen y desaparecen con los cambios climáticos. Las generaciones actuales desconocen tanto ese crimen como la edificación, que todavía sigue en el recuerdo de los que supimos de la horrible tragedia y fuimos, en parte, testigo de ella. Si deseas, podemos visitarla.

—¿Podría ser pasado mañana, doña Epi?, me mata la curiosidad.
—Perfecto, está a quince cuadras de aquí.
—Convenido.
—Precisamente pasado mañana es el cincuenta aniversario del asesinato.

Nos apersonamos a la propiedad abandonada, doña Epi firme como guayacán centenario; yo, hecho un tembleque. Mientras recorríamos su interior, una sensación de frío siberiano brotó de mi frente.

—Siento algo raro aquí, doña Epi.
—¿Qué?
—Murmullos de agua deslizándose por una pendiente profunda y lamentos de una rondalla juvenil desentonada. Mire al fondo, allá están los cantores, tienen alas y mantos, como los fantasmas.
—Bendigo la riqueza de tu imaginación. Estuve acá un mes después de la tragedia y no escuché absolutamente nada. En el tercer aniversario, incitada por la lectura de una novela que un alto porcentaje de neoyorquinos leía a principios de 1961 en trenes y autobuses, *The Haunting of Hill House*, de Shirley Jackson, volví acá. Y ¡adivina, si puedes!
—¿Qué?, la curiosidad sigue matándome. Dígame.
—Tampoco sentí nada. Los fantasmas habitan en la cabeza de quien los crea.
—Hablo en serio, doña Epi. Avisemos a la policía, dudo que sin su ayuda podamos salir de aquí.
—¿Desde cuándo la policía atrapa fantasmas, Armando?
—Si la policía no puede resolverlo, hablémosle a un cura. Tengo el número de teléfono de Florentino, el párroco de mi iglesia.
—Un cura tampoco haría nada.
—Vámonos, déjate de niñadas.

De regreso al Centro, por simple educación y formalidad, agradecí a Doña Epi «tan enriquecedora experiencia» y la dejé en el patio con un:

—No olvide lo que tenemos pendiente, doña Epi.
—¿Qué?
—La página dieciocho.
—Paciencia, muchacho, nos faltan las diecisiete páginas que anteceden a la dieciocho.

40

*Ningún otro capítulo de mi vida
iguala mínimamente mis logros del 2004.*

Enero-noviembre, 2004. Este podría ser un capitulillo superfluo porque, excluyendo a aquellos que hacen de la vida ajena una escena primordial de la suya, qué demonios deben importarles a los demás los asuntos personales de otros. Sin embargo, Floralba y yo tuvimos en el 2004 un mundo de otro color: nos casamos en una ceremonia civil sencilla, sin mirones ni fanfarria. Ni ella ni yo digerimos los discursitos disparados por los curas en las uniones matrimoniales. Que seamos miembros de una comunidad religiosa no implica que secundemos todos sus caprichos. No hay que rodar la ruleta: si iglesia no casa, ¿cómo va a divorciar? Cuánto desearían los curas ser jueces civiles y poder hacer realidad frases como: «Los divorcio en nombre de Dios, hermanos». No, es al revés. Su frasecita «lo que dios une, el hombre no puede separarlo» es un burdo mecanismo de defensa.

También compramos nuestra casa en invierno y sembramos montones de legumbres en la primavera y el otoño. No pocos de nuestros vecinos hicieron ensaladas de nuestra cosecha. Comprar una casa en los Estados Unidos, ¡tremendo dolor de cabeza!, es más complicado que traspasar ileso los nueve círculos infernales de Dante Alighieri. Las instituciones financieras y las dependencias estatales recaudadoras de impuestos averiguan más que un leguleyo novato.

Pero lo más excitante, lo más trascendental de todas cuantas cosas buenas nos ocurrieron el 2004: tuvimos a nuestro primer hijo, Malaquías. Originalmente me resistí a llamarlo Malaquías, es un nombre feo y pesado, concretamente en su caso que nació prematuro y de cuatro libras y media. Finalmente cedí, Floralba es admiradora de los profetas rebeldes y contradictorios, se identifica con aquellos que entraron a la Biblia bajo protesta, como Malaquías. Yo respeté su decisión y su gusto.

Es cierto, mi padre continuó deteriorándose, la energía física de doña Epi decayó bastante y a principios de año la administración del Centro quiso despedirme arguyendo que mi solidaridad con los pacientes superaba mi lealtad a la institución. La lucha fue ardua, mi abogado duró un par de meses litigando, finalmente gané el caso. La decisión de una Corte Civil de Manhattan tiró por la borda las pretensiones de mis superiores. Tanto mi abogado como yo salimos airosos. Yo, por haber mantenido mi puesto; él, por haberse quedado con una buena parte de mis limitados ahorros. Aun con esas contrariedades, ningún otro capítulo de mi vida iguala mínimamente mis logros del 2004.

41
A falta de pan, buenas son las tortas.

Ocasionalmente aliviaba la carga del trabajo del Centro almorzando en el comedor de los internos. La jefa de la cocina, una guatemalteca de cara redonda y bondad inflada, supongo que por congraciarse conmigo, sacaba de las alacenas productos selectos y me preparaba un plato especial. «Es el menú de los médicos», me secreteaba al ofrecerme el manjar. Yo, dizque por decencia, lo aceptaba consciente de que estaba fomentando la injusticia en perjuicio de un grupo de ancianos necesitados de una alimentación sana que los distanciara de la muerte.

La ausencia de doña Epi en el comedor me inquietó y abordé a una de las supervisoras de servicios alimenticios al respecto. «Está un poco delicada hoy» respondió desinteresada en mi pregunta. Mi preocupación la deshizo al acto el ingreso de doña Epi al salón. Caminaba trabando las piernas, envuelta en una bata de baño mostaza y con el violín cubierto por las mangas. Tan pronto me divisó fue a mi encuentro y comenzó a hablarme dando por sentado que su exposición era la continuación de la anterior:

—Me gradué en 1960, con la desdicha de que no conseguí una plaza en mi área inmediatamente. ¡Pobre Epi!, museógrafa e historiadora en una ciudad que a más de tres lustros de terminada la segunda guerra mundial continuaba sumida en la crisis económica heredada de dicho conflicto bélico. Nada, «a falta de pan, buenas son las tortas», profería mi madre cuando las circunstancias no le daban muchas opciones, seguí de ayudante del director de la oficina de admisiones de Hunter College, un judío más complicado que una ecuación matemática de tercer grado. Cerrando el 1961 encontré un aviso en el boletín informativo de la Facultad de Arte de Hunter. «El Morris-Jumel

Mansion Museum solicita ayudante de director», anunciaba la escueta nota seguida por un número de teléfono.

—¿Logró el empleo? —intervine tratando de hacerle un espacio que le permitiera comer.

—Espera, ya te diré. Siempre andas deprisa, muchacho. «Cambiar de un establecimiento grande como Hunter College, a una jaulita llamada Morris-Jumel Mansion Museum, no pintaba muy inteligente. Pero al carecer de un tutor con voluntad de ayudarme a decidir, terminé reflexionando por cuenta propia: «Ciertamente es un lugar pequeño, pero es un museo, y no un museo cualquiera. ¿O no fue en museografía que te titulaste, Epifania?, me auto cuestioné. Y ¿qué te parece, Armando? de los veintes solicitantes, fui la elegida».

—¡Uy, doña Epi! No censure mi ignorancia otra vez, ¿qué museo es ése y dónde está?

—Morris-Jumel Mansion Museum. Está en la calle 160 esquina Jumel Terrace, en Manhattan. Fue la residencia de George Washington mientras estuvo New York peleando por la independencia norteamericana. Desde ahí dirigió la batalla de Harlem Heights, la única victoria que obtuvo en New York y sus vecindades.

—¡Qué! ¿George Washington? ¿Vale felicitarla todavía por haber trabajado ahí?

—¿De qué serviría? Ha pasado mucho tiempo. Acumulé 25 años de trabajo en el Morris-Jumel Mansion Museum, los diez últimos como subdirectora. Llevo cerca de veinte años de pensionada. Te sonará extraño, nunca laboré a gusto allí.

—¿Por qué?

—Fui ayudante de cuatro directores: Mr. Smith, Mr. Swang, Mr. Brown y Mr. Taylor y si tuviera que subirlos a una báscula todos resultarían igualmente inútiles. «Epifania, con tu ayuda quiero convertir este mausoleo en un gran mausoleo» —me dijo Mr. Brown a una semana de iniciada su administración. Confundía la palabra *museo* con *mausoleo*, y nadie podía corregirlo, porque no cesaba de repetir: «soy amigo del alcalde Robert Wagner, fui nombrado por él».

—¿Nunca aspiró a ser directora?

—Lo intenté, lo intente, lo intenté. Todos los directores eran enviados por el alcalde o por el Gobernador de la ciudad. Unos eran republicanos, otros demócratas, otros independientes, pero políticos al fin.

—¡Ah los políticos! Siempre moviendo el chocolate del vecino.

—Disculpa, Armando, ahora debo comer. En quince minutos cierran el comedor, aparte de que mis huesos andan quejándose. Ya tengo el otoño encima. A propósito de otoño, antes de regresar a tu oficina es recomendable que escuches poquito de *Las cuatro estaciones,* de Vivaldi.

—Que sea la primavera, doña Epi.

—Por supuesto, es la estación de la floración y de las aguas cristalinas, el otoño es añejo, como yo.

42

El riesgo y el triunfo son hermanos.

Lunes, 14 de febrero, 2006 ¡Que hay lunes turbios no es una invención burda, aparecen! El lunes a que aludo, mi agenda de trabajo cayó en una cacerola profunda, sin probabilidad alguna de bullir. A Marita, una interna tan viejecita como doña Epi, celebrada en todo el Centro por la gracia con que recitaba poemas de Nicolás Guillén, Luis Pales Matos y Manuel del Cabral, tuvimos que llevarla a la emergencia del Hospital Presbiteriano: resbaló en un área del comedor humedecida por la caída de un vaso de jugo de zanahoria y banana. Su cuerpo endeble tomó velocidad sobre las baldosas pulimentadas y terminó en una pared de concreto. Las radiografías revelaron la rotura de una costilla, abolladura en el coxis y un par de rasguños en el cuello. Claudio y Fellita, los dos hocicos sueltos del Centro atribuyeron la caída a cuatro vasos de vino tinto ingeridos por Marita previo al almuerzo.

Los trámites de su ingreso en el hospital, tediosos como todo papeleo precedente al internamiento de un enfermo, me fueron altamente retribuidos. De regreso al Centro me esperaba Floralba con Malaquías zambullido en su cochecito de lona, envuelto en tres frazadas peludas. Al verme, Malaquías alzó su cabecita mostrando los pelitos castaños ya presentes en su cabecita y me entregó tres bocanadas de risa que se instalaron en mi pecho haciéndome aliviar el agotamiento. No era habitual ver a Floralba en el Centro. Desde su retiro voluntario del mismo, a raíz del nacimiento de Malaquías, no había estado por allí a menos que un motivo especial lo demandara. Ese era un motivo especial, habíamos acordado comprar ropas y juguetes para Malaquías en una tienda de la calle Dyckman. Aunque el frío exhibía alas agigantadas, el sol tenía una calentura otoñal propicia para caminar unas cuantas cuadras sin dificultades ni respingos.

Salimos del Centro, ubicado en la avenida Nagle esquina calle Sickles, con la intención de llegar a Dyckman por la avenida Sherman. El ritmo del desplazamiento de los caminantes no distaba mucho del de cualquier otro atardecer en Washington Heights, era moderado. Al aproximarnos a Sherman con la calle Arden un hormiguero humano, moviéndose como gaseosa agitada, salía de los edificios y de los negocios aledaños a incorporase a los pendencieros que nublaban esa intersección. Por el cuchicheo de algunos de los curiosos supe que alguien había sido apuñalado.

Sin darme tiempo a un posible arrepentimiento, opté por dejar a Floralba y a Malaquías guarecidos en una barbería cercana a la muchedumbre. Desplazando gente hacia los lados, hice camino por entre los mirones y comencé a vocear: «paramédico, paramédico, paramédico, permiso, permiso, paramédico». A puros empujones logré llegar al centro de la multitud donde yacía, sobre la acera cuarteada, un cuerpo inerte atravesado por un cuchillo y con dos fundas de papel kraft sobre sus muslos, esperando ser auxiliado por alguien menos desalmado que los espectadores de su tragedia. En cuanto me fue posible, coloqué mi cabeza por encima de un par de señoras de escasa estatura, buscando al herido. Quedé absorto, era Pelao.

Hay personas a quienes al nacer les inyectan una alta dosis de fracaso, pensé al ver a Pelao aguijoneando el aire con su mirada desorbitada. Ese no era su caso, él pertenecía al mundo de los marcados por la derrota. De niño tropezó con la justicia a causa de hurtos menores en tiendas de comestibles, robos de automóviles y juegos de azar ilegales de los que era proveedor y consumidor. De adulto, sus actos delictivos aumentaron y los castigos recibidos también. A pesar de eso nunca había afrontado una situación tan embarazosa. Estaba tirado sobre el cemento, con el cuerpo entibiado por el leve resplandor del sol agonizante, con un chuchillo enterrado en el costado derecho y rodeado por una multitud de insensatos desinteresados en socorrerlo o en evitar que su desgracia culminara siendo un jolgorio barrial.

Hice lo demandado por la cordura y la gratitud: llamé una ambulancia. Ciertamente Pelao carecía de virtudes ponderables, era un negociante de servicios no tradicionales con tarifas innegociables. Sin embargo, varias veces socorrió a mi padre en situaciones que apuntaban claramente a joderlo. Otro gesto valioso suyo fue cargar en sus hombros el voluminoso ataúd con el cadáver de Granmadre.

Cuando los paramédicos movieron el cuerpo de Pelao del orificio donde estaba alojado el cuchillo salió un chisguete de sangre más potente que el chorro de una regadera de aspersión. El torrente sanguíneo expulsó hacia el exterior el último hálito de vida de Pelao salpicando a una decena de mirones, entre ellos nada menos que doña Epi quien rodando su andador rumbo al banco Chase de Dyckman y Sherman, interrumpió su caminata para sumarse al conglomerado de curiosos.

—La acompaño al banco, doña Epi, le ofrecí mientras la ambulancia partía hacia el hospital con Pelao.

—Hágase tu voluntad, Armando.

—Y también la suya, repuse.

Preocupado porque el Chase cerraba en quince minutos y sobreponiéndome a una mirada inquisidora de Floralba, nos dirigimos al banco. Agotados quince pasos del trayecto, doña Epi entró en acción:

«Por la incompetencia del director y porque la política y las artes no mezclan bien, el museo no generaba recursos económicos, razón por la que la alcaldía de la ciudad nos informó mediante una correspondencia oficial su cierre para el verano de 1965. "¿Por qué no subastamos algunos objetos y pinturas de las obsequiadas al museo?, el sótano está atestado de cosas cuyo valor desconocemos", le sugerí al director. Pero el muy asno, calcando la torpeza de un servidor público de los denominados "buenos para nada", rechazó mi sugerencia. Tuve que aventarme, Armando, el riesgo y el triunfo son hermanos. Aprovechando que el día siguiente al de nuestra conversación él salió de vacaciones, le ordené al encargado de mantenimiento instalar cuatro bombillas en el sótano. A media tarde, acompañada por una de nuestras secretarias, inicié la pesquisa. Tras una minuciosa búsqueda, desatando telarañas, nidos de cucarachas, extensas hileras de comejenes e incontables objetos de poca monta, encontramos, envuelto en un pedazo de lienzo al borde de la pudrición, un óleo de 24 por 30 pulgadas, encuadrado en un marco de caoba enmohecido por la humedad. La firma era casi indetectable, no así el resto de la obra. La distribución de los espacios, la profundidad de los planos y la solidez de la composición les daban a sus tres vistosos jardines bordeados por dos riachuelos de agua transparente, un atractivo singular. Sabedora de que mi ineptitud en detección de firmas me impediría identificar al autor, visité a un exprofesor mío de City College, curador del Museo de Arte Moderno de New York. Si adivinas quién era el pintor, Armando, te regalo mi cheque de pensión de dos meses. Es más, de seis meses».

—Como adivinador soy un desastre y en asuntos pictóricos, peor. Siempre rehusé tomar clase de arte en la universidad. Embarrar lienzos con propiedad no es mi fuerte.

—¡Qué pena!, porque si no ando mal de la vista entre tu físico y el de Van Gogh hay muchas afinidades.

—Doña Epi, hace un buen rato que estamos dentro del banco —le recordé.

—Lo sé, Armando, dame dos minutitos más.

«Agárrate bien de tu mujer, del choche de tu hijo y de los tubos metálicos que demarcan la fila: el fresco era de Claude Monet, ¿oíste bien?, ¡de Claude Monet! Y no vengas ahorita con la tarugada de que no sabes quién es Monet. El cómo llegó esa pieza al museo, no interesaba. Lo importante era que el cierre pasó a ser materia absorbida por el olvido. En la rueda de prensa sobre el hallazgo, el director dijo orondo a los periodistas: "He encontrado un tesoro que evitará nuestro cierre". No me molestó que él asumiera ante la prensa el protagonismo de mi hazaña. Sospechaba que el hallazgo del Monet no había sido lo más fructífero de mi revisión del sótano, sino la detección de una ventanita oculta por un trío de baúles con aspecto de no haber sido tocada por nadie en siglos. Me costó mucho esfuerzo disimular mi sorpresa ante la secretaria. Salvado el Morris-Jumel Mansion Museum, convencí al director de la importancia de cotejar e inventariar los objetos anotados por la secretaria durante la revisión. "Quédate un par de horas extras por una semana, y hazlo", me ordenó, a lo que yo respondí con un "¡oh yeah, that's what I need!" interior más intenso que mi necesidad de retirar el dinero del banco. Volví al sótano, un poco aporreada por los nervios porque esta vez lo hacía sola, pero súper emocionada y llena de expectativas por el misterio que podía guardar la ventanita. Llegué a ella sin tropiezos. Estaba situada en el extremo derecho de lo que en el pasado debió haber sido una caldera de ladrillos, con funcional dual: vencer el frío invernal y calentar o cocer alimentos. Con un empujón no mayor al requerido para abrir una puerta mal condenada, la ventanita cedió y puso ante mi vista un boquete más oscuro que una catacumba clausurada. El cuarto destinado a los materiales y equipos de limpieza fue mi salvación. En él obtuve una linterna con la cual visualicé un escondiste arqueado, de aproximadamente dos pies de ancho, tres de alto y diez de profundidad».

—¡Bestial, doña Epi!

—¿Qué piensas que encontré, Armando?

—Quizás muchas alimañas, telarañas, esqueletos de ratas, espinas de pescados...

—Equivocado estás, querido. En el fondo del hueco, detrás de botas militares, bozales, varias cantimploras, dos pequeños sables ingleses de caballería pesada y una pistola irreconocible por el óxido, había una libreta con letras color tapia, forrada con una cubierta de piel vacuna escrita, oye bien, escrita y firmada, escucha bien, Armando, por el general George Washington.

—¿Habla en serio, doñ0a Epi?

—Muy en serio, Armando. Él vivió en esa mansión desde el 14 de septiembre al 20 de octubre de 1776.

—¡Increíble! ¿Y qué dicen las cartas?

—Nada de cartas, Armando. No son las misivas de amor ni familiares que suelen escribir los guerreros en los campos de batalla para matar la soledad y la depresión, sino un diario donde el celebrado General narra detalladamente el capítulo de la guerra de independencia norteamericana dirigido por él y conocido como *Campañas de New York y New Jersey*. Tiene 30 páginas.

—¿Qué hizo con la libreta?

—¿Qué habrías hecho tú en mi caso?

—Entregársela al director.

—Eso ni siquiera asomó a mi mente. ¿Tengo cara de boba? La guardé en un lugar tan o más secreto que donde estaba.

—Es un delito criminal apoderarse de la memoria historia de un país, ¿lo sabe?

—Si el contenido del documento apropiado es de dominio público, como la Constitución, por ejemplo, sí lo es. Nadie sabe de la existencia de ese diario, eso me beneficia. Eres la primera persona con quien comparto mi secreto.

—¿Por qué he sido yo el elegido, luego de haber pasado tanto tiempo?

—Por la pureza de tus acciones, porque tengo el otoño encima. Mírame bien, el polen que me mantiene viva amenaza con secarse.

—Acaban de cerrar las ventanillas de retiro de dinero, doña Epi.

—No importa, que cierren el banco completo, estamos más cerca de la página dieciocho.

43

Brisaida llegó como estrella nocturna adobada por el mar.

Verano, 2008. Tres razones fundamentales alentaron a los griegos a elegir a Helios como Dios del Sol: a) la conductividad térmica y el contenido calórico de ese gas, con propiedades para calentar las hendiduras más heladas de los acantilados, b) el poder atractivo de su naturaleza terrestre, que lo acerca a la nervadura del universo y, c) su generosidad de alumbrar en todas las direcciones, sin reclamar ni siquiera un tenue respiro como recompensa. Yo, a diferencia de los griegos, y confirmada mi nulidad en materia astronómica, escogí El Caribe. Floralba precisaba de un enjuague playero, necesitaba ser tocada por un aire marino que traspasara sus poros azucarados y la tibiara internamente, que la transportara a una dimensión engendradora y la conectara nueva vez con las alentadoras de las parturientas.

La concepción demanda estímulos. Ese 4 de julio neoyorquino nació con alas amplificadas, galácticas, resuelto a depositarnos en Las Terrenas, una campiña nordestana dominicana absorbida por nubes celestes, tintada de arena refinada y humedecida por Atabey. El Gran Bahía Príncipe Portillo esperó a Rosalba en traje de Afrodita, a mí en pijama de Eros. Los dioses de la fertilidad saben perfectamente cuándo los cauces germinadores repollan vidas.

La brisa proveniente de los bambúes plantados en la periferia del Príncipe Portillo atravesó sigilosamente las ventanas de la habitación donde Floralba, desvestida, reposaba sobre una sábana mostaza circundada por candelabros flamantes prestos a testificar la intensidad del fuego que se avecinaba. Estaba líquida, fresca, seductora como anaconda adánica. Tres Sex on the Beach y dos Margaritas recargadas nos conectaron con espacios siderales plagados de goletas aéreas en cuyas bordas reposaba Poseidón multiplicado. Secundada por un ligero oleaje Floralba inspiró mi savia quedándose con su resuello y el mío. Regalada a ese trance, contorneó las pupilas nublándose de fluidos efervescentes. Terminó desarmada y arropada por el silencio. La evaporación de las espumas nos regresó a la sábana complacidos. Al instante, una mancha solar apuntó al útero de Floralba. Morfeo la poseyó y la transportó a un bosque nevado donde le susurró el engendro. No hubo intervención onírica, ni dioses poseyéndonos: los Sex on the beach, las Margaritas, nuestras carnes encendidas, la fusión perfecta, la inercia de dos cuerpos enlazados, nada más.

 Así llegó Brisaida al mundo, con esencia de paraguas abierto, a acrecentar la euforia del universo, a intensificar el rojear de las amapolas, a endulzar el humor de Malaquías y a encender en nuestro hogar la fogata de la luminosidad eterna.

Brisaida trajo el cuerpecito encorazado por arena fresca y rayos solares, ligeramente poroso, lleno de aire matinal y huérfano de lágrimas y quejumbres. Llegó como estrella nocturna adobada por el mar: esponjosa y vivaz, apuntando al cielo. Mi gratitud a Helios y a Poseidón.

44

*Los hombres con manos de papel de traza
y sin bigotes, son rumpólogos mediocres.*

29 de enero, 2009. Un acontecimiento nada halagüeño inició la jornada cotidiana del Centro. Doña Epi amaneció babeando una espuma viscosa y con parálisis en el lado derecho de la cara. En el trayecto al hospital empeoró y al llegar al área de emergencia su cuerpo estaba entumecido. «Estará bien» —opinaron los médicos al sugerirme que retomara mi rutina cotidiana.

Estaba revisando los expedientes dejados al mediodía sobre mi escritorio por nuestro cartero interno, cuando apareció ante mi puerta el psiquiatra.

—Armando, debemos hablar con el director. Urge recluir a Marita en el hospital Bellevue. Ayer tuvo un tercer episodio de conducta desordenada. Olivia, la jefa de la cocina, la sorprendió fregando trastes en el lavamanos del baño.

—No es normal que lo haga, doctor, pero fregar los utensilios donde uno come tampoco es un bochorno ni una enfermedad —respondí.

—Si fuera un fregado regular, con agua, jabón y una esponja, no habría motivos de preocupación. ¿Te parece normal que un fregado esté acompañado de movimientos de caderas violentos, de prolongadas restriegas de glúteos en una columna de concreto y de suspiros orgásmicos?

—¿No estará exagerando Olivia, doctor? Marita ya pasó los setenta años.

—Agradezco al destino no haber aprendido a reírme de mí mismo, Armando. ¿Piensas que la vejez anula el placer en las mujeres? La interrogué hoy durante el desayuno. El resultado de nuestra conversación me motiva a recomendar su internamiento en un hospital. Ella admite que en su interior mora una efervescencia de Alka-Seltzer, un calambre sutil que nace en las uñas de los meñiques recorre toda su zona uterina, para ligeramente en el clítoris y termina en la comisura de las tibias y los peronés. *Uñerotismo*, lo llama ella.

—¡*Uñerotismo*! Me suena a neologismo inventado.

—Tienes un excelente detector de sonidos Armando, esa palabra no existe ni tampoco una enfermedad con ese nombre. Así denomina Marita la sensación que le produce frotarse las uñas con la parte rugosa de la esponja. Siempre termina con el pecho friolento, las manos sudadas y el triángulo boscoso babeando, afirma un tanto atribulada.

—¿Hay en las estadísticas psiquiátricas muchos casos como ese, doctor? ¿Cómo puede entrarle a una persona el placer sexual por las uñas?

—No es un problema psiquiátrico, sino de erotismo sensorial. Tendré que recurrir a Google, porque no lo sé, dijo el doctor con un tono divertido.

—¿Dice usted que le ha ocurrido tres veces? No es mucho, realmente.

—Ella sostiene que el deseo de fregar le llega cuando roza su cuerpo con el de un hombre joven.

Caramba, reflexioné tratando que el psiquiatra no advirtiera mi reacción. Ayer nos encontramos en el pasillo y la llevé de brazos a su habitación. La conduje con el donaire de quien lleva a una casadera al altar. Ahora comprendo su aroma a pino, a limón, a lavanda y como mordisqueaba sílabas entrecortadas mientras caminábamos. «Mi cuerpo está estampado de ti», la escuché monologar.

—Procederé, doctor. Hablaré con Mr. Waldman.

—Mi preocupación no termina ahí, Armando. Una paciente, cuya identidad es irrelevante, la vio saliendo de la habitación de Claudio.

—Son amigos, entiendo.

—Eran las dos y media de la madrugada y caminaba trastabillando. La cuestioné al respecto y contestó ruborizada.

—Claudio es mi terapista personal, doctor.

—¿Cómo su terapista personal, Marita? Nuestra terapista es la señora Calderón.
—Lo sé, pero la señora Calderón no es *rumpóloga*.
—¡Rum... qué!
—*Rumpóloga*, doctor.
—¿Qué es una *rumpóloga*?
—Claudio puede explicárselo mejor, lo traigo en seguida.
Y corrió a buscarlo.
En cinco minutos apareció Claudio ante mí, con una sonrisa pecaminosa disuelta en su bigote canoso y apuntillado
—La señora Marita lo señala como su terapista —inició el doctor sin rodeos.
—Me imagino que quieren hablar en privado. Me retiro —dijo Marita abandonando el consultorio del doctor.
—No en el sentido tradicional de la palabra, doctor, simplemente soy su *rumpólogo* —arguyó Claudio.
—¿Puede explicarme qué es un *rumpólogo*?
—Con gusto, doctor. La *rumpología* es una terapia tan antigua como la existencia del hombre. Por ser una actividad íntima debe practicarse con discreción y con precaución de guerrillero sublevado. Es una técnica que permite adivinar el futuro de las mujeres mediante la lectura de sus nalgas, de nalgas adultas solamente. Los transexuales, los travestis, los homosexuales y las chicas menores de 18 años quedan excluidos de los beneficios de dicha técnica. Funciona perfectamente en nalgas femeninas grandes y redondas, porque en ese tipo de trasero, las porosidades, los trazos y los pliegues facilitan las predicciones. Contrario a las nalgas con textura de pera invertida o de quebrado impropio, que no dan la misma lectura.
—Eso es anticientífico, no es posible adivinar el futuro de una persona mediante el toque de su trasero.
—La predicción es fácil, doctor: las nalgas grandes, redondas y robustas aseguran la estabilidad económica de sus dueñas. A las mujeres de nalgas de pera invertida o quebrado impropio, la suerte les huye. Perdone mi palabrerío, doctor. No sé explicarlo de otra manera, pese a que casi terminé la carrera de

terapista ocupacional en Colombia, soy hombre de elocuencia machucada. Lo que acabo de decirle lo memoricé de quien me introdujo en la *rumpología*.
 —Basta, señor Claudio. ¿Desde cuándo es usted *rumpólogo*?
 —Uf...desde mi adolescencia. No crea usted que es una práctica facilona. La *rumpología* obedece a un esquema bastante riguroso. Su creador fue un agricultor noruego nacido muchos años ante de Cristo, de nombre Farlige Hender, y la dividió en cuatro categorías: floración, adultez, madurez y senilidad. Le recomiendo no perder su tiempo preguntándome el significado ni las características de cada categoría, me circunscribo a repetir lo escrito por su inventor Hender hace miles de años. En la primera categoría entran mujeres de 18 a 25 años; en la segunda, de 25 a 35; en la tercera, de 35 a 60 y en la última, de 60 en adelante. Las manos y los bigotes juegan un papel fundamental en la aplicación de esa maravillosa técnica. Los hombres con manos de papel de traza y sin bigotes son *rumpólogos* mediocres. Los de manos toscas y bigotes afilados logran en las nalgas femeninas el cosquilleo preciso que motiva la *ñapa*. La senilidad es la categoría de más difícil realización, se requiere gran destreza y mucha experiencia. Revivir la epidermis dormida de una sesentona tiene sus implicaciones. A las nalgas seniles las manos y el bigote deben llegarles simultáneamente, «como tempestad de colibríes arañando pinares», afirma Hender. Si el ataque no es dual, los resultados serán raquíticos. La *ñapa* tampoco funciona en hombres flojos, impotentes, o con una varita pobremente visible. A esos las mujeres les huyen.
 —¿Cuántas veces ha consultado a la señora Marita?
 —Es difícil recordarlo, mi memoria anda mal.
 —¿Es su única cliente en el Centro?
 —¡Qué va!, doctor, tengo una mejor que Marita.
 —¿Quién?
 —Fellita.
 —¡Oh my god! ¿Fellita?

—¿Cómo promueve sus servicios?, ¿cómo las convence?
—No hace falta convencerlas, ellas llegan a mi habitación por voluntad propia. Sospecho que atraídas por la *ñapa.*
—Tendrá que explicarme el significado de *ñapa*, señor Claudio.
—Es mi regalo a Marita y a Fellita por su noble gesto de visitarme.
—¿Qué significa la palabra *ñapa* en inglés?
—Como traductor soy analfabeto, doctor. Es Doña Epi quien siempre anda con el enredo ese de la traducción. La he oído repetir que las oraciones no se traducen directamente sino por lo que éstas sugieren. De existir un diccionario *rumpológico*, *ñapa* significaría *happy ending.*
—¿Qué? Es insólito su comportamiento, señor Claudio. Y doña Epi, ¿lo visita?
—No, ni creo que lo haga nunca. Su único interés es tener el violín al cuello, contar historias raras sobre ella misma y hablar de objetos viejos de un supuesto museo donde trabajaba.
—¿Y Alesha?, es parte de su equipo.
—Lo de Alesha terminó en nuestro primer encuentro.
—¿Con Alesha también? ¡Señor, protégenos!
—No se alarme, le dije que todo terminó en el primer encuentro.
—¿Por qué?
—Por un asunto cultural, más que sexual. Le explico, doctor: entre la sección de *rumpología* y la *ñapa* hay un entremés, como dicen los dramaturgos, que se escenifica a la altura de la cadera masculina. Al llegar a esa zona, Alesha corrió desde de la cama hacia el taburete que uso como silla en mi habitación, y se sentó en él. Yo, como *rumpólogo* experimentado y conocedor de las malicias de algunas mujeres en asuntos amatorios, la perseguí. Mi sable estaba afilado, a la intemperie. Y cuando la tuve de frente lo coloqué a escasas pulgadas de su boca. «No, Claudio, eso jamás, jamás. Retírate».
—Es la gasolina que enciende el fuego —le dije reteniendo su cabeza con mis antebrazos.

—No, no y no. Aunque deserté de mi comunidad amish hace muchísimos años y me mudé a España con quien fuera el amor de toda mi existencia, mantengo algunas de mis costumbres. Mi madre, mis tías, mis vecinas, la congregación donde militaba, me enseñaron que la boca sirve para comer, hablar y orar, no para chupar.

—Señor Claudio, tendré que ponerlo en observación por conducta inapropiada.

—A mí no, doctor, soy inocente. Me limito a cumplir la voluntad de ellas.

—Disculpe mi atrevimiento, doctor. Si usted valorara justicieramente los beneficios de mi aporte *rumpológico* a este Centro, me compensaría con parte de su salario.

—¿Qué lo lleva a pensar así, Sr. Claudio?

—Muy sencillo, doctor, desde que Marita y Fellita están recibiendo mis terapias no han venido a esta oficina a quejarse de dolencias.

—Regrese a su habitación, señor Claudio.

—Regresaré, mi querido doctor —concluyó Claudio—. Pero no olvide mi inocencia.

—Ya ves, Armando, otro problema a resolver además del *uñerotismo*. Tenemos un par de mujeres aparentemente culpables y a un hombre supuestamente inocente protagonizando una conducta ajena a nuestras normas.

—Procederé, doctor. Hablaré con Mr. Waldman.

Ni hijo de mi abuela Esmeralda que fuera Claudio se pareciera tanto a ella, pensé, pues visto con objetividad una *libidorapista* y un *rumpólogo* son, en esencia, lo mismo. Claro que si mi abuela estuviera viva argumentaría que ella gozaba y cobraba, Claudio simplemente goza. Cuestión de percepción.

45

George Washington estuvo a punto de claudicar.

Semana Santa, 2009. La salida de Mr. Waldman del Centro no fue voluntaria, tampoco por haber cumplido setenta años. Simplemente, su cardiólogo le ordenó reposo indefinido. «Si no obedece las instrucciones médicas el tamaño de su corazón, cercano a una toronja Red-Ruby, más su presión arterial tocando zonas siderales, harán rápidamente de usted un cliente distinguido de la funeraria adonde vaya a parar su cadáver» —lo había sentenciado su médico. Quizás a una persona irracional le hubiera espantado la crudeza del médico, no a Mr. Waldman que sabía perfectamente que los años de vida se le agotaban.

Siendo equilibrado, Mr. Waldman no debió haber sido separado del Centro del modo en que lo hicieron, dado que su carrera de administrador estaba en la cima. La gobernación del estado de New York acababa de asignarle recursos económicos para implementar nuevos servicios geriátricos y programas de entretenimiento, y esa conquista era suya. «Hay recompensas que llegan tarde», rezongó revolviendo la carta de aprobación de cientos de miles de dólares.

A escasos días de iniciado el periodo de reposo de Mr. Waldman, fui convocado por la Junta Administrativa del Centro a un almuerzo. Lo intempestivo de la invitación me produjo un gran sopor. No era habitual en mí compartir con ese grupo selecto del Centro pues a ellos los estimulaba más el calendario social de la institución que interactuar con el personal. El almuerzo fue en Inwood Cuisine, un pequeño restaurante localizado a seis cuadras del Centro, donde Mr. Wilde y la Junta Administrativa eventualmente discutían asuntos varios. Llegué calmado y diez minutos adelantado. Presentarse a las citas un poco antes de lo establecido, es ejercicio de buena prudencia.

Mientras esperaba no dejaba de preguntarme: «¿Tiene sentido un encuentro de esta naturaleza? Despedir a un simple trabajador social como yo no debería tener complicaciones».

En los corrillos del Centro solía escucharse que Mr. Radolph Wilde, presidente vitalicio de la Junta, un viejo pálido, de pésimo humor, de voz clueca, preñado de engreimiento y accionista principal de una empresa subastadora de obras de arte y documentos antiguos en New Jersey, nunca concluía una reunión sin pasar por su laringe tres o cuatro tragos de *Viña Ardanza Reserva,* el tinto español de su preferencia a cuyo sabor se aferró el tercero de sus cinco viajes a Madrid en misión supuestamente humanitaria. Ese mediodía, sin embargo, su laringe sufrió un ensanchamiento imprevisto y en lugar de tres tragos, ordenó tres botellas y cinco copas.

—Sr. Guerra —comenzó Mr. Wilde bailoteando ante la vista del quinteto sentado en torno a la mesa, la copa contentiva de la segunda embestida vinícola a su paladar, seguida por numerosos trocitos de jamón serrano—, ¿ha extrañado a Mr. Waldman?

—Mucho, es una excelente persona y un eficiente administrador.

—Vencido por los años, no olvide ese detalle —dijo sugiriendo un desganado «quien se va no hace falta».

—Celebremos, caballeros. Levanten sus copas.

—Espero no ofenderle, Mr. Wilde. No me anima celebrar la pérdida de un compañero.

—Muy humano de su parte, Sr. Guerra, la solidaridad es una virtud apreciable. El brindis no es por la partida de Mr. Waldman, sino por la bienvenida suya al puesto de él.

En cuestión de segundos, adquirí tono de pitahaya encarnada.

—No deje que los nervios lo dobleguen, Sr. Guerra, agarre la copa más grande, o una del tamaño de su apetencia, manténgala en alto y escuche: la agencia gubernamental regente del Centro nos exige cumplir con las leyes de igualdad y competitividad laboral estadounidenses. En tal sentido, pronto anunciaremos en los periódicos New York Post y Daily News la disponibilidad del puesto de director del Happy Senior Center. Usted, como los demás aspirantes, completará un formulario solicitando la plaza, del resto nos encargamos nosotros. ¿Alguna pregunta?

—Por ahora ninguna. No estoy seguro de si merezco tal distinción.

—No tiene por qué sentirse apenado. Tómese el vino, el vino sintoniza el sistema nervioso y espanta los maleficios que trastocan la respiración. Dios bendiga el vino.

—Si me permiten, debo marcharme. Una de nuestras internas está recluida en el hospital Presbiteriano y necesita de mi asistencia, repuse al ver que Mr. Wilde ordenó dos botellas más de vino dándole al almuerzo un carácter de homenaje a Baco.

—Buena señal de eficiencia, ¿quién es la afectada? —inquirió uno del cuarteto de la Junta que había permanecido callado durante el almuerzo.

—Doña Epi.

—Ah… —respondió dejando claramente expresada su indiferencia hacia la interna.

Me tomó cuarenta minutos llegar al hospital. Doña Epi tenía la nariz entubada y una docena de sensores distribuidos en el pecho y el abdomen, conectados a tres diferentes máquinas que monitoreaban su sistema respiratorio y cardiovascular. Al verme, doña Epi respiró profundamente e intentó sentarse en la cama. Con esfuerzo físico y verbal la enfermera y yo la hicimos desistir.

Aprovechando el desplazamiento de la enfermera a la habitación contigua, donde otro paciente la requirió, doña Epi removió la máscara suministradora de nitrógeno dejando descubierta el área de la boca. Sorprendido por su rápida e inexplicable acción me precipité a retornar la máscara a su lugar. Un rotundo no suyo me frenó. «Mejor, escúchame si no la muchacha regresará y no puedo hablar». Y arrancó con una voz tan queda que apenas rozaba el aire.

«El diario es un documento desalentador. De las páginas 1 a la 17 el general George Washington cuenta su estadía en Morris-Jumel Mansion, ocurrida entre septiembre y octubre de 1776. No tuve valor para leerlo más de una vez, me acongoja mucho el desaliento. Esos escritos muestran a un Washington compungido, empeñado en borrar de su memoria los reveses infringidos por los invasores ingleses, especialmente la batalla de Long Island concluida poco antes de él ocupar la mansión. Su discurso es débil, como volcán dormido. Los trazos de sus letras parecen vencidos por el nerviosismo. Hay párrafos completos tapizados de tinta después de escritos. ¿Señal de arrepentimiento de lo dicho, tal vez? Narra la primera etapa de la Campaña de New York y New Jersey con la desilusión de quien ha perdido todo, de quien se ahoga en el lodo del fracaso. Admite que el poder de la armada inglesa mermó sus fuerzas físicas y la voluntad de sus soldados. Le enfadaba la debilidad y la falta de coraje de su ejército, formado por hombres más empeñados en regresar a sus haciendas, a reunirse con su familia y a cosechar sus plantíos, que en liberar la nación del ataque inglés. Luego reflexiona justificando ambas flojeras: "Los ingleses son más en cantidad y mejor preparados militarmente que nosotros". Gravísimo error suyo: ningún comandante de tropas debe elogiar el poder del enemigo, quien lo hace está apostando a la claudicación. No precisa ser estratega en asuntos de defensa nacional para darse cuenta. En ocasiones, como ocurre en las páginas 10 y 11, prefiere hablar de la majestuosidad de la mansión, del sentido de suntuosidad y riqueza de su propietario, el coronel británico Roger Morris, quien la mandó a construir en 1765, para veranear con su esposa norteamericana Mary Phillipse. Un dibujito pobremente delineado y curvilíneo de la mansión aparece tocando ambas páginas. En la página 15 hay un pasaje destacando la impresionante localización de la mansión, construida sobre una llamativa colina enclavada en el ombligo de Manhattan. En esa época sus alrededores estaban poblados por árboles silvestres dispersos y medianos, lo que facilitaba avistar la bahía de New York y Staten Island, los ríos Harlem y Hudson, que bordean la isla completa, y el norte del condado Westchester. Cierra la descripción con un versículo del Génesis sobre la creación: "Y produjo la tierra hierba verde, hierba que da simiente según su naturaleza, y árbol que da fruto, cuya simiente está en él, según su género". Entiendo esa actitud como un recurso sutil de distanciamiento de las situaciones desagradables, ¿no crees, Armando? Al pie de esa página hay una acotación de tres oraciones en la que Washington parece preguntarse: ¿qué persigue un millonario como yo, educado al estilo de la rancia sociedad inglesa, arriesgando mi vida a cambio de desplazar a nuestros colonizadores? No lo dice textualmente, es mi interpretación».

Me pareció gracioso ver como al reingreso de la enfermera a la habitación ya la historia estaba servida, y yo listo para volver al Centro a reponerme de la noticia de Mr. Wilde.

46
Nada mejor que protagonizar un accidente saludable.

Julio, 2010. Por segunda vez recurro a la verdad infalible nacida del ingenio de Rubén Blades: «la vida te da sorpresas / sorpresas te da la vida». Recibí una solicitud de amistad de Bernardo en mi Facebook. Desconocía su habilidad en el manejo de computadoras y redes sociales. Inicialmente la acepté sin reparo y con entusiasmo, consideré sensato acercarme nuevamente a Bernardo a quien había perdido el rastro desde el regreso de mi padre a Santo Domingo. Aceptarlo me creó un problema, cada vez que ingresaba a mi cuenta él estaba en línea y me bombardeaba mensajes sin piedad, y desenfocados. Nuestros primeros correos fueron interesantes, ¿por qué negarlo?, de ellos hubo algunos óptimos. El mal comenzó en el tercer o cuarto correo, se tornó repetitivo, fastidioso. El primero fue el de mi mayor interés, por contener la radiografía de su último año:

—Tuve un accidente saludable, tan saludable que ahora vivo en San Isidro, en la zona oriental de Santo Domingo. ¿No es un accidente ganarse la lotería, Profe? y más sabiendo que la posibilidad de que eso suceda es una por cada 150 millones de apostadores. Bueno, no gané la lotería completa, a Dios que perdone mi lengua, sino un poquito de ella.

—Accidente y milagro, al mismo tiempo —le respondí.

—Compré una casita en San Isidro, en el sector *El bonito*. El responsable de nombrar este barrio debió haber sido, por lo menos, tuerto. Intuyo que este lugar fue bonito en el pasado.

—Me llena de alegría tu progreso económico, Bernardo. ¿Y los achaques, qué?

—Nunca he estado enfermo, ni más brioso que ahora. Permítame un minuto, Profe, uno de mis leones ha cogido calle.

—… … … … …, un minuto.

—¿Sigues ahí, Bernardo?
—… … … … …, tres minutos.
—¿Estás en línea, Bernardo?
—… … … … …, cinco minutos
—Bien, Bernardo, seguiremos en contac…
—Mi excusa, Profe, atrapé el león inmediatamente, es el inversor lo que no me ayuda, se descargó. Por suerte, acabo de reconectarme. ¿Recuerda los 669 dólares mensuales que con su ayuda me asignó el gobierno allá?, actualmente son 800. Con parte de ellos compré una plantita de dos kilos de potencia y esta computadora desde donde le escribo. La compra de la plantita ha sido sensacional, no me falta luz ni música; hasta vaina le echo a mis vecinos a veces.
—Entiendo, Bernardo, repuse evadiendo comentarle mi desagradable experiencia de alumbrarme con velas y lámparas de gas en el hotel Cervantes.
—Esto no puedo callarlo: compré un terreno en el cementerio Parque del Prado. Es un camposanto privado ¡Diablo, Profe!, me costó más que la casita. Lo hice porque como he tenido una vida tan desgraciada, no voy a regalarme una muerte podrida en un cementerio público mugroso y abandonado. A propósito del terreno, he tenido algunos contratiempos. Hace una semana la oficina del cementerio me envío este correo electrónico:

✝ Sr. Marmolejos
Su solicitud de que plantemos un árbol de caoba africana en su propiedad en este camposanto fue satisfecha hace año y medio. La caoba ha crecido rápidamente y está llena de vida. Puede venir a verla.

La administración

—Siendo honesto, Profe, compré ese terreno en vida para asegurarme de no tener de vecino a un malparido cualquiera, de reputación sospechosa y conducta nublada, que me perturbe o que sea el hazmerreír de quienes transitan el entorno de mi techo final. Detesto los cementerios donde ciudadanos mezquinos e inescrupulosos se roban las puertas de hierro, los candados, las flores plásticas, los velones y los ataúdes de los difuntos. Todavía guardo en mi memoria la tarde de marzo de 1998 que estando yo aquí, en la isla, porque todavía vivía en New York, acompañé a mi prima Berta al cementerio Cristo Redentor a la tumba de su padre, sepultado un año atrás. Los cabrones ladrones sacaron el cadáver del viejo, le robaron el oro de la caja de dientes y dejaron las osamentas regadas alrededor de la sepultura. Y que conste: todavía el cuerpo estaba descomponiéndose y hedía a maldición.

—¡Qué horror!, tendremos que continuar.

—No esperé un segundo mensaje del personal del *Parque del Prado*, acudí a conocer mi caoba africana. En efecto, tal cual anunciaba la nota del cementerio, la fila de caoba plantada a la entrada del camposanto y que terminaba en la funeraria-capilla exhibía un verdor espectacular. Ni siquiera los *Locus amoenus* descritos por los románticos latinoamericanos superaban tanta vida vegetal. Profe, no quiero alardear con el dúo de palabritas 'románticos latinoamericanos' ahora mis oficios habituales son dormir, leer mucho, comer y c... Los puntos suspensivos reemplazan el efecto secundario de comer, el cual dejo a su imaginación.

Desconectarme era la opción más viable, no porque la conversación careciera de interés, sino porque tenía otros deberes en agenda. Hacerlo no estuvo mal, lo desconcertante fue el resultado: al retomar Facebook encontré la continuación de su mensaje, kilométrico, por cierto. Supongo que no se enteró o no quiso enterarse de mi salida de Facebook.

—La mañana de la firma de mi contrato de compra, el administrador de Parque del Prado inauguraba la cafetería de la recién construida funeraria y Teresa Bartolomé, la vendedora que me asistió, me obsequió un exquisito café denominado *Sorbo de la resurrección* en el menú de la cafetería. Llamar *Sorbo de la resurrección* a esa tacita de café era un vulgar timo porque el famoso *cortadito,* café expreso ahogado en un poquito de leche servido en los restaurantes dominicanos, es exactamente igual al *Sorbo de la resurrección.* ¡Claro! servido al estilo *Parque del Prado*, en una taza mediana con la virgen María impresa en su exterior, aparentaba ser una gran cosa.

Recibirme con un *Sorbo de la resurrección* caliente, cortesía de la casa, no bastó, mi relación con la administración del Parque del Prado no andaba por buen rumbo. Las dificultades comenzaron a raíz de que en una de mis acostumbradas visitas a mi solar encontré que tenía dos vecinos de mi desagrado: Renato Dapena, a la derecha, y Eugenia Lágrima, a la izquierda. Sentí como si me hubieran perforado el pecho y varias costillas. Mi primera reacción fue comunicarme con Teresa Bartolomé y acusarla de incumplimiento de contrato, de vendedora de mentiras.

—Fui muy claro contigo —le aullé— al escuchar su vocecita empalagosa en el teléfono. Sabes perfectamente que negocié con ustedes porque me prometieron un espacio donde concordaran la paz y la armonía.

—Es lo que vendemos, mi don: paz, tranquilidad y seguridad es nuestro lema y garantía.

—En primer lugar olvídese del don, a los sin recursos para comprar un terreno en un cementerio privado, los ninguneaban. El don salido de su boca me suena, como dicen los colombianos, a mamadera de gallo. Nada de cuentos estúpidos. Lo de ustedes es publicidad comercial chueca.

— ¿Algún inconveniente, Sr. Marmolejos? Nuestra misión es servirle.

—Servirme o servirse ustedes. Si fuera un solo inconveniente podríamos aventurarnos a una solución.

—Cuénteme de qué se trata.

—¿Pretende usted que a la cuota de sufrimiento que he pagado en la tierra, le sume la de rodear mis despojos por míseros propulsores de penas y lágrimas?

—No entiendo.

—Evidentemente que no. ¿Acaso puede descansar en paz alguien rodeado por dos individuos apellidados Dapena y Lágrima? ¡Vaya bochorno y desconsideración!
—Es algo que está fuera de mi control, Señor. Podemos reunirnos y conversar al respecto. No hay problemas sin solución.
—¿Dónde y cuándo?
—Disponga usted la fecha y el lugar.
—En el cementerio, en la cafetería, el lunes a las 10 a.m.
—Hecho, allí nos encontramos.

Saboreando estaba mi cafecito de la resurrección, cuando llegó Teresa seguida por el administrador.

—Señor Marmolejos, qué gusto tenerlo nuevamente por acá —me abordó Teresa Bartolomé al ingresar en la cafetería—. Rico nuestro café, ¿no?

—Por la ricura del café y por la insensatez de ustedes estoy aquí.

—Bienvenido sea. Todo saldrá de maravillas.

De nada sirvió media hora de palabreo con el administrador. El tipo se mostró pedante, terco, engreído, con aire de sabelotodo en asuntos funerarios.

—Caballero, inquirió el administrador, ¿Le importa tanto quién sea su vecino de tumba?

—Mucho. Si quienes rodean mi solar fueran dos reconocidos ladrones, dos funcionarios gubernamentales corruptos, dos violadores de menores o dos curas pedófilos, poco me importaría, podría salir de mi tumba a media noche y arremangarle veinte trancazos en las costillas a cada uno. ¿Cómo resistiría mi osamenta la desazón y el desconsuelo que producen dos plagas tan tenebrosas como penar y lloriquear? Imagínese a Renato secándoles los lagrimales a Eugenia, y a Eugenia tratando de aliviarle las penas a Renato. Y yo como un soquete en medio de los dos, soportando sus calamidades.

—Puedo cambiarle su terreno por un columbario —dijo sin inmutarse y soltando una sonrisita que parecía acusarme de desquiciado.

—Columbario, ¿qué es eso?
—Un lugar donde usted puede guardar ceniza.
—Prefiere que sonría, o que me pinche el índice derecho y escriba sobre esta mesa la palabra ladrón. Deduzco que el valor de mi terreno triplica el de la cosa esa. Si hubiera querido una pendejada como la que dice, no habría comprado un terreno.
—Primero que nada, respeto —replicó el administrador levantándose iracundo del asiento que ocupaba.
—Qué respeto ni que catorce toronjas, no ve que quiere estafarme descaradamente y sin intermediario. Además, ¿quién le ha dicho que quiero ser quemado?
—La cremación está ganando muchos adeptos en todas partes.
—Al diablo con la cremación, déjese de zanganerías. Quizás le sirva a usted. ¿No le parece que morir una vez basta?
—No hay que ir tan lejos ni enfadarse tanto, señores —intervino Teresa consciente de que no podía resolver el conflicto.

Finalmente logramos entendernos. Por diez mil pesos más cambiaron mi terreno tipo *B* por uno tipo *A*, en una zona más exclusiva del camposanto colindante con el área de las mascotas.

Salvados los inconvenientes, Teresa me ofreció su compañía hasta la frondosidad de la caoba africana plantada en el terreno donde habitarán mis restos.

—Mire que portentosa, señor Marmolejos —observó Teresa en el trayecto, apuntando a una lomita cubierta de césped donde el jefe de jardinería había diseñado tres meses atrás la palabra *Parque del Prado* al estilo reloj floral, al lado de mi propiedad.

Para no aumentar la intensidad del fuego de la provocación, decidí no responder ni comentar el correo de Bernardo. La compra del solar, sus divergencias con Teresa y el administrador de *Parque del Prado* y la escapada de los leones me indujeron a la infalible creencia de que su resistencia a no ser sepultado entre Dapena y Lágrima era una extensión del relato del entierro de la yegua y el caballo en Baní contado por Rogelio, su excompañero del Uptown Home Center.

47

*La belleza física de Marita siempre
estuvo marcada por la tara de la desgracia.*

Desde joven la belleza física de Marita estuvo marcada por la tara de la desgracia. El espectro acosador de la mala suerte perseguía cada uno de sus pasos. Conquistar o ser conquistada por un hombre era sumamente embarazoso para ella. Contaba que en ocasiones anheló retroceder a la adolescencia a cambio de escuchar a los adultos y a sus allegados celebrar su inconmensurable belleza espiritual. Su desencanto físico, favorable cuando quería quitarse de encima a los cazadores de faldas enfermizos, pudo haber determinado que el único trabajo de su última década de existencia fuera de cajera en una bodega de vino de Valle de Napa, en California.

Al tanto de que su cara y su cuerpo poco le ayudarían a facilitarse un buen marido, tomó la decisión más atrevida de su vida. Sucedió una tarde de noviembre de 1960. Un grupo de catadores de vino fue invitado a la bodega donde laboraba a catar la producción de ese año. El evento comenzó con un recorrido por las instalaciones de las bodegas de envejecimiento, continuó con una caminata por el viñedo y concluyó con los catadores circundando una extensa mesa con medio centenar de copas encima. Los catadores, profesionales al fin, siguieron la rutina tradicional de un cateo, consistente en tres fases: la visual, la olfativa y la gustativa.

Iniciada la jornada Marita, coordinadora del cateo, apoyó su cuerpo en la columna del fondo del salón utilizado para el evento vinícola y, con precisión de reloj suizo martillando toque a toque los minutos, por cada levantada de copas de los catadores ella, transgrediendo las normas de la empresa que les prohibían ingerir el producto objeto del cateo, alzaba la suya depositando el contenido de ésta directamente a su boca, la cual se encargaba de enviar una parte al estómago y otra al hígado. Su acción satisfacía a cabalidad la fase gustativa; en cuanto a la visual y olfativa, ni señas.

El cateo estaba en la última ronda cuando Marita abandonó su posición inicial, caminó hacia el centro de la enramada con prisa de modelo que llega retrasada a la pasarela y arrojó su copa en el piso desgranándola como arena minera. Tras la quebradura de la copa ejecutó unos treinta pasos sobre los fragmentos de cristal, situándose la enramada. Ya allí, explayó las piernas en forma cónica y desató uno a uno la hilera frontal de botones de su vestido dejando su cuerpo al desnudo y sus senos moviéndose como parabrisas repeliendo un torrencial aguacero. Ante el pasmo de los catadores, situó sus brazos sobre la cabeza formando un triángulo de considerable apertura: «Estas tetas honran mi pecho en la misma proporción que la tierra fortifica las uvas productoras de este vino que ingerimos ahora. Loor a la tierra, a las uvas, al vino, a los catadores. Loor al aire que roza mis pezones», dijo.

Abundio Córdoba, un cuarentón méxico-americano originario de San Francisco, representante de una prestigiosa distribuidora de vino de Fresno, California, recogió el vestido y le cubrió el pecho ganándose con ello un disimulado reproche de sus colegas por haberles robado la posibilidad de ver dos lunas cobrizas con prestancia embriagadora. La acción de Abundio inició una amistad con Marita que posteriormente pasó a ser un romance duradero hasta la muerte de éste. El deceso de su compañero sentimental la retiró de los menesteres sexuales. Fue la aparición del *rumpólogo* Claudio, lo que le despertó las arterias dormidas del sexo.

A diferencia de Marita, Claudio no tuvo el privilegio de poseer un pecho velludo y apuesto que enloqueciera a las mujeres, aparte de que carecía de virtudes espectaculares merecedoras de elogios. En incontables ocasiones estuvo al borde de la muerte a causa de lo que él entendía una causa noble: la revolucionaria. La noche de su vigésimo sexto cumpleaños y a escasos meses de graduarse de terapista en la Universidad Nacional de Colombia, desapareció de su fiesta cumpleañera y se unió a un grupo revolucionario colombiano. En un lustro estuvo en varios más. Finalmente ingresó a las Fuerzas Armadas Revolucionarias de Colombia (FARC). Pero las cosas no resultaron como él las planeó. Sus andanzas entre montes agrestes, charcos pantanosos y ríos turbios, los abusos ordenados por sus jefes en perjuicio de los campesinos, las hambrunas de semanas enteras, dos dedos mutilados y cicatrices en todo el cuerpo le hicieron cambiar de parecer. Víctor, un amigo suyo de infancia suscrito a la FARC con el rango de capitán, hizo los arreglos pertinentes para que él abandonara el comando al que servía como Reemplazante de Columna.

Los traseros de numerosas compañeras de guerrilla determinaron que él continuara practicando la *rumpología*, arte al que lo introdujo su hermanastro Heriberto al cumplir los catorce años. La *rumpología* le funcionó como calmante reductor de las angustias y de las alucinaciones post combates. Ya escapado de la FARC, Claudio logró penetrar a los Estados Unidos con el pasaporte y la partida de nacimiento de un tío suyo trece años mayor que él, con extraordinario parecido físico, asesinado precisamente por la FARC.

La diferencia de edad le cayó como dádiva divina pues al jubilarse a los 65, apenas tenía 52 años. En los libros de asiento del Centro él era un anciano desvalido; empero, la realidad era distinta: su cuerpo tenía la vitalidad física y la energía sexual de un cincuentón temprano. Marita y Fellita eran sus mejores testigos: «Sus *ñapas* son prolongadas y fieras» pregonaban ambas ruborizadas.

Fellita, por su parte, era un caracol silencioso, discreta en proporción ilimitada y sin historias fantásticas que conmovieran a nadie. La única mancha parda infiltrada en su consciencia era su irascible *japonofobia*, proveniente de una transacción comercial inapropiada realizada por su madre. La noticia me la transmitió Olivia, quien para mitigar el cansancio de cada cocinada acostumbraba a lanzarse al bache del chismoteo. Yo la resumí de este modo: «El día de su cumpleaños diecisiete la madre de Fellita cerró un acuerdo por 7.000 dólares con Hiraku Kagabu, un japonés vecino suyo propietario de una procesadora de embutidos, mediante el cual le preservaría intacto y virgen el seno izquierdo de su única hija. "En cuanto convenza a la chicuela de entregármelo voluntariamente, le completo el importe", enfatizó el japonés al momento de darle 3.000 dólares en avance. Hiraku Kagabu quedó atolondrado por un lunar pardo, con aspecto de almendra jugosa recién pelada, incrustado en la periferia del pezón de la teta de Fellita envuelta en la transacción. Hiraku vio la almendra tentadora al realizar una sorpresiva incursión a la cocina de la residencia de Fellita, con el propósito de regalarle a su madre un jamón serrano que ocultaba en los pliegues de su panza. Esa tarde Fellita estaba saliendo del baño cubierta de la cintura hacia abajo por una toalla pastel con motas verdes. Hiraku no pudo absorber con disimulo la amenaza de los senos de Fellita apuntándolo como dos faroles desafiando un eclipse solar, el izquierdo resultó ser el más anonadante y embriagador. Al enterarse de la negociación, Fellita huyó del hogar materno e inició una vida nómada sin destino fijo. A partir de entonces, los orientales les producen contracciones severas en todo el cuerpo».

Por lo demás, la habilidad principal de Fellita es pendenciar todo cuanto su vista y olfato puedan percibir y percatarse bien de cuándo Marita abandona la habitación de Claudio para ir donde él a reclamar su *ñapa*.

48

*La cagada de los pájaros
no entra en los discursos de los guías turísticos.*

«Nadie muere la víspera de la fecha asignada por el Todopoderoso», sentencian los pregoneros de la inmortalidad. El inventor de esa frase tiene harta razón: doña Epi superó todas las conjeturas médicas y regresó al Centro con el vigor renovado. «Armando, el doctor me prometió que finalizaría los papeles de mi salida de aquí mañana temprano. Ven por mí, te lo ordeno cariñosamente» —me dijo con una sonrisa desarrugada. Al abordar la ambulancia requirió mi compañía en la parte trasera del vehículo. «Si tengo una recaída inesperada tú mismo me regresas al hospital», dijo. Al detenernos en el segundo del medio ciento de semáforos que minaban el trayecto del hospital y al Centro, tornó la cabeza buscándome con disimulo. Está clínicamente comprobado: los conductores de vehículos de emergencias desarrollan el síndrome de Hubris. El sonido trepidante e imponente de sus sirenas produce en ellos un delirio de grandeza superior al de muchos gobernantes, sean estos presidentes, reyes, emperadores o zares. En eso Ernest Hemingway fue certero: «El poder afecta de una manera cierta y definida a quienes lo ejercen».

La administración del Centro ordenaba a los conductores de sus ambulancias usar las sirenas en caso de emergencias reales, no al regresar de ellas. Forzar a taxistas, conductores privados, ciclistas y transeúntes a orillarse a las aceras de las avenidas, acelera la adrenalina de los ambulancieros, policías y bomberos. «Las carreteras son de uso común. No se conduce con los pies, sino con la cabeza. Es preferible ser *tacofóbico* que embestir un poste del tendido eléctrico a 90 millas por hora», era la cartilla leída por el jefe de personal a cada conductor contratado por el Centro.

Simultáneo al cambio de luz del tercer semáforo, doña Epi movió un tanque de nitrógeno y dos extensos torniquetes que nos separaban, y me haló por el brazo derecho situándome a pocas pulgadas de ella.

—Armando, estamos solos, me sopló. Toma mi cartera, saca el diario y ábrelo en la página 18. En la 18, oíste. La traduje al español hace poco. Léela, quiero asegurarme de que suena bien, mi vista está hecha gorgojos —susurró empeñada en no ser escuchada por el conductor.

—¿Anda con el diario encima?

—Claro. El Centro está lleno de pillos, tú lo sabes. Temo que los encargados de la limpieza lo encuentren y lo boten, a ellos todo lo raro y viejo les parece basura.

—Lee en voz queda, mi vista anda mal, no mis oídos.

—Bien, ahí le voy:

«16 de septiembre, 1776. Un trío de soldados vigilantes de la mansión cazó un enorme venado en un bosquecito cercano a esta. Tras una fatigosa persecución de medio kilómetro a la redonda, en una zona espinosa donde escasamente perseguidores y perseguido podían avanzar, uno de los vigilantes hirió ligeramente al venado. El animal, aturdido, huyó sin rumbo fijo y por unos segundos sus cuernos quedaron atrapados en un tupido bejucal. Tras liberarse, el venado corrió hacia la orilla del río Hudson y cayó de bruces en el suelo resultando con la lengua cortada por sus dientes frontales y con la trompa ensangrentada. Como la tarde estaba fresca y el patio de la mansión a nuestra disposición, decidimos hacer un asado. Debajo de un gigantesco arce plantado al fondo del patio clavamos dos estacas a la tierra, separadas por una fogata armada con cuantos trozos de leña encontramos, atravesamos el venado con una vara del mismo arce y lo pusimos al fuego. Luego colocamos varios asientos bordeando el tronco del árbol. Estábamos ya saboreando el asado cuando una avalancha de pájaros procedentes del Noreste comenzó a posarse sobre las ramas de los arces aledaños a nosotros. En principio, los confundí con águilas, pensamiento del cual desistí rápidamente debido a que las águilas son pésimas en vuelos a distancia. No pude ver cuántos de ellos defecaron al mismo tiempo, algo parecido a una sopa grisácea moteada de negro. De golpe, mi plato fue cubierto por una capa de excremento color ceniza que prácticamente desapareció las dos piezas de costillas asadas contenidas en el mismo. Mi furia llameó con más intensidad que la fogata del asado. Los intrusos voladores parecían venir de Boston, ciudad donde los ingleses tenían establecidas las tropas más aguerridas del general William Howe. Es inaceptable que esos ingleses hijos de la mala sal quieran tirarnos su mierda encima, no merecemos tal embarre. La cagada fue un presagio. Transcurridos cinco minutos del churrete uno de mis soldados apareció ante mí, alterado: "General, general, las tropas de Howe acaban de desembarcar en Kipps's Bay". Con garras y mando de comandante ofendido, ordené al general Israel Putnam y al capitán Thomas Knowlton agrupar a nuestros hombres e ir por los enemigos recién desembarcados en Kipp's Bay. Mi reacción encendió el ansia de victoria y motivó a mis hombres a aferrarse a sus monturas y a sus armas. Le encargué a Thomas Knowlton la comandancia del regimiento militar New England Rangers. Knewlton y sus hombres rastrearon las laderas boscosas de los ríos East y Harlem rumbo al bajo Manhattan. Yo permanecí en el sótano de la mansión diseñando estrategias por si los enemigos enviaban refuerzos. En menos de tres horas mis soldados peinaron el área completa y aplastaron a los enemigos en Hollow Way. Nuestro ejército obligó a las tropas británicas a retirarse. El enemigo tuvo que huir por la misma ruta que llegaron los pájaros a cagarnos. Fue una jornada fortalecedora para la continuación de la gesta liberadora. Desafortunadamente perdimos a nuestro héroe Knowlton».

—¿Eso lo escribió George Washington, doña Epi?

—¿Quién más pudo haber sido? ¿Piensas actuar como hombre de fe evanescente? Mira el original en inglés y compara la rúbrica con las otras páginas del diario.

—Una hazaña gloriosa, doña Epi, repuse devolviéndole la libreta.

—Lo será para los norteamericanos. Te mentí un poco, mi vista funciona bien todavía, es que la lectura de ese texto me desasosiega.
—¿Por qué?
—Te explico. Primero porque me resisto a aceptar que la única victoria de George Washington en New York la determinara una cagada de pájaros de procedencia indeterminada, y no la voluntad suya y de su ejército. Fíjate que él permaneció en el sótano planificando mientras sus soldados combatían. Un verdadero líder independentista debe comandar sus tropas, eso aprendí en mis clases de historia en la universidad. Claro, también aprendí que Washington nunca fue un gran estratega. De ello da cuenta uno de sus mejores colaboradores y miembro de su gabinete, Thomas Jefferson, quien afirmó: «a menudo Washington fracasaba en los encuentros a campo abierto». No obstante, reconocía el propio Jefferson, «sabía encender en sus hombres la llama del patriotismo y escuchar a sus generales de mando». Ahí radicó la clave del triunfo, afirman muchos historiadores. Y segundo, porque les tengo pánico a las aves cagonas, esa fobia me persigue desde mi niñez. A mi madre le complacía dormirme con el canturreo de Lala, Lelo y Lilo, tres periquitos australianos de lustroso plumaje azul, verde y amarillo, que penetraron una noche huracanada a la cocina de mi casa con tanta agilidad y elegancia que terminamos adoptándolos y queriéndolos más que a hijos adoptivos. Los muy graciosos se acomodaron a los mimos de mis viejos y vivieron diez años con nosotros sin darnos pausa. Al crecer simultáneamente con ellos mi madre me impuso la cochina tarea de limpiar diariamente sus caguetas, lo cual nubló mi pubertad a tal grado que en vez de oler a lila recién nacida o a jazmín campestre, esencias propias de esa etapa del desarrollo humano femenino, mi cuerpo desprendía un tufo a mierda de gallina con vigor para espantar a cualquiera que osase acercárseme a pocos metros de distancia.
—Cuánto lo siento. Cuénteme, doña Epi, ¿qué contienen las otras doce páginas del diario, dijo que son 30?

—Nada importante, algunos rayones propios de quien traza líneas incongruentes.
—¿Nada?
—Como lo oyes. Concluido el enfrentamiento en Hollow Way los ingleses repuntaron con energía brutal y obligaron a George Washington a atravesar el río Hudson rumbo a New Jersey. En New Jersey, Washington tampoco pudo repeler el ataque de Howe y huyó hacia las periferias del río Delaware, en Pennsylvania. Eso de alentador y gratificante, no tiene nada.
—Pero doña Epi, lo importante es el resultado. Los norteamericanos vencieron a los ingleses y lograron su independencia.
—Esa parte no la relata el diario. Tampoco incluye que el 10 de julio de 1790, siendo ya presidente de los Estados Unidos, George Washington retornó a la mansión a cenar con cuatro distinguidos miembros de su gabinete: Alexander Hamilton, John Adams, Thomas Jefferson y Henry Knox. Hoy día cuentan los guías del Morris-Jumel Mansion Museum a los turistas que la visitan, sobre la ingestión de cuatro litros de Vermú Cinzano degustados debajo del aún sobreviviente y majestuoso arce situado en el fondo del patio. Claro, la cagada de los pájaros no entra en el discurso de los guías.

49

La adversidad es la roca donde afilo mi espada.

La igualdad de oportunidad laboral pregonada por los norteamericanos es la montura donde cabalgan aquellos políticos y empresarios cuya meta fundamental es ofrecer ese sueño como la solución a las injusticias sociales. Ese recurso falaz, impuesto por creadores de leyes viciadas, tiende a deshacerse como pompa de jabón. Por eso, recibir la dirección del Centro, fuera merecedor o no de ella, provocaba en mí mucha ansiedad y dudas. Sentía en esa decisión millares de espinas ocultas requebrando mi tranquilidad cotidiana, no podía ocultarlo.

—Exageras, Armando. Sospecho que desde la obtención de tu maestría en Gerontología la administración del Centro ha estado considerando ascenderte —comentó Floralba al manifestarle mi preocupación.

—Me cuesta creerlo, porque siempre he tenido claro que no soy de los más apreciados por la Junta Administrativa —le contesté asomando mis labios a los suyos.

Efectivamente, pasada una semana de mi designación, revisé un fardo de documentos relacionados con el nuevo presupuesto, y todo me quedó claro: los recursos gestionados por Mr. Waldman fueron otorgados al Centro con una condición: que él se jubilara y su lugar fuera ocupado por una persona joven procedente de una comunidad minoritaria en crecimiento. Yo era joven y la dominicana era políticamente la comunidad que mejor respondía a esa exigencia.

El tono de la reunión con la Junta Administrativa me sugirió que el Centro sería un campo de batalla donde abundarían las adversidades. De repente pasó por mi memoria una frase de cuyo autor y lugar donde la leí no tengo ninguna idea: «La adversidad es la roca donde afilo mi espada». Y, efectivamente, así fue. Tuve que emplear semanas desenredando líos, principalmente el runruneo de que Claudio ya no se conformaba con sobarle las nalgas y darles *ñapas* a Marita y Fellita, sino que pretendía pescar a dos hijas de Fellita que la visitaban quincenalmente.

El chisme de Claudio era lo de menos, después de todo Marita y Fellita eran las internas más sanas emocionalmente, las únicas que repartían sonrisas no solicitadas por todos los rincones del Centro. Peor resultó ser el desfalcó detectado por Teódulo Jaramillo, nuestro contable, en el departamento de compras. Doscientos mil dólares habían volado de la cuenta bancaria de la institución, como avecillas errantes sin ruta conocida, a causa de compras de equipos médicos y materiales gastables con precios doblados y triplicados. Tres semanas permaneció el departamento de desfalcos y hurtos del FBI en nuestras oficinas revolviendo archivos, computadoras y libros de contabilidad. Finalmente, el responsable fue apresado y sometido a la justicia por desfalco. El resultado no pudo ser otro: el Happy Senior Center entró a la lista nefasta de instituciones corruptas. Debió transcurrir un lustro y gastar varios miles de dólares en pagos legales para recuperar la confianza tanto de la comunidad a la que sirve como de la agencia estatal otorgante de los fondos.

50
La buena lectura desoxida la ignorancia.

—Congratulaciones doña Epi por sus 85. Como no ignoro su adicción al bizcocho dominicano y a cualquier tipo de harina azucarada, aquí le traigo uno relleno de piña —dije acercándome a la enramada donde ella celebraba su natalicio tomando té con sus compañeros del Centro— con la condición de compartirlo con sus acompañantes. Su diabetes no soporta tanta azúcar, usted lo sabe.
—Estoy triplemente feliz, Armando.
—¡Triplemente! ¿Por qué?
—Primero por los 85, ¡Cuánto choclo hay que comer para verlos llegar, no! Segundo, por tu gesto maravilloso y azucarado. Y, tercero, mira este periódico. Ayer apresaron al asesino de Baby Hope. La noticia debe andar volando por todo New York.
—¿El asesino de quién?
—De Baby Hope. Lee aquí —dijo extendiéndome un Daily News—. Los moradores de Washington Heights de principios de los 90 saben bien lo ocurrido. ¿Vivías por estos predios en esa época?

La lectura me desoxidó la memoria. El periódico desplegaba a página completa la tragedia de una niña de cuatro años encontrada descompuesta dentro una nevera plástica azul en unos matorrales de la calle Dyckman esquina Henry Hudson Parkway, en Inwood Hill Park, 22 años atrás por un grupo de obreros de la construcción. Sentí espanto, indignación y alegría. La cabeza me dio varias vueltas tratando de reproducir el recipiente rescatado por la policía el verano de 1991 justo en el lugar donde tuve mi tercer encuentro con Dulce Soledad.

—Recuerdo perfectamente el suceso, fui testigo de la operación policial. No sabía que se llamaba Baby Hope.

—No se llamaba Baby Hope. El tercer párrafo del periódico explica que la policía decidió nombrarla Baby Hope (Niña Esperanza) ilusionada en que algún día encontrarían al asesino.

—Dame más detalles, en 1991 solamente me enteré de lo divulgado en la prensa y de lo comentado por la gente del vecindario —repuso doña Epi.

—Me separaban pocos metros de la hielera azul, vi a los policías del cuartel 34 sacándola del monte.

—¿Qué hacías ahí, muchacho?

—Estaba con Dulce Soledad, una chilena que casi fue mi novia.

—No me hagas reír. Desde cuándo existe el casi noviazgo. O eres novio completo o no eres. Imagínate a Epifania Nieto en sus años primaverales, ataviada con un sombrero mexicano, un abanico plegable madrileño, unos pendientes de perlas londinenses y un vestido corto bien entallado, desandado las calles de New York, París o Londres prendida de los brazos de un casi hombre. ¡Buen papelazo habría hecho!

—Ocasionalmente Dulce Soledad entra en mi memoria.

—Grave error, Armando. Si el presente te ha gratificado con agua cristalina abundante para saciar tu sed, con un manantial límpido como Floralba, ¿qué diablos buscas acochinando tu mente con fango del pasado?

—A veces es complicado sacar a alguien de nuestra memoria. Hay personas que se siembran en uno como lapas, como raíz de pino a la tierra.

—Ay, Armando, eres un excelente director del Centro, un hombre jovial, pero en asuntos de amor te sobra inocencia.

—¿O me falta astucia?

—Igual da. Continuemos con Baby Hope. Según el periódico la Asociación de Policías del precinto 34 asumió los gastos de su enterramiento en el cementerio Saint Raymond en julio de 1993.

—¿En 1993?

—Sí, en 1993. El penúltimo párrafo cuenta que la mantuvieron dos años refrigerada, esperando a que apareciera el asesino. Lo insólito y doblemente repugnante es que el matador era tío de ella. Si Pancho Villa viviera quién sabe adónde estarían las bolas de ese degenerado. Me pincha al alma que esa basura sea mi paisano.

—Nada, doña Epi, recemos por su descanso. La justicia se encargará de ese criminal.

—Seguro que rezaré. Ahorita su tumba debe estar rodeada por visitantes. La Asociación de policías patrocinadora de su sepelio acaba de estampar su nombre en la lápida: Angélica Castillo. Me gustaría llevarle flores.

—Me parece bien, seré su acompañante. Afine el violín, a Baby Hope no le sentará mal una interpretación suya.

—*Sonata 6*, de Niccolò Paganini. No, mejor *La Campanela,* del mismo compositor. Es más alegre. No es recomendable darle a un muerto más tristeza de la que ya tiene.

51

Los acantilados ojos de mi suegra tienen color de necedad eterna.

Viernes Santo, 2011. El cielo amaneció barnizado de nubes sucias y espigadas, condición atmosférica que, analizada por un meteorólogo novato, podría resultar en lluvia inminente, neblina y escasa visibilidad. Ese Viernes Santo fue un verdadero rompecabezas. Al mediodía apareció mi suegra, sin previo aviso, inyectándole a nuestra sala un ambiente plomizo. Mi suegra no era una visitante asidua a nuestro hogar, pero cuando lo hacía actuaba como dueña de mansión veraniega con título de propiedad. En parte la culpa la tuvimos Floralba y yo, por haberle provisto de una llave de la puerta frontal. Escasas veces sentíamos su llegada, por lo general olíamos su presencia tardíamente. Su delator era la pesadumbre que traía consigo, con entereza para adherirse a las paredes, al techo, al piso y a las sábanas. Nunca entendí por qué con su cercanía mis nervios adquirían sabor de hielo derretido.

En nuestras reuniones familiares trimestrales mi concuñado Pedro Alberto me apartaba a un lugar solitario de la casa anfitriona y deshuesaba a la suegra, a la suegra de ambos. «Cuestiono seriamente a los biólogos que asocian la longevidad y el comportamiento de cada individuo a la genética. En ese sentido, mi suegra es un timo desproporcionado. Le falta cordura, es contradictoria y pendenciera meticulosa. A mi mujer le hierve el hígado que llame pendenciera a su madre. "Tienes razón, mi amor, lo es, pero ¿te cuesta mucho hacerte el loco?"», me reclama.

Yo me limitaba a escucharlo apegado a mi derecho a permanecer en silencio. Pedro Alberto tomaba pausas cortas, rellenaba sus pulmones de aire nuevo, comprobaba que nadie nos espiaba ni oía sus lamentos, y continuaba:

«Me repugna ver a esa vieja respingona, con figura de hojalata magullada y pupilas de huevos fritos en aceite rancio, metiéndose en todo. Mi *venerada* suegra es como los miércoles, como la incisiva *í* del sustantivo río: siempre está en medio de todo, parece un resorte de presión torpemente disparado. Tragarla es lo menos, también me toca fingirle aprecio. En eso me ayuda el disimulo, ese recurso de ocultamiento que bien administrado surte efectos insospechados».

La dicha, o la infalibilidad del azar sustentada por Maurice Joly en su *Arte de medrar*, protegían a mi suegra de un posible despecho mío. Usualmente privilegié no tocar su sensibilidad ni con el filo de un cristal embotado. En ese sentido, tres fuerzas poderosas obraban conjuntamente a su favor: mi respeto a las decisiones ajenas, mi apego a la ética profesional y mi decisión de jamás disgustar a Floralba (hacerlo era traicionar mi amor por ella, por Malaquías y por Brisaida). Antes de conocer a Floralba en mis recuerdos subsistían boronas de un pasado que no pretendía revivir: la inesperada partida de Granmadre y la vida estropajosa de mi madre. De ahí que en cuanto ella apareció en mi vida blanqueó esas rendijas turbias de mi ayer aliviando sustancialmente mis pesares. Es una cochinada olvidar a quien con su generosidad nos beneficia. Sé perfectamente que la *suegrofobia* es un mal doblemente demoledor, porque obliga al que la practica a evadir las constantes embestidas de la esposa y los esporádicos cuchicheos de la suegra.

En lugar de proferir improperios que vulnerasen su sosiego un día tan sagrado como el Viernes Santo, opté por escribirle un poema. Mi incertidumbre de que resultara un texto insípido y dejara al descubierto mi flojera como escritor aficionado, la apaciguaban mis conocimientos sobre poesía adquiridos de Granmadre: «un desliz lírico lo tiene cualquiera y puede, incluso, generar un buen poema», aseguraba ella. He aquí el poema dedicado a mi suegra:

Los acantilados ojos de mi suegra

En los acantilados ojos de mi suegra
los mares bravíos nutren su acicalada
                              inocencia.
Sus miradas, intensas cual viento huracanado,
portan un dejo cortante que crece contra el
                              tiempo.

En ellos confluyen madejas inmensas
matizadas de grises
donde reposan sigilosamente
 el misterio y la intuición.

Lo divino, lo magnético, lo sigiloso
brota constantemente de sus córneas
como centellas espumantes
edificando lo impredecible.

Los acantilados ojos de mi suegra
hablan sin pedírselo, pueden extenderse
con propiedad de campana misionera
y superar el alcance de cualquier veleta
                              ateniense
incluso, pueden desviar
las terribles ráfagas nocturnas
que azotan sin piedad la torre de los vientos.

Los acantilados ojos de mi suegra
suelen salirse de sus cuencas
y posarse en lugares inhóspitos
donde nadie pernocta
solo para avizorar simplezas
que ni el olfato agudo de otros detectan.

Los acantilados ojos de mi suegra
han sido hechos para la necedad eterna.

Cuando muera… ¿cuándo será?

　　　　los acantilados ojos de mi suegra
　　　　　　　　　　　　　　permanecerán
　　　　tan abiertos, activos y escrutadores
　　　　que ni siquiera los dedos exorcizantes
　　　　　　　　　　　　　　de los curas
　　　　ni las ráfagas depredadoras de los vientos
　　　　　　　　　　　　　　alisios
　　　　podrán cerrarlos.

　　Se lo entregué en un sobre lacrado. Jamás nos visitó otra vez. Volví a verla en la funeraria, donde la encontré tendida dentro de un ataúd verdoso envelada como Santa Teresa de Jesús. Una brechita entre sus párpados delataba la vivacidad de sus córneas.

52

*Te estoy exonerando de algunas
de las patrañas inscritas en tu hoja de vida.*

Casi verano, 2013. Los ilusos son carnadas de la fantasía, porque instarme a que suspenda mis viajes a la República Dominicana, no difiere mucho de despojar a un mar embravecido de la prestancia de su oleaje. Aunque esta vez no fui a vacacionar, sino forzado por la muerte de mi padre. No estaba emocionalmente preparado para su deceso sobre todo porque, en nuestra comunicación telefónica semanal, no percibí ningún signo que anunciara su final. Me disgustó bastante no haberme enterado, antes de presentarme a la funeraria, del dictamen de desahucio emitido por los médicos un semestre atrás. «Había dejado de tomar las pastillas contra el colesterol, la hipertensión, el vértigo y la artritis», me comentó Lorencito.

La muerte, aparte de liberar al enfermo del dolor físico y del sufrimiento, facilita el encuentro con familiares y con amigos distanciados. No es mi caso particular, me comunico frecuentemente con Lorencito y Celeste y en Navidad le envío presentes a Martita. «Mandar dinero y cajas repletas de ropas y alimentos a familiares y amigos en nuestros países de origen, es un arma de múltiples filos». Me autocensuro cuando voy a una agencia de envíos a cumplir con un deber que yo mismo me impuse.

Ver a mi padre tendido en el ataúd, brilloso por el maquillaje y con los labios blancuzcos como residuos de lava volcánica, casi me demuele. Su muerte me produjo un doble sentimiento: el de su partida definitiva y el del hijo que nunca pudo cuestionarle nada.

Durante el vuelo New York-Santo Domingo estuve más enfocado en redactar un párrafo de despedida, que en los tres sobrecitos de Advil PM depositados por Floralba en el bolsillo interior de mi chaqueta. Originalmente pensé escribir un panegírico, pero cambié de plan debido a que el panegírico es un documento destinado a exaltar las virtudes del muerto, y debe leerse delante de este y de los concurrentes a su funeral o enterramiento. Y no pensaba hacer ni una cosa ni la otra.

Cuando me situé frente al ataúd, a las 9:30 de la noche, en la sala de velación quedábamos su cadáver y yo solamente. «Padre», comencé a leer tras extraer el texto de mi billetera:

> Fruto de una debilidad vaginal que mi abuela nunca pudo explicar certeramente. Consejero espiritual con virtudes obtusas. Viudo de una mujer híbrida con habilidades excepcionales. Esclavo de muertos por designio del destino. No vengo a reclamarte nada. Cuando lo hice en el pasado siempre respondiste: «Los decires de los adultos son como las sentencias bíblicas: infalibles». Espero no desalentar a Facundo Cabral por servirme de sus versos: «A veces yo me pregunto quién es más ladrón, hermano, si los que roban un banco o aquellos que lo fundaron». Yo tampoco sé la diferencia entre morir carcomido por la ingestión de porquerías alucinógenas, como ocurrió con mi madre, y comerciar con ellas, como lo hiciste tú. Aprovecha mi benevolencia, te estoy exonerando de otras patrañas inscritas en tu hoja de vida. Si te pongo en una balanza junto con mi madre, tal vez me quede con ella. Pude haberte enjuiciado en vida, pues conozco íntegramente el trayecto del túnel que transitaste y las zonas tétricas de él donde estuviste atrapado, ahogándote. Tampoco me aprovecho de que no puedas replicarme. Entiendo que, a diferencia de Molière, no haces el papel de muerto. Estás muerto de verdad, lo cual hace inevitables las quebraduras de mi alma. Pero mi comunión contigo tiene otra dimensión, quiebra la lógica más elemental, trasciende la simple radiografía de la existencia, porque quien asume el rol de buen hijo tiende a cubrirse el rostro, a no percibir los desaciertos de sus padres. Me satisface

haber cumplido con lo que entendí me correspondía: ocuparme de quien, pese a su miopía para separar lo ilusorio de lo real, y de su indiferencia a las refracciones de los espejos, fue mi bastón. Si al sumarte al mundo de los ausentes terrenales, sientes que la paz te acompaña, disfrútala.

Sin duda, cada dolor tiene un antídoto. El mío lo calmó la nobleza de Bernardo:

—Armando, en mi terreno en *Parque del Prado* caben dos difuntos. Quiero que Viterbo sea mi compañero de tumba —me había manifestado minutos después de mi llegada a Santo Domingo.

—Cumplida será tu voluntad, Bernardo. Celebro la grandeza de tu solidaridad.

Por haber desaparecido en República Dominicana la costumbre de rezar los nueve días posteriores al entierro de un difunto, mi estadía allí no superó una semana.

De vuelta a New York, en el aeropuerto John F. Kennedy fui multado con cien dólares: el inspector de aduanas que me tocó consideró como un atentado a la higiene nacional de los estadounidenses dos aguacates que traía en mi maleta. «Me alegro de que te haya pasado, Armando, entrando aguacates ilegales a una ciudad donde venden los mejores aguacates del mundo. ¿Qué otra variedad de aguacate supera en sabor y suavidad a un Hass mexicano, los reyes del guacamol?, y New York está saturado de ellos».

—Tantos problemas de miseria, de asistencia social y de injerencia en la política exterior que deben resolver los gringos y los inspectores de las aduanas centran su atención en dos endebles aguacates —le dije en español al inspector.

—*I do not understand what you're trying to say. A hundred dollars.*

Ninguna explicación dobló al inspector. ¡Puta madre! Cien dólares por dos aguacates que posiblemente el inspector se embuchó.

En el Centro encontré sobre mi escritorio un paquete envuelto en periódicos viejos. Tenía forma y tamaño de una caja de zapatos y encima de él, formando una cruz, el violín de doña Epi. Ganado por un sobresalto sofocante despojé la caja de la envoltura que la cubría. «Nadie preservará mejor que tú, Armando, este tesoro. He aquí el diario que bien conoces. En cuanto al violín, entrégaselo a Floralba de mi parte. Sé que ella lo cuidará tanto como yo», rezaba la nota manuscrita de doña Epi. Reaccioné como cualquier otro lo habría hecho en circunstancia similar: corrí a su habitación. «La sepultamos ayer en Saint Raymond» dijo Fellita al verme. «Al otro día de usted haberse ido a República Dominicana, doña Epi cayó próximo a un banco del patio y no se levantó más. Balbuceó una decena de palabras: Armando…Armando. Los médicos aparecieron tarde a socorrerla. Pocas horas antes de morir me había pedido que la acompañara a llevarle una caja vieja y su violín a la secretaria suya. Mr. Wilde estaba allí y fue testigo de la entrega».

Sentí mi pecho abrirse como huerto batatero anunciando el brote de una cosecha triunfal.

Antes de ingresar a la oficina administrativa fui a la mía a soltar algunas lágrimas en soledad. Los hombres preferimos llorar donde nadie nos vea quizás porque no les hemos dado créditos a estos versos: «los hombres lloran como las mujeres / porque tienen, como ellas, débil el ama». De vuelta a mi oficina encontré a Claudio en un pasillo, quien convencido de que la noticia me había desquiciado, pronunció un tímido «lo siento, Mr. Guerra».

—Por qué no me lo informaron. Tenemos teléfono, correos electrónicos y redes sociales —le reproché a nuestra secretaria.

—Lo sé, y me disculpo Sr. Guerra, no quise causarle un doble dolor.

A la hora del almuerzo abordé un taxi rumbo al Saint Raymond, azuzado por tres motivos: Granmadre, doña Epi y Baby Hope.

53

*Andar con un libro debajo de los brazos
es un hábito edificante.*

Sea por curiosidad, o por meras ganas de joder, hace tiempo que debí haberle requerido a mi médico un examen de mis papilas gustativas ya que mi adicción al salmón crece linealmente. Igual me da que sea noruego, canadiense o alaskeño. Tan adicto soy a dicho pescado que, a falta del proveniente de los mares de los países ante señalados, me atrevo a cometer el sacrilegio de consumir la especie criada en piscifactorías, cuyas propiedades alimenticias gozan de bastante desprestigio. Del filete de salmón me atrae su color, su sabor y su textura; del pez en sí, la altivez de su nado y sus maniobras en las profundidades de las aguas persiguiendo sardinas, boquerones, crustáceos y cefalópodos. Los restaurantes con fama de prepararlo bien tienen en mí un cliente asegurado.

En Mariscos Center, en las entrañas de Washington Heights, he degustado el salmón en todas las formas que ellos lo preparan. El más suculento lo comí en la agonía de mayo de 2010. Tan satisfechos y alegres celebraron mi paladar y mis tripas, que esa noche olvidé allí *El viejo y el mar*. Mi primo Adalberto lo ve como una manía que debo superar, yo no. Sostengo que andar con un libro debajo de los brazos es un hábito digno de aplaudirse, una acción gracias a la cual puedo hacer algo útil durante los minutos que me roban los semáforos, las filas en los bancos y la espera en la barbería. El aburrimiento de los viajes en trenes y autobuses e incluso las conversaciones de personas a quienes uno no desea ni le interesa escuchar pueden combatirse con un buen libro. «Dado que *El viejo y el mar* data de 1952, usted ha llegado tarde a él», me regañó el propietario de una librería neoyorquina en el 2009 al comprar un ejemplar tapa blanda tricolor publicado por Grupo Editorial

Tomo en el 2005. Tuve la intención de responderle: «Su preocupación nace del atrevimiento y de la ignorancia, señor, he leído *El viejo y el mar* no menos de quince veces: en escuelas, en parques públicos, en aviones, en la internet. Súmele también que no entro a un restaurante sin su compañía, me vale como disipador del tiempo de espera de la comida, sobre todo si pienso comer salmón». Ningún argumento me serviría de nada, deduje, y dejé al librero esperando mi respuesta. Algo raro me ocurre con *El viejo y el mar*. Desde mi primer encuentro con ese librito advertí que la lucha infatigable del viejo Santiago no es contra un tiburón, sino contra un salmón gigante. A propósito de tiburón, en 1997, luego de una cerrada contienda ajedrecística en la que un novato del club donde yo jugaba los fines de semana estuvo a escasos movimientos de vencerme, fui a un cine del bajo Manhattan a ver la película *Jaws*. Como nunca he sido cinéfilo, salí de allí hambriento de compartir con Granmadre mi parecer sobre el film dirigido por Steven Spielberg, especialmente lo relativo a la supuesta originalidad que le atribuía la crítica.

—Podrá parecerte original, hijo. Yo creo lo contrario.

«La misma vaina que con Felipe Alfau, no pego una con la Granmadre literaria», pensé.

—¿Por qué?

—Es asunto de percepción, Peter Benchley es un copión de Ernest Hemingway. Conoces bien *El viejo y el mar*, no te dejes engatusar. Lo que te suena original en Benchley, sin duda alguna, viene de Hemingway.

Fue fácil recuperar el libro dejado en Mariscos Center. Claudio me pidió que lo acompañara personalmente a la Oficina del Seguro Social, a completar dos formularios que por no haber respondido a tiempo estaban peligrando la continuidad de su cheque mensual.

—Ahí hablan puro inglés y usted sabe que esa lengua y yo tenemos serios problemas —fue la excusa de Claudio.

—Está bien —asentí advirtiéndole que me urgía hacer una parada en Mariscos Center a recoger un libro.

El libro estaba en el mismo lugar donde lo había dejado la camarera al concluir su turno, ligeramente salpicado por chispas de aceite emergidas de las estufas cercanas a él. De haber sido una cartera, ¡uy! no la habría encontrado. Otro aspecto positivo de los libros es que incitan poco al hurto, a menos que quien encuentre uno abandonado sea un ratón de biblioteca o un lector insaciable.

Ir a una oficina del Seguro Social en New York es una tortura que amplifica los malestares del cuerpo. A esos lugares acuden centenares de personas jubiladas, con asignaciones económicas irrisorias, ancianos cuyas vestimentas descuidadas y torceduras corporales denotan su inocultable mendicidad.

El departamento de reclamos estaba en el tercer piso y nadie tenía acceso al mismo si no respondía una caterva de preguntas al guardia de seguridad. Después de este rascarse la panza como un cerdo, de contestar el teléfono cinco veces e ingerir tres sorbos de una sustancia parecida a jugo de naranja y avena, cedió: «El ascensor no funciona deben usar las escaleras, vayan directamente a la sala B».

En la sala B conté 30 asientos, 20 de ellos ocupados por ancianos y 10 por sus bastones. En una esquina había numerosos andadores y sillas de ruedas. Agotados 90 minutos de espera, nos recibió un gordiflón malhumorado, uno de esos individuos que trabajan porque de no hacerlo su subsistencia quedaría sujeta a los designios del azar. Le tomó 80 segundos despacharnos. «Esta sucursal no maneja su caso, vaya a esta oficina, está cerca de aquí», concluyó entregándole a Claudio un papel con una dirección.

El ambiente del lugar al que fuimos referidos era peor. Además del departamento de Seguro Social, en ese edificio operaba una sede de cupones de alimentos a personas de recursos exiguos: *Social Security Administration and Food Stamps Office*, rezaba el letrero de bienvenida. Deduje que la espera sería larga puesto que las oficinas de cupones de alimentos siempre están minadas de ancianos e inválidos y de personas jóvenes sanas a quienes ni los mismos entrevistadores de esa dependencia gubernamental saben por qué les otorgan cupones. *El viejo y el mar,* se encargaría hacer menos tediosa la espera, pensé.

—Me lavo y relavo la memoria con las lágrimas de la virgen del estiércol —exclamé al abrir mi maletín.

—¿Qué pasa, Sr. Guerra? —inquirió Claudio espantado por mi reacción y mi vocabulario desentonado.

—Dejé el libro en la sala de espera del Seguro Social.

—¿El mismo que buscamos en el restaurante?

—El mismo, Claudio. Tendré que confesarme con la virgen de la buena memoria.

—¿De dónde sacó usted esa virgen, señor Guerra?

—Del mismo santoral donde encontré a la virgen del estiércol. Iré por el libro, nuestro turno llegará en dos horas.

—Bien.

Aunque menos fastidioso que al principio, el guardia de seguridad no me permitió subir hasta que su voluntad lo decidió. «No hay dolor sin calmante que lo alivie, profesaba mi abuela», porque al asomarme a la sala B avisté a una señora con fragancia de septuagenaria leyendo mi ejemplar de *El viejo y el mar*. Todo el malestar que pudo haberme causado la irracionalidad del guardia, aminoró.

—Señora, gracias por guardarme el libro —le dije extendiendo mi mano derecha.

Al girar hacia mí noté en ella una actitud de «señor no me interrumpa», y siguió concentrada en la lectura.

—Señora, no dispongo de mucho tiempo, vine a buscar el libro, lo olvidé donde mismo usted está sentada.

—Ciertamente aquí lo encontré, joven. ¿Cómo sé que es suyo?

—Fácil, en su interior hay una tarjeta con mi nombre «Armando Guerra», y el lugar donde trabajo «Happy Senior Center».

—Aquí está la tarjeta —respondió tras haber hojeado las páginas intermedias del pequeño volumen—. Eso no me dice nada. La tarjeta podría pertenecer a cualquier otra persona.

—¿Y la fotografía de mi hija que está junta a los párrafos marcados con lápiz amarillo, no le dice nada?
—La fotografía tampoco aclara nada, no conozco a su hija personalmente. En cuanto a las marcas, muy mal de su parte, los libros no deben rayarse. Nada de lo dicho por usted establece que sea suyo.

Al verse acorralada por mis argumentos, remachó.

—Suponiendo que el libro le pertenezca, no puedo ni quiero devolverlo.

—¿Por qué?

—Porque en este preciso instante Santiago está enfrentado a una enorme manada de tiburones empeñada en devorar el pez que con extremo sacrificio ha atrapado. Me interesa saber cuál será el destino final del viejo.

—A él no le sucede nada grave, señora.

—De eso tengo que convencerme yo misma.

—Avisaré al guardia de seguridad.

—No malgaste su tiempo, amigo. Los guardias de seguridad son vagos, torpes, enemigos del papel impreso. A la mayoría de ellos hay que atarlos a los postes del tendido eléctrico para que lean dos líneas de un periódico. Imagínese usted cuánto podría interesarles el destino de un libro.

Concluidas sus observaciones, la señora abandonó el asiento, ingreso al área de la escalera, bajó por ella con una rapidez que probablemente en mis años mozos yo no hubiera igualado, y desapareció.

Con escasísimas excepciones, las calles del Bronx replican los escombros de las siete maravillas del mundo antiguo. Mi primo Heriberto, experto en la promoción de su propia intelectualidad, las compara con fotografías desenfocadas de un inmenso paisaje agreste marchito por la violencia y la insensatez de sus usuarios. Transitarlas a las tres de la tarde, es una fatalidad: los estudiantes de las escuelas públicas, armados con malicia de adolescentes disfuncionales, repodridos por no haber aprendido absolutamente nada durante todo el día y evidenciando que la educación familiar no ha visitado sus hogares, las invaden como caballos desbocados, chillando a ritmo de sinfonía despeinada.

Tal era el ambiente callejero que me recibió afuera, en mi intento de seguirle el rastro a la ladrona de mi ejemplar de *El viejo y el mar*. Dos adolescentes con caras de quinceañeros, más tatuados que dos pasaportes cancelados por el exceso de matasellos, golpeaban severamente a uno que aparentaba tener catorce. La golpiza la motivó una promesa sexual incumplida. Resulta que una compañera de clase de ellos después de citarse con los tres en su propio apartamento solamente tuvo sexo con el más joven, dejando los dos restantes con las mechas encendidas. Mi intervención oportuna evitó que el golpeado sufriera daños mayores. Por asunto de compasión elemental solicité una ambulancia al 911, la cual arribó acompañada de una patrulla policial. Obviamente me tocó responder varias preguntas a los policías y a los paramédicos. El golpeado, como suele ocurrir siempre, descargó toda la culpa sobre sus verdugos y resumió los hechos a su manera: «Llegamos al apartamento, ella puso un vídeo pornográfico en el televisor, requirió que nos desnudáramos, miró al centro medio de nuestros cuerpos, caminó rumbo a la puerta del baño y desde allí, con un ligero movimiento de cabeza, me indicó que la siguiera. Al ellos estar entretenidos con el vídeo, no notaron mi ausencia. Salimos del baño faltando cinco minutos para el regreso de sus padres», le contó a la policía.

Entre ahuyentar al par de abusadores, llamar la ambulancia, esperar por ella y dar declaraciones a la policía transcurrieron dos horas. A mi regreso a la *Social Security Administration and Food Stamps Office,* Claudio ya no estaba.

Una llamada telefónica al Centro me devolvió la tranquilidad y el alma a su sitio, Claudio había regresado. De paso mi asistente me informó que un hombre de mediana edad, parcialmente cubierto con gafas oscuras y con sombrero de *sheriff* campestre, aguardaba por mí. «Hoy no volveré al Centro, dile que regrese otro día». «Ayer, al momento del cierre de la oficina, vino el mismo hombre», observó ella.

54

La ignorancia intencional no es provechosa, quien la practica termina desnudado por la mentira que la alienta.

En ocasiones abrazamos costumbres ajenas a las nuestras porque otros nos las echan encima. Eso exactamente ocurrió conmigo con la celebración del 5 de mayo. Tres amigos mexicanos, responsables de mi incursión en el juego de tenis a principios de los 90, me hicieron fanático de dicha festividad. Desde entonces acudo a los desfiles organizados por los mexicanos en dicha fecha en Queens, Manhattan, Long Island y otros poblados neoyorquinos. Del trío de colegas del tenis, a Erick y a Oscar les perdí el rastro hace una década. Con Francis comparto algunos raquetazos en la primavera y en el verano a un costo amargo, por desdicha. Jugar con él es desafinar mi paciencia. Me desquicia su manera de ejecutar el saque, particularmente el del lado derecho de la cancha: revuelve y revuelve la bola en la palma de la mano izquierda, con el brazo en alto, tratando de colocarla en una posición que le satisfaga totalmente. Cuando logra que la marca y el número de la pelota apunten directamente al cielo, clava su vista en la costura blanca de ésta, repliega los labios como si contara cada pelusa de la felpa, deja escapar un gesto malicioso con el que persigue adivinar cuánto se devaluará la pelota al golpearla y, finalmente, la lanza al aire, con tanta flojera que no supera un octavo milla por hora. Mis refunfuños y quejas constantes redujeron considerablemente la morisqueta introductoria al saque. Pero nada cambió, como pensé que sucedería. Su nueva modalidad es peor: cada cinco minutos detiene el juego, mete su mano derecha por el vientre y del fondo de las verijas, saca un cepillo dental delgadito y se acicala las barbas por treinta segundos. Concluido el acicalamiento, suelta una sonrisita de dandi emperifollado, esperando aprobación. ¿Habrá alguien más culpable que yo en este caso?, pues con lo mal que juega todavía sigo aceptando sus invitaciones a la cancha de tenis. Floralba me ha sugerido que no le haga más coro.

En mi adolescencia mi interés por la festividad del 5 de mayo no se reducía a ver la gran variedad de trajes típicos exhibidos en los desfiles, tampoco a embucharme con los tacos, molletes, guacamoles, pico de gallo o huevos endiablados servidos por los festejantes por toneladas. Mi mayor motivación era gratificar a mi libido con la cantera de muchachas tanto mexicanas como de otras nacionalidades que nublaban las calles neoyorquinas, exhibiendo la geometría singular de sus caderas resbalosas por los efectos del sudor.

Yo, como uno más de los tantos copiones que pueblan el universo, introduje la celebración del 5 de mayo en el Happy Senior Center en el 2007, con un objetivo distinto al que motivó esa festividad. Lo hice alentado por el entusiasmo que doña Epi imprimía a los asuntos artísticos y culturales. Sin embargo, contrario a mis expectativas, nunca encontré en ella una socia real. Para doña Epi el 5 de mayo, al menos en los Estados Unidos, era una festividad patriótica trastornadora de la historia mexicana. Su primera colaboración la logré a finales de abril del 2009.

—Doña Epi, el martes venidero es 5 de mayo, aniversario de la independencia mexicana, ¿quiere festejar ese día con nosotros? —le propuse creyendo que la haría saltar de alegría.

—Ay…, Armando —respondió ella con desilusión— la historia universal tiene en ti a un enemigo potencial. ¿Desde cuándo la independencia mexicana es el 5 de mayo?

—Que yo sepa, desde siempre.

—Y que yo sepa, desde nunca. El 5 de mayo los mexicanos desenfocados recuerdan la batalla de Puebla, un combate librado por los poblanos de Zacapoaxtla en 1862 contra el ejército francés de Napoleón III. La lucha del pueblo mexicano por su independencia comenzó el 16 de septiembre de 1810 y terminó el 27 de septiembre de 1821. El cura Miguel Hidalgo fue el inspirador del levantamiento.

—Mis amigos mexicanos no me contaron así lo del 5 de mayo.

—Hay un largo trecho entre la historia oral y la escrita; entre la real y la ficticia. Fueron los mexicanos asentados en los territorios usurpados por los Estados Unidos a México en 1848, que, por nostalgia y sentimientos patrióticos, inventaron esa celebración. El asunto es más complejo de cómo nos lo presentan. Me sumo a tu festejo con una condición.

—¿Cuál?

—Que aceptes como regalo un manual de historia patria mexicana, porque sueno ridícula haciendo el papel de maestrita de escuela primaria voluntaria.

—Acepto, doña Epi.

Ansioso de que todo saliera conforme con lo previsto, accedí a recibir el manual, sabiendo que asumía un nuevo compromiso: aprender historia mexicana. Desde entonces, doña Epi no faltó a nuestra fiesta del 5 de mayo. Por gratitud a ese gesto suyo me pareció prudente dedicar a su memoria el primer 5 de mayo posterior a su muerte.

Estaba atareado con los aprestos de la velada cuando Mr. Wilde entró a mi oficina, con una carpeta parda.

—Sr. Guerra, soy portador de una noticia de su interés. Hablé con un cliente de mi tienda acerca del violín que fuera de doña Epi, ofrece una suma atractiva por él.

—No será posible, fue su regalo a mi esposa.

—¡Tres mil dólares! Él está dispuesto a pagar tres mil dólares. La cantidad es tentadora.

—Un obsequio procedente de alguien como doña Epi no tiene valor metálico, Mr. Wilde.

—Sr. Guerra, no nos alimentamos con frutos engendrados por el espíritu, los dólares nunca sobran.

—De que nunca sobran estoy convencido, pero el violín no será la vía mediante la cual conseguiré dólares. Deshacerme de él podría enfermar los sentimientos de Floralba.

—Piénselo bien, regresaré luego por si cambia de parecer —concluyó Mr. Wilde saliendo de mi oficina a paso de rodillo dúplex.

Colijo que no pasaron diez minutos para que Mr. Wilde volviera a visitarme. Traía la misma carpeta parda. Esta vez inició la conversación sin preámbulo.

—Sr. Guerra, entiendo perfectamente su apego al violín.

—Lo siento, ya le expliqué...

—Nada que sentir, comprendo. ¿Y el diario, podemos subastarlo?

—¿Cuál diario?

—El que dejó doña Epi junto con el violín. No es un documento de gran valía monetaria, por su probable falsedad, podemos conseguir una partida aceptable por él, ofertándolo como un calco realizado por un buen transcriptor de George Washington.

—¿A qué se refiere?

—La ignorancia intencional no es provechosa, Sr. Guerra, quien la practica generalmente termina desnudado por la mentira que la alienta. Lea esta nota —demandó entregándome la carpeta parda.

Si la muerte me sorprende sin haber dado mi violín a Floralba, y el diario de George Washington a Armando, quien encuentre esta nota, por favor, encárguese de hacer cumplir mi deseo. Epifania Nieto.

Para ahorrarse ser cuestionado sobre la procedencia de la nota, Mr. Wilde adelantó:

—Nuestro personal de limpieza la encontró debajo de la almohada de doña Epi. La entrega de ambas propiedades a nuestra secretaria, con la encomienda de que las dejaran sobre su escritorio, fue hecha por la propia Epifania en presencia mía.

—Si no le importa, Mr. Wilde, hay dos internos esperando afuera interesados en conversar conmigo.

—De acuerdo, continuaremos la conversación, que le aproveche el resto del café.

Tres días después recibí esta circular:

Circular interna

Número: 44/14
Fecha: 8 de mayo
De: La Junta Directiva
A: El personal del Happy Senior Center
Asunto: Donaciones al Centro

El artículo 7 de nuestros estatutos constitutivos, en su acápite 2, establece que cualquier propiedad física o documento donado al personal del Happy Senior Center por internos, por familiares de estos o por amigos del Centro, es propiedad exclusiva de la institución y debe ser depositado en nuestros almacenes o archivos.

  Respetuosamente,
  La Directiva

55

No lo afirmo yo, sino la Santa Sede,
los curas chupadores de vino son excelentes confesores.

«Sería interesante saber a quién dotó Dios de sabiduría extra para que inventara el vino. A los herederos de ese personaje genial la Sociedad Protectora del Placer Eterno debería erigirles estatuas de bronce en los parques de sus ciudades natales, empotradas en barricas de roble. No lo afirmo yo, soy un profano en materia religiosa, es la Santa Sede, quien soterradamente ha reconocido que los curas chupadores de vino son excelentes confesores. Ellos interactúan sin dificultad con el Todopoderoso, e imponen penitencias menores a los pecadores», concluyó Mr. Wilde rozando sus labios con una copa rebosada de *Viña Ardanza Reserva*.

Llevábamos un cuarto de hora sentados en Inwood Cuisine, tratando de repeler los murmullos de la gente apiñada en el comedero. La pareja sentada a nuestro lado era un retrato perfecto de disparidad. Él, de contextura física de caña de pescar; ella, alta y cuadrada como un refrigerador Nedoca, dialogaban a la manera de socios de empresas que no aciertan a concordar pareceres. Eso me hizo inadvertir el ceremonial preliminar a la ingestión de vino de Mr. Wilde.

—Que yo haya venido sin acompañantes a reunirme con usted, Sr. Guerra, no importa. Este almuerzo es cortesía de la Junta Administrativa completa por su acertada dirección del Centro. Fíjese: estamos en el mismo restaurante donde le anunciamos su ascenso a director.

—Gracias, Mr. Wilde, extensivas al resto de la Junta.

—Tu mal radica en pretender que las tuyas sean las únicas razones válidas. Si hubieras escuchado mis sugerencias, puedes dar por sentado que no estuviéramos desandando calles buscando algo que no sabemos dónde está. —Escuché a la mujer decirle a su acompañante mientras *El cóndor pasa,* sonaba por tercera vez consecutiva a solicitud de un dadivoso borrachón centroamericano estacionado en el bar del Inwood Cuisine—.

Ignorando el reclamo de su interlocutora, el reprendido tomó del plato tres canelones rellenos y comenzó a masticarlos con desgano.

—No es igual sembrar legumbres en terreno húmedo que nísperos en un desierto —respondió él sin alborotarse.

—Quizás los chinos podrían ayudarnos —planteó ella ligeramente animada.

—¿A qué?

—A contarle las capas a la luna, o las piedras que le quedan a su muralla.

Esa conversación obtusa de la pareja, aparte de sonarme absurda, me instó a sugerirle a Mr. Wilde un cambio de mesa.

—Adondequiera que nos movamos seguiremos viéndolos, este lugar es muy pequeño —me advirtió.

—Intentémoslo, distanciarnos podría obrar a favor de ambas partes.

—Convenido, Sr. Guerra.

—Gracias, nos hará bien.

El rincón adonde fuimos trasladados por el camarero nos ofrecía, al menos, acceso a un monitor de televisión. En ese momento transmitían un partido de béisbol: Yankees de New York-Medias Blancas de Chicago.

—Malditos Yankees, rugió Mr. Wilde al mirar la pizarra anotadora: Yankees, 9; Medias Blancas, 1. Novena entrada, 2 *outs*.

—¿Es usted fanático de los Medias Blancas? —me atreví a preguntarle.

—No, soy antiYankees. AntiYankees las veinticinco horas al día. El dueño de ese equipo actúa como si administrara un campo de concentración nazi. ¡Pobres jugadores!, hasta las barbas les arrancan.

—No le preste atención a la anotación 9 a 2, Mr. Wilde, ese partido es viejo. Fíjese en el extremo derecho de la pantalla, dice «Clásico, 2005». Por demás, no estamos en temporada de béisbol.

—¡Ummm…! Qué alivio.

Durante la hora y media que estuvimos en Inwood Cuisine observé el trato exclusivo que le dispensaba el personal a Mr. Wilde. El gerente y los camareros lo reverenciaban: «Señor, estamos a sus enteras órdenes, no más hable; señor si no le gusta la música, disponga cuál desea escuchar; señor, el vino ya está ambientado; señor…». Lo trataban como al dueño de una gran corporación que llega de sopetón a uno de sus negocios y es recibido por un séquito de adulones.

Por un nebuloso palabreo de Mr. Wilde con el camarero a nuestro servicio, deduje que el Inwood Cuisine había sido escenario de varias transacciones comerciales suyas iniciadas allí y concluidas en las oficinas de su empresa en New Jersey.

—Sr. Guerra, en nombre mío y de la Junta Administrativa, le reitero nuestra gratitud por hacer del Centro una de las instituciones más respetadas en materia de servicios geriátricos de Washington Heights.

—Es mi deber, señor —respondí concomitantemente con la llegada del asistente del camarero con la comida.

—Pingüinos marineros, Mr. Wilde. Jamón ahumado con salsa de hongo, caballero.

—Disculpe, ordené salmón salteado, no jamón ahumado —le reclamé al asistente del camarero.

—Cuánto lo sentimos caballero, es nuestra culpa. En unos minutos tendrá su salmón —medió el camarero asomándose a la mesa.

—Textear, contestar correos electrónicos y consultar redes sociales mientras comemos contradice las normas de los buenos modales, Sr. Guerra. Mi excusa por el mensaje que voy a enviar.

Que es inapropiado, nadie lo cuestiona. También lo es entrar en mi oficina sin aviso previo, o comer primero sabiendo que el camarero se ha equivocado con la comida ordenada por su compañero. Eso hizo Mr. Wilde: teclear el teléfono, responder mensajes cibernéticos, revisar Facebook cada tres minutos y comer primero. ¿Para qué, entonces, su excusa banal?

De la montaña de espaguetis chatos, denominados Linguini por sus fabricantes, y del lote de camarones y calamares ordenados por Mr. Wilde, quedaban tres míseros hilos cuando le timbró el celular por quinta vez.

—¡Imposible!... ¡imposible! —exclamó.

—Lamento tener que estropear un almuerzo tan placentero como éste, Sr. Guerra, pero preciso regresar a New Jersey.

Más me desconcertó el desastroso salmón del Inwood Cuisine, que la partida de Mr. Wilde. Cualquier tilapia de río contaminado habría sabido mejor. Daba la impresión de que los inspectores el Departamento de Sanidad nunca cruzaban por ahí.

—Caballero, ¿terminó? —inquirió el camarero al ver el cubierto entrelazado por el cuchillo, sobre el salmón.

—Sí.

—¿Cómo estuvo su salmón?

—La respuesta está en el plato, señor —contesté poniendo cara de limón exprimido.

En verdad, nadie más que un camarero bruto pregunta cómo estuvo una comida que un cliente ha dejado en el plato.

Junto con la retirada del plato, la pareja de quien nos habíamos distanciado anteriormente dejó la mesa que ocupaba. Ella fue al baño, él a mi mesa.

—¿Puedo? —preguntó él halando una silla con ademán de sentarse.

Aún sin yo asentir o negar, abriendo camino en la semioscuridad, apareció ella.

—¿Podemos? —dijo asiendo la otra silla que quedaba vacía.

¿Habría servido de algo negarme? Él se plantó a la derecha, ella a la izquierda y yo, acorralado, en el centro.

—¿Es usted Armando Guerra? —interrogó él imprimiendo a su pregunta un tono medianamente reverente.

—Sí —contesté sin ocultar mi sorpresa.

—Somos los agentes Robert Messina y Cecilia Serafino, del Departamento de Recuperación de Documentos Desaparecidos del Federal Bureau of Investigation (FBI). He estado en el Happy Senior Center tratando de verlo. Le he dejado dos tarjetas personales a su asistente. Por eso estamos aquí. Considere este como un encuentro inicial, de cortesía y de conciliación —concluyó mostrando su chapa de identificación. Ella lo imitó poniendo ante mi vista la suya.

—¿He cometido alguna falta que motive al FBI a perseguirme?

Como respuesta Messina calló por breves segundos, extrajo de su maletín un bonche de papel tamaño 8,5 x 11, sujeto con una abrazadera negra.

—Todavía no hay ninguna falta de su parte. Todo dependerá de cómo nos comprendamos. Este documento es una fotocopia del diario de George Washington durante su estadía en Morris-Jumel Mansion, a finales de 1776. Como notará, en el extremo izquierdo —dijo inclinando el paquete de hojas hacia mi vista—, está asentado en nuestros archivos de casos activos con el código DD/2014Y1776-HP3.

—¿Cómo supo el FBI de la existencia del diario?

—No manejamos esa información, pero usted debe estar enterado de que el FBI cuenta con recursos y mecanismos de investigación muy sofisticados. Mi colega y yo nos circunscribimos a investigar hechos cuyas pesquisas han arrojado luz positiva a la institución. El original de ese documento está en su poder, de ello no tenemos dudas. ¿Acaso no proceden esas copias del original?

—Cómo puede el FBI codificar un documento cuyo original no posee.

—Hay asuntos de nuestra agencia a los que el público no tiene acceso. Lo importante es que usted tiene el diario y el FBI espera que, por nuestra vía, lo entregue. Así las autoridades pertinentes podrán situado donde este realmente debe estar: en la Biblioteca del Congreso de los Estados Unidos.

—Si no desea que la agente Serafino y un servidor funjamos como intermediarios, podemos citarlo a una de nuestras oficinas donde podrá depositarlo.

—¿Por qué tengo que cederle al FBI una libreta que es de mi propiedad?

—No va a cederle nada al FBI, señor Guerra. Nuestro rol, le repito, es actuar en nombre de la ley y ejecutar las misiones que nos asigna el gobierno. El diario de Washington que registra su paso por la Morris-Jumel Mansion es parte del patrimonio cultural e histórico de esta nación, no del FBI.

—Lo recibí como un regalo personal de……

—La procedencia no importa. El cómo lo consiguió es insignificante —interrumpió.

—¿Y si me negara a cederlo?

—De hacerlo, ahí comenzaría su falta. Un documento de esa naturaleza tiene que estar donde indica la ley. Si optara por esa opción, el equipo legal del FBI iniciaría un proceso de recuperación y un juez estatal lo obligaría a devolverlo. Si aun así persiste en retenerlo, habrá sanciones.

—¡Sanciones! ¿Pretende intimidarme?

—Intimidarlo, nunca. Le reitero, este es un encuentro de cortesía y de conciliación. La sanción será tarea del juez, no nuestra.

—¿No le parece exagerado?

—Comparado con casos complejísimos que tenemos, no. Lo suyo lo resuelve la devolución del diario.

Un ramalazo de angustia comprimió mi pecho reduciéndome la respiración.

—Usted sabrá cómo manejar la situación, señor Guerra. No fue nuestra intención importunar su almuerzo. Me complace haberlo visto, por fin.

Ignorando la despedida cínica con la que el camarero intentó consolarme, dejé el restaurante y anduve tres cuadras con la barbilla apuntando al concreto de la acera. En Broadway y Nagle abordé el autobús número 100. El calor dentro del autobús no merecía halagos; tampoco el runruneo de los pasajeros, desentonado como *juit* de gallaretas escarbando terrenos pantanosos. Como antídoto, Brisaida me recibió con los bracitos embarrados de ungüento vivificador. Me lancé sobre ella buscando compensar su inocente gesto. Al abrazarla, un objeto duro pinchó mi pecho. Entonces reparé en que había olvidado mi coche frente al Inwood Cuisine.

56

Hay una distancia infernal inmensa entre el espacio físico ocupado por el cuerpo de un emigrante y el túnel sombrío donde sucumben sus emociones.

17 junio 2015. Acabo de cumplir 48 años. ¡Salve, Dios de las calabazas compactas y dulzonas! ¿Podrá llamársele dichoso o triunfador a un individuo que haya satisfecho un programa de vida como el mío? De acuerdo con el Departamento de Desarrollo Humano y Social de los Estados Unidos, que establece por cálculos estadísticos quién ha triunfado o fracasado económica y socialmente, ya cumplí el sueño americano: una profesión tradicional, un salario decente, una familia organizada, una vivienda con un patio grande sembrado de frutales, dos hijos, un libro a punto de nacer, dos perros *rottweiler* y un gato angora marrón claro. Pedir más sería una grosería. La prosperidad, insisten los gringos, consiste en no tener constreñimiento económico; en facilitar los estudios a los hijos en las universidades de su preferencia lejos del hogar paterno y asegurarse de que, al graduarse, no regresen al hogar a tratar de recomponer la vida de los demás; en conseguir una pensión decente y adquirir un terrenito en un cementerio. Y chao. A esperar la pelona.

Eso funcionaría perfectamente en un gringo de capa y espada, o en quien pretenda serlo por las razones que le vengan en ganas. No en aquellos que, como resultado de desandar mundos foráneos, carguen pesadillas inconclusas, sueños imposibles, anocheceres requemados, arrastrando esa ristra de pesares sin que a nadie le importe, le sacuda los huesos o le retuerza la conciencia.

Hay una distancia infernal inmensa entre el espacio físico ocupado por el cuerpo de un emigrante y el túnel sombrío donde sucumben sus emociones. El cuerpo físico deambula en una geografía impuesta por la cotidianidad y las circunstancias a las que, a falta de otras opciones, termina adaptándose. Las emociones, en cambio, pretenden suplir el vacío interno que nunca vencemos, dada la indomabilidad del espíritu. La distancia física la recorre el hombre paso a paso; la infernal, el corazón, latido a latido.

La suerte del inmigrante la moldea la incertidumbre y el desconsuelo. Al dejar su suelo de origen el emigrante lleva en su equipaje el mundo maravilloso y próspero que ha construido su pensamiento a goterones. No son sino las mordidas y los empellones del tiempo que lo alertan de que su pensamiento ha sido timado, de que el sueño americano, italiano, español, francés, es vecino del sueño calderoniano, de que los sueños, sean vespertinos, matutinos o nocturnos, sueños son.

En la mentalidad de los norteamericanos los detalles inherentes a la sensibilidad, los brotados del sótano de los sentimientos, son copos de nieve vencidos por la lluvia. Sería gratificante saber por qué al gringo lo deslumbra tanto la grandilocuencia. En su pensamiento ampuloso, todos los caminos conducen a Washington y New York. ¡Ni romanos que fueran!

La sociedad norteamericana deshuesa la gente como el comején a la madera húmeda. Las llamadas «oportunidades del imperio del Norte» terminan siendo ilusiones ópticas cuyas refracciones alejan a los soñadores de la riqueza material, de la sanidad del espíritu y del cacareado confort americano. De lo contrario, ¿dónde están los usurpadores de las aspiraciones de Viterbo, de Bernardo, de doña Epi, de Claudio, de Marita, de Pelao y de más de 50 millones de estadounidenses cuya sobrevivencia depende del programa gubernamental de cupones de alimentos? ¿Quién trocó en pesadilla el sueño americano de esos hijos de la desgracia?

Creerse gringo no garantiza que los norteamericanos te acepten como a uno de los suyos. Como pescadores en alta mar, los gringos sueltan el cordel del espejismo y, cuando les parece, aprietan la soga propulsora de la asfixia moral. Mi padre definía ese comportamiento con agudeza de experto volador de chichiguas en época de cuaresma: «los gringos sueltan el hilo, lo estiran y luego lo quiebran, provocando que sus víctimas se vayan en banda».

Dónde ubicar socialmente a un individuo como yo, nacido en New York, hijo de un dominicano y de una boricua, criado por una gringa-peruana-judía, educado y orientado por profesores chilenos, mexicanos, japoneses, españoles, afroamericanos, italianos, puertorriqueños y con una esposa mexicana.

No nací para alimentar imposibilidades, pero los híbridos constituimos una especie compleja que viaja a lugares inexistentes y regresa a ellos sin completar el trayecto; es decir, una especie que tiene nublado el camino de ida y retorcida la ruta del regreso.

Los norteamericanos desenredan las arbitrariedades del mundo basándose en la terquedad y la irracionalidad. Los latinos ramificamos nuestras acciones en aras de convertir la vida terrenal en un estadio envidiable de la existencia humana. Los gringos operadores del negocio de la muerte atoran los buzones de los sexagenarios de propagandas de planes funerarios, de solares en los cementerios y de lápidas con un 40% de descuento. Les vale un bledo que los cancerosos y los portadores de enfermedades terminales receptores de esas propagandas se depriman y fallezcan sin que la fecha dispuesta por las deidades benignas o malignas ansiosas de recibirlos en el más allá haya caducado.

«Es cuestión de dejar todo en orden —confiesan ellos— de descargar a los deudos de responsabilidades indeseadas». Empero para los nacidos en territorios fatalizados por Cristóbal Colón y sus camaradas españoles descarriados, eso equivale a azarar la vida y atizar la muerte. ¿Cómo reaccionaría un anciano que amanezca con diarrea crónica, vómito u otras dolencias demoledoras y llegue a su puerta un *azaravida* ofreciéndole planes funerarios? La adquisición de un paquete funerario anticipado no es una locura. Podría funcionar perfectamente en los que rechazan la eternidad de la muerte e ignoran la transitoriedad de la vida. Granmadre pertenecía al club de los enemigos de la muerte. Al cumplir cuarenta y siete años de existencia colocó un letrero en su cocina prohibiendo el uso de las palabras: camposanto, cadáver, cementerio, funeraria, ataúd, nicho, cenotafio, columbario, bóveda, sepultura y cualquier otro término de igual naturaleza.

Todavía no he anunciado a nadie mi abandono del mundo de los respirantes. Llamar la parca sin que ella te convoque, es un absurdo. Hay que avivarse, a veces ella tiene mala memoria y cambia de itinerario. Sospecho que, llegada la hora de mi partida física, habrá un serio conflicto en mi familia. A lo mejor Brisaida, ya con edad de tomar decisiones, quiera mi tumba cerca de ella, en New York. Y Malaquías, obstinado con que Filadelfia es el lugar más agraciado del planeta tierra, aspire a tener mis huesos a unas cuantas cuadras de donde viva. Floralba, por su parte, preferirá sepultarme en Orlando, ciudad donde sueña vivir luego de mi jubilación. En cuanto a la mudada a Orlando pienso complacerla porque ya el frío invernal neoyorquino ha descalcificado mis huesos. Lo que ellos ignoran es que yo, muy a escondidas, he pensado imitar a Bernardo comprando un terrenito en *Parque del Prado*, en Santo Domingo, debajo de una matita de caoba africana, con la esperanza de que el sol no caliente mucho mi esqueleto.

57
Hasta la belleza cansa, hermano mío.

Finales de junio, 2015. Dentro de siete años contabilizaré 55-28, números prematuros pero mágicos para incorporarse a la fila de los jubilados. Y lo haré. 55 años y 28 realizando el mismo oficio y en la misma institución, aparte de monótono y atosigante, es venenoso. Sumarle años al cuerpo sin miramientos trae consigo: quejas de los huesos, llantos de las articulaciones, pelotitas de grasa detrás de las orejas, obstrucciones coronarias, desmadre de la próstata, colesterol por las nubes, hemorroides incorregibles, diabetes y muchos, muchos etcéteras. Y todavía aparecen turpenes, pavoneándose de científicos, dizque investigando las causas de muerte de los ancianos. «A los ancianos nos mata la bola», atinaba a decir doña Epi cuando los dolores reumáticos le azotaban las coyunturas. «¿Qué bola?», le pregunté una tarde ingenuamente. «La bola de años que tenemos encima», me contestó seguido por una carcajada.

Empero, antes de llegar mi jubilación hay siete años de por medio. Esperarlos como el infortunado coronel garcíamarquiano, debe ser una tortura infernal, pero ello no ocurrirá, hay deberes profesionales y personales de elusión imposible, tales como: organizar y asistir a los velorios de Marita y Fellita, cuya amenaza de irse a otro mundo me inquieta cada vez más; pedirle a las fuerzas superiores del universo que aceleren la impotencia sexual de Claudio para que las internas tengan sosiego vaginal; gestionar la ampliación del Centro e implementar programas de diversión dirigidos a erradicar el aburrimiento de los internos; seguir la inevitable rutina diaria porque la vida es eso: una aborrecible rutina cuyo final lo marca nuestra partida de la tierra. Y, finalmente, descargar la responsabilidad de las contrariedades que afecten al Centro en los mediadores de conflictos, en los trabajadores sociales y en los abogados bajo nuestra jurisdicción.

Cuando tenga la oportunidad, me haré el cegato y, como portero de fútbol con cuatro goles de ventaja, veré el balón pasear libremente en todo el terreno hasta que el árbitro anuncie el final del partido. Amo muchísimo mi carrera, pero, como escribió Manuel Alejandro, «hasta la belleza cansa». Y que conste: la evasión de responsabilidades no habita en mí, no fue la enseñanza que recibí de Granmadre. Sin embargo, piensen ustedes, amigos lectores, en esta ridiculez: un cincuentón panzudo, con una calvicie deshonrosa oculta debajo de cuatro flecos de pelo canosos, con dos adolescentes pisándole los talones, bregando en las escuelas con Esturdo iguales o peores a las que me tocaron a mí en el pasado y paseando por el parque la más reciente adquisición de Rosalba, una perrita chihuahua garrapatosa.

En mis minutos de solaz, aunque trato de evitarlo, pienso en un Armando Guerra con las coyunturas inflamadas, amontonando nieve o podando césped como un desmadrado, porque ya los mexicanos y centroamericanos cobran muy caro por hacerlo. Mejor ni recordarlo porque cierto es que esas tareas hogareñas dignifican al hombre, no dejan de volverlo una pila de cica. Rechazaré cualquier desasosiego y ansiedad que puedan provocarme los cabrones agentes del FBI empecinados en despojarme del más preciado de los recuerdos que me dejó doña Epi.

58

Mr. Wilde veía todo distorsionado porque tenía los ojos sucios de maldad.

STATE OF NEW YORK
DEPARTMENT OF LAW

ADJOURNMENT SLIP

DEFENDANT NAME: ARMANDO GUERRA
DOCKET NUMBER: DC22022/2015

YOU ARE TO APPEAR IN COURT ON 06/31/2015,
IN PART   AB2
1748-12 BROADWAY   10:30 AM

IF YOU FAIL TO APPEAR, A WARRANT MAY BE ISSUED FOR YOUR ARREST.

BRING THIS NOTICE WITH YOU.

Finales de junio 2015. Al tercer día de haber recibido esta notificación apareció Robert Messina en el Centro. Traía la cabeza cubierta por una gorra de lona azul oscuro tipo camionero, clavada en las curvaturas de las orejas, que hacía ver su frente más minúscula de lo que realmente era. Aparte de ese atuendo craniano era notorio que portaba la voluntad expresa de seguir mohoseando mi tranquilidad.

Con voluntad aguada, autoricé a mi asistente a pasarlo a mi oficina.

—Señor Guerra vine a intentarlo por última vez. Si no entrega el diario ahora, en tres días tendrá que responder las preguntas tediosas y salobres que suelen hacer los jueces federales. He venido a agotar mi último intento en ese sentido.

—No creo que tenga que responder nada a ningún juez.

—La soberbia corroe, señor Guerra. Mire —dijo extrayendo de un maletín de alguacil campestre una copia de la notificación.

Un inesperado timbrazo de mi celular detuvo el diálogo recién iniciado con Messina.

—Sr. Guerra, ¿qué tal?

—Muy bien, Mr. Wilde.

—Seré breve, no ignoro sus ocupaciones. En este momento estoy reunido con la directiva de la Junta de Ciudadanos Ejemplares de New Jersey, de la cual soy vicepresidente. Lo he propuesto como candidato a la Medalla de Alta Valía que otorga nuestra institución bianualmente a ciudadanos modelo. Mi propuesta ha sido acogida positivamente, se lo estoy comunicando.

—Me hace un gran honor, Mr. Wilde, pero tenga presente que mi residencia está en New York, no en New Jersey.

—Bobería, el ciudadano ejemplar lo es en cualquier parte, Sr. Guerra.

—¿Qué debo hacer?

—Nada por ahora, simplemente quería asegurarme de su aceptación. En el curso de la semana debo ir al Centro, ultimaremos detalles personalmente. Le anticipo mi gratitud por su buena actitud. Adiós.

—Le decía, señor Guerra, que la soberbia corroe —continuó Messina.

—Prefiero ver al juez.

—Como mejor le plazca, trato de ahorrarle tiempo y aminorar los desagrados que causan los litigios legales. Cualquier cambio de parecer, usted sabe cómo comunicarse conmigo.

La noche del 29 de junio Floralba, cuya capacidad de observación tengo comprobada, me comentó:

—Armando, debe haber un error en la notificación de la corte, el 31 de junio no existe.

—Tienes razón —asentí mirando el calendario. Iré mañana al 1748-12B Broadway a investigar la veracidad de la cita.

59

Más que una despedida sincera, era un cumplido:
la mayoría ni siquiera miraba el cadáver.

30 junio 2015, 7:00 am. Loor a la tecnología. Gracias a ella existen mecanismos que nos permiten elegir señales y sonidos identificadores de llamadas telefónicas y de mensajes de voz y de textos enviados a nuestros equipos electrónicos. Mi celular, aunque de la época del espinosaurio y con el teclado mellado, tiene cuatro de sus timbres asignados a esa misión identificadora. El primero, bautizado por su creador *Ciudad del deseo*, identifica llamadas procedentes de Floralba; el segundo: *Resolver*, de mi asistente; el tercero: *Onda cerebral*, de Mr. Wilde, y el último: *Dime*, de cualquier otro fulano que se le antoje hablar conmigo.

Esa mañana el desayuno terminaba de ocupar el puesto adecuado en mi estómago, y el ajetreo hogareño precedente a mi partida al Centro había concluido cuando *Resolver* me sobresaltó. Del cuarteto de timbres, *Resolver* es el más angustiante y odiado por mí. Su entrada en acción siempre trae consigo un enredo a desatar.

—Sr. Guerra, mi celular acaba recibir un mensaje de un número restringido diciendo que Mr. Wilde ha fallecido, ¿sabe algo?

—¿Qué?... ¿cómo?... ¿Mr. *who*?

—Mr. Wilde, Sr. Guerra.

—Hablas en serio, ¿qué sucedió?

—No lo sé.

—Lo sabré inmediatamente. Te pasaré cualquier información que reciba.

Una lucecita parpadeante de mi celular me alertó sobre tres llamadas perdidas y un mensaje grabado. «Mr. Wilde fue asesinado» repitió dos veces alguien desconocido para mí.

A las once de esa misma mañana, el asesinato de Mr. Wilde era de conocimiento general. «Al término de la madrugada dos maleantes, ya bajo custodia policial, quebraron una ventana de su habitación matrimonial e ingresaron a la misma exigiéndole miles de dólares que, presumían ellos, él almacenaba en un pequeño sótano oculto debajo de la cama», reportaron los noticieros de la televisión matutina.

«Mi esposo —relató su mujer a la policía— en vez de ceder al reclamo de los ladrones, les fue encima con su bastón metálico. Los maleantes, enfurecidos, nos amarraron las piernas y las manos con los cables de las lámparas próximas a nuestra cama. El ladrón más joven lo acuchilló y su acompañante le golpeó en la cabeza con su propio bastón, produciéndole varias tajaduras profundas; luego le hundió el bastón en la barriga. A mí me dieron una cantidad de patadas en el pecho y la cara que no preciso determinar».

Al apresamiento de los ladrones contribuyó *Panic*, el más aguerrido del par de dóberman que custodiaba la residencia de la familia Wilde, leí posteriormente en el New York Post.

En caso de asesinato, suicidio o muerte repentina, las autoridades policiales retienen el cuerpo de la víctima hasta la conclusión de las pesquisas forenses. Eso originó que el velatorio de Mr. Wilde fuera 6 días después de la tragedia. Mi plan original era acompañar a su familia desde la exposición del cadáver en la funeraria hasta el cementerio, pero otro embrollo *rumpológico* de Claudio cambió todo: Juany, una paciente con apenas semanas en el Centro fue sorprendida por Fellita en la habitación de Claudio recibiendo una *ñapa*. Juany resultó con tres onzas de pelo menos, numerosos moretones en el cuello y la cara rasguñada por las afiladas uñas de Fellita. Dos hijas de Juany aparecieron por mi oficina a quejarse.

Ese incidente causó que mi llegada a la funeraria ocurriera minutos después de que una treintena de amigos y familiares de Mr. Wilde rodearan su ataúd para tributarle el último adiós. Más que una despedida sincera, fue un cumplido: la mayoría ni siquiera miró el cadáver, supe luego. La guardia de honor estacionada en los laterales del féretro con pose casi militar estaba constituida por Robert Messina, Cecilia Serafino, más el camarero que nos sirvió la noche que Mr. Wilde me dejó abandonado en Inwood Cuisine. Un cuarto de hora después de yo haber arribado, ese mismo trío transportó el ataúd al carro fúnebre.

60

Que no aparezca ningún intruso a rezar en mi velatorio.

18 de junio, 2022. Ayer cumplí 55 años. Pensará usted: «los celebró con un aspaventoso jolgorio o quizás algún pariente o amigo suyo organizó una fiesta en su honor». Nada de eso. Tampoco fui a un restaurante con mi familia a deleitar a los mozos y comensales allí presentes viéndome apagar unas cuantas velitas de colores como un pelele palúdico. Odio esa clase de pavonadas. Apagar velas con 55 o más arañazos en las costillas, es exponer los años restantes de vida al nauseabundo olor de la parafina. Simplemente me dediqué a completar el papeleo de reclamo de mi pensión. Es harto sabido que el Departamento de Seguridad Social de los Estados Unidos y de muchos otros países del mundo, establece la edad de retiro asumiendo que los beneficiarios no durarán más de 10 años vivos. De no hacerlo, sostienen los contables de esa dependencia gubernamental en sus reuniones privadas, las generaciones venideras fracasarán.

El retirado, por su parte, piensa que vivirá por siempre, y hace planes futuros. Algunos llegan al extremo de visitar brujos en busca de fórmulas que alejen la muerte de su entorno.

En mi caso, seré selectivo con las cosas que haré. No es justo que después de haber agotado 20.075 días desollándome como puercoespín pinchado por dardos herrumbrosos, esperen que enloquezca por complacer a los demás. Tampoco espero que los demás complazcan mis caprichos. Primero, porque no creo que las deidades gestoras de la inmortalidad me tengan entre sus elegidos. Segundo, porque en mi familia la longevidad nunca ha sobrepasado el primer *round*. Sobra decir que la aspiración del jubilado es hacer lo menos posible, o absolutamente nada.

No me veo columpiando nietos en los parques públicos ni con la trompa metida en la casa de mis hijos, con la excusa de ayudarlos a podar el jardín o de bañar el perro en la marquesina. Sensato es entender el significado real de arribar a 55 años. Con su llegada comienzan las miradas cortantes de las nueras y de los yernos que temen sentir su tranquilidad hecha caca cuando aparece el suegro o la suegra, empujando un par de maletas chuecas, amenazando con quedarse un mes con ellos. Ocuparé el tiempo en cosas más divertidas y menos estresantes como, por ejemplo: fumigar el diario de Washington, pues parece que a los agentes Robert Messina y Cecilia Serafino los metieron en el mismo nicho donde sepultaron a Mr. Wilde, o en el sarcófago hermético y humedecido del cuarto reactor de Chernóbil. También debo velar a mis vecinos con fama de cleptómanos reincidentes en el robo de frutos de los árboles plantados en mi patio (mandarina, aguacate, cereza y mango); a los visitantes a mi biblioteca amantes de cargar con mis libros. Poseo una colección de *El llanero solitario* y otra de *Tarzán* de los años 60, que no negocio con nadie. Mucho menos, prestarlas. Quien presta un libro debe ser condenado, mínimo, a cadena perpetua y el prestatario, a pena de muerte.

    La actividad a la que pienso poner mayor empeño en mi etapa de jubilado es viajar a Coyoacán, México, territorio de nacimiento de Frida Kahlo. No serán viajes de placer ni antojadizos, los motivan una inquietud mía que mis cachanchanes aceptan sin recelos por considerar que poseo habilidades cibernéticas tendentes a patentizarme cualquier proyecto de mi autoría relacionado con el ciberespacio. El hecho es que desde finales de 2013 he venido sosteniendo que el *selfie,* esa manía que tiene la gente hoy día de retratarse a sí misma, tiene en Frida Kahlo una precursora potencial. Y ese mérito nadie debe arrebatárselo. Lo único que me podría hacer desistir del propósito de internarme en suelo coyoacanense sería la aparición de un corajudo, no exijo más de uno, que me demuestre que ha existido o existe una persona terrenal que le haya rendido más culto pictórico a su cuerpo y a su rostro que Frida. Nadie puede rebatirme que con la consumación de esa hazaña egocéntrica de Frida, el crédito de Robert Cornelius de autorretratarse una y otra vez en el primer tercio del siglo XIX queda inscrito en el catálogo universal del olvido. Iré a la casita azul bermejo donde nació y vivió Frida en Coyoacán, las veces que sea necesario, a escudriñar en los rincones, en las rendijas de la cocina, debajo de las carpetas descoloridas, en las bocas de los fogones, en busca de los pinceles sustraídos por ella a Diego Rivera, que posteriormente educó para que pintaran exclusivamente su cara. Aparecerán insidiosos que intentarán frustrar mis planes, pero no cederé ni una pulgada pues estoy seguro de que los pinceles y las paletas de Diego incidieron en un 95% en el éxito de la hazaña *selfítica* de Frida.

Otra cosa: como de entrometidos e insensatos empeñados en trazar el destino de otros, porque no pueden trazar el suyo, está lleno el mundo, y como doy por sentado que algunos de ellos cuchichearán que en vez de las simplezas que hago de jubilado, debería ocuparme de tareas menos mostrencas y más funcionales, agrego este espacio virgen donde podrán desahogarse, donde podrán desprenderse los bozales y decir cuánto les parezca. Con el expreso entendido de que me importa un aguacate nuevo lo que escriban.

Reclamo

Penúltima petición: a mis adversarios que no me agarren pena porque he envejecido.

Última petición: que no aparezca ningún intruso a rezar ni a predicar en mi velatorio.

Pretensión final: que mi familia coloque en la lápida de mi tumba este epitafio:

> 17-6-1967
>
> En vida mis amigos aseguraban que mis buenas acciones me llevarían directamente al cielo; sin embargo, miren adonde me trajo mi familia.
> ¡Qué vaina, no?
>
> **Armando Guerra**

61

*Ante el desaire de mis únicos posibles intérpretes,
tuve que escribir mi propia historia.*

Mi cómplice lector, has transitado lo suficiente en las arterias de estas páginas, pero como la amnesia y el Alzheimer están de moda en esta segunda década de siglo XXI, te lo reitero: soy Armando Guerra. También eres testigo de que he engendrado este *rostro sombrío del sueño americano* para saldar mi deuda con Granmadre de escribir en mi adultez el libro que la inexperiencia tronchó en mis años mozos. «De no cumplir tu promesa, soltaré ratas negras y frías en tu dormitorio y te lamerán los oídos, babearán tu bigote y meterán sus rabos tísicos en todos los orificios de tu cuerpo», fue su sentencia el día que pospuse el proyecto escritural. Esa amenaza ha mantenido siempre mis nervios gelatinosos. Poco antes de ella mencionar las ratas negras yo, forzado por mi profesora de lengua española de la intermedia, leí *La metamorfosis,* pero mi corta edad y mi falta de entendimiento eran exiguos. Ahora es diferente, tengo años encima como para entender perfectamente los problemas que pueden causarme esas alimañas kafkianas. Evitarlo es el mejor remedio.

Soy Armando Guerra. Anótalo bien en la carpeta de tus recuerdos imborrables. Armé esta historia como los pájaros tejen sus nidos: fleco a fleco, y la interioricé por un buen tiempo. Hace una década estuve a punto de escribirla, pero luego de leérsela a cuatro amigos, desistí: a la gente le interesa su propia vida, no la ajena.

Ahora, emplazado por un mandato onírico que dudo mucho pueda desatender, ha llegado mi oportunidad de desvelarla. Freud tiene razón: «las emociones enterradas en el subconsciente suben a la superficie consciente durante los sueños ayudando a destapar los recuerdos acumulados».

No deja de asombrarme la llegada abrupta de los primeros voluntarios que se ofrecieron para escribirla. Aparecieron sobre mi cama zumbando sus alas cansadas, como jilgueros vencidos por el hambre. Era un enero de amanecer helado, se identificaron de sopetón y con altanería apabullante, presumiendo de grandes escritores. «Somos Miguel Cervantes Saavedra, José Lezama Lima y Jorge Luis Borges», dijeron tocándose sus narices elefantinas.

De suertudo me tildó una muchedumbre de poetas y novelistas descalabrados que los perseguían en las nubes. Yo pensé lo contrario: la suerte y las ilusiones ópticas son gemelas.

¡Cervantes!... ni picado de avispa montesina que esté yo le permitiría enfangar mi historia. El muy pelele permitió que Don Quijote hiciera cuanto le salió de las pelotas, y no fue capaz de controlarlo. Aparte, le tomó el pelo al bien intencionado e indefenso Sancho, al extremo de hacerlo creerse inútil. «Esfúmate del mundo, rey de los mancos expulsado de La Mancha».

«¡Opiano, Opiano Licario! ¡Zafa! Aléjate, Lezama», gruñí mordiéndome la lengua para no ser escuchado. A ese cubano rechoncho le fascina escribir con el lenguaje de las puertas, y esa jerigonza ni las bisagras nuevas logran descodificarla. Su *Paradiso* es una madeja en la que él mismo estuvo enredado.

«¡Aleph, Pierre Menard, ratón de Babel! ¡Ummm! Mejor te quedaría freír espárragos, Borges. ¿Cómo podría desatar mis conflictos existenciales alguien incapaz de descifrar sus propios espejos? Además, me consta que los ciegos tienden a almacenar mucha indolencia en sus cuencas oculares».

Los despedí con un insípido «les avisaré, muchachos».

Escasos minutos después las piernas comenzaron a temblarme a ritmo de trapiche cañero y comprendí la dimensión de mi estúpida decisión. «¿Qué humano con un poco de cordura y escritor de pacotilla como yo rechazaría semejante ofrecimiento?», reflexioné. Salí entonces a buscarlos con la intención de sugerirles la escritura de un texto a trío. Guauuu… Guauuu!, ilusioné, Cervantes, Lezama y Borges biografiando al anónimo e insignificante Armando Guerra. Harían de mi insulso yo, un personaje grandioso, envidiado por muchos cazadores de fama. Anduve, diría un trotamundos goloso, *la seca y la meca* buscándolos. Superado un tupido ramal de obstáculos: truenos, centellas, murallas chinas, muros de Berlín, cenotes aztecas y deidades tainas, finalmente los encontré. A Cervantes, en la iglesia madrileña de las Trinitarias, sin rosario, sin voluntad de rezar, gimoteando compañía, desperdigado entre osamentas de posibles adversarios; a Lezama, en un rinconcito solitario del cementerio Colón, al borde de la desesperación, asado por el sol, evadiendo la salinidad de los amaneceres habaneros, descodificando la epigrafía de su lápida, hija de su propio ingenio; a Borges, en el Plainpalais ginebrino rivalizando contra los enigmas sajones y vikingos que le impiden repatriarse a una esquina rosada de los suburbios bonaerenses, donde el Pegador, el Corralero y La Lujanera esperan afanosamente su regreso. Puta suerte la mía. Llegué muy tarde, los encontré cadáveres.

    Finalizado mi trance onírico me levanté e ingresé a la cocina. El vapor del chocolate caliente dibujaba burbujitas acuíferas en mi interior, cuando dos sujetos extraños interrumpieron mi desayuno. Portaban, pendiendo de sus cuellos, letreritos que los anunciaban como expertos tejedores de embrujos y fábulas. Nunca los había visto, pero conjeturé que eran escritores enviados, no sé por quien, a reemplazar a los muertos de mi sueño. Sus miradas conjuntas e intrusas y lo estruendoso de nuestro saludo verbal me confirmaron que eran seres reales, vivos, con respiración propia.

    Como ya no soñaba, no precisé más de tres minutos, más el soplido armónico de la brisa refrigerada emanada del evaporador de mi acondicionador de aire. Le solté el sueño completo.

—Ustedes deberían asumir la tarea que el manco, el gordo y el ciego no pudieron realizar —los reté al finalizar mi relato.

Los dos sonrieron simultáneamente con picardía, inspirando el olor del chocolate.

—Ando desenredándole un lío de faldas, brasieres y blúmenes a uno de los curas de *Carnaval de Sodoma* —respondió el más flaco, ajustándose los espejuelos.

—Olvídate del cura, déjalo que se joda —lo desafié.

Él me devolvió otra sonrisita socarrona con tinte de «¡hum!, pendejo, jódete tú».

Su acompañante, alto, apuesto, con labios de crema de cacahuate tibio y pose de merenguero de media ruta, usó el mismo recurso: la evasión superflua. «Estoy con Kelly negociando su permanencia en el *Cuarto lleno de anguilas*. Aspiro a que ella me proporcione masturbaciones tibias por siempre. Me resisto a cambiar la magia de sus dedos ensanchando mi glande, por un relato intrascendente sobre un desconocido», respondió secamente. Sonó tan presumido que mejor callo adónde tuve ganas de mandarlo.

Ante el desaire de mis ya únicos posibles intérpretes, tuve que escribir mi propia historia. Mi historia, repito, no mi biografía. «Para un buen contador de historias lo biográfico es intrascendente, lo vital es el suceso y la manera de relatarlo». Esto lo estamos diciendo Vladimir Nabokov y yo: él por ingenio propio; yo, para celebrar el ingenio de él. Reconozco que cualquiera de ellos pudo haberla escrito mejor, mucho mejor; pero contarla como yo, jamás, porque desaforrar la lengua y expulsar todo lo que constriñe a uno internamente, lo que nos lacera más allá del hígado, no es tarea usual en individuos de espíritus evasivos ni cobardes, sino de quien, venciendo todos esos pesares, le ha ganado la batalla a la indiferencia ajena.